Die Autorin:

Aufgewachsen in einer chaotischen Großfamilie, flüchtete Eliza Jones schon als kleines Mädchen gern in Traumwelten, um dort für sich zu sein.

Sie liebt Milchkaffee, weiße Schokolade und gute Romantikkomödien; außerdem ist sie ein großer New York-Fan und so war es selbstverständlich, das Setting ihres ersten Romans dorthin zu verlegen. Mit ihrem Mann und zwei Katzen lebt die Autorin in Österreich.

Mehr Informationen unter www.facebook.com/ElizaJonesAutorin

ELIZA JONES

Heart Beat

in New York

Contemporary Romance

ROMANCE EDITION

HEART BEAT

ELIZA JONES

2. Auflage

Originalausgabe Januar 2014

8712 Niklasdorf, Austria

Covergestaltung: © jdesign.at
Titelabbildung: © Artem Merzlenko, © Zigi
Korrektorat: Gaby Hoffmann, www.profi-lektorat.de
Printed in Germany

ISBN-Taschenbuch: 978-3-902972-00-2

www.romance-edition.com

1. Kapitel

Erin Parker war viel zu spät dran. Schuld war ein verrückter Radfahrer, wegen dem sie sich zu einem riskanten Ausweichmanöver hatte hinreißen lassen, sodass ihre Corvette C1 Coupé nach einem Schlenker nach links einen Hydranten küsste.

Frontal und ungebremst.

Vermutlich hätte der Radfahrer bei ihrem geringen Tempo weniger Schaden davon getragen, als das schwarze Blech ihres geliebten Oldtimers. Aber das würde auf ewig eine Vermutung bleiben. Was auch gut war. Ihr Erste-Hilfe-Kurs lag schon einige Jahre zurück. Sie war außerdem nicht sicher, ob der Kerl mit der komisch karierten Mütze ihre Bemühungen, ihn wieder auf die Beine zu bekommen, sonderlich zu schätzen gewusst hätte. Bestimmt nicht. Er hatte, auch ohne einen Kratzer abbekommen zu haben, bereits genug Flüche in ihre Richtung geschleudert. Ausdrücke, die sie noch nie gehört hatte und die bestimmt jedem Droschkenkutscher die Schamesröte ins Gesicht getrieben hätten.

Was für ein Griesgram! Und das um halb acht Uhr morgens!

Einen Berg Prüfungsvorbereitungen unter ihren Arm geklemmt, lief sie durch die leeren Gänge der NYU, um zu ihrem Unterrichtssaal zu gelangen. Seit sie vor einem Jahr von Boston nach New York gezogen war, um ihre neue Stelle als Geschichtsprofessorin an der privaten Universität zu beziehen, war sie kein einziges Mal zu spät gekommen, und es fuchste sie, beinahe in der gesamten ersten Stunde durch Abwesenheit zu glänzen.

»Erin!«, hallte eine bekannte Männerstimme durch die Gänge und ließ ihr Herz noch einen Takt schneller schlagen. Sie war von ihrem kleinen Sprint völlig außer Atem und fast schon dankbar, ihr Tempo zu verringern, damit Robert zu ihr aufholte. Doktor Robert Peterson, Professor für Strafrecht und der mit Abstand attraktivste Mann der gesamten Lehrerschaft an der NYU. Mit seinen kurzen blonden Haaren, den hellblauen Augen und dem schlanken Körper machte er selbst den jüngsten Athleten des Sportteams Konkurrenz. Dass Robert bereits auf die Vierzig zusteuerte, tat seiner Attraktivität in keinster Weise einen Abbruch. Im Gegenteil. Das Älterwerden stand ihm ausgesprochen gut.

»Meine Güte, wie geht es dir?«, fragte er und musterte sie aus diesen unglaublich blauen Augen, die ihr im letzten Jahr mehr als einmal in ihren Träumen begegnet waren. »Die Sekretärin sagte mir, du würdest wegen eines Unfalls zu spät kommen. Was ist passiert? Wurde jemand verletzt?«

Erin wischte seine Sorge, die sie insgeheim ziemlich rührte, mit einer Handbewegung zur Seite. »Ich bin einem Radfahrer ausgewichen und in einen Hydranten gefahren. Verletzt wurde niemand, ich habe mich nur erschrocken, das ist alles.«

»Gut, sehr gut«, sagte er und schien aufrichtig erleichtert. Sie erreichten die nächste Abzweigung, doch anstatt auf das Besprechungszimmer zuzugehen, wie sie erwartete, bog Robert mit ihr nach rechts ab. Die Hände in die Taschen seiner dunklen Cordhose geschoben, blickte er vor sich auf den glänzenden Linoleumboden.

»Kann ich etwas für dich tun, Robert?«, fragte sie, um die unangenehme Stille zu vertreiben und ihre Nervosität zu überspielen. Robert hatte diese Wirkung auf sie, seit sie ihm das erste Mal begegnet war. Er war einer dieser Männer, die nur in ihre Reichweite gelangen mussten, schon führten sämtliche Hormone einen Freudentanz auf.

Der Rest der weiblichen Belegschaft machte da keine Ausnahme. Jede einzelne hatte Probleme, sich auf ihre Unterhaltung zu konzentrieren, sobald der smarte Professor den Raum betrat.

Er antwortete nicht, und Erin machte den Fehler, ihn von

der Seite anzusehen. Himmel, er sah einfach umwerfend aus! Noch umwerfender allerdings war sein Blick, der auf ihrem erhitzten Gesicht ruhte und in dem sie so etwas wie Unsicherheit erkannte.

»In drei Wochen endet das Frühjahrsemester«, sagte er schließlich und strich sich über den Nacken. »Du hast doch sicher von der internen Abschlussfeier gehört, die am Wochenende davor stattfinden wird, nicht wahr?«

Oh. Mein. Gott. Dr. Robert Peterson war nervös, weil er sie um ein Date bitten wollte? Nur mühevoll wiederstand sie der Versuchung, ihn vor Aufregung dümmlich anzugrinsen, während ihr Magen einen Salto vollführte. Sie hatte fast ein Jahr auf diesen Augenblick gewartet. Gehofft, er würde sie genauso anziehend finden, wie sie ihn. Gewünscht, er würde erkennen, wie viel sie gemeinsam hatten. Auch er liebte klassische Musik, wusste gutes Essen zu schätzen, dazu ein Glas köstlichen Rotweins und war ein ebenso begeisterter Fan der New York Giants. Die vielen Gespräche, die sie nach den wöchentlichen Besprechungen führten, hatten immer mehr Details zutage gefördert, die Erin bestätigten, dass sie ein ziemlich nettes Paar abgeben würden. Leider hatte Robert bisher nie einen Schritt auf sie zugemacht, wie sie anfangs gehofft hatte. Er war ihr gegenüber immer höflich, charmant und aufmerksam gewesen, aber mehr als einige nette Unterhaltungen, dazu ein paar flüchtige Aufeinandertreffen auf den Gängen, wenn sie die Lehrsäle wechselten, war zwischen ihnen nie drin gewesen. Dass er sie nun um ein Date bitten wollte, warf ein ganz neues Licht auf all die zufälligen Begegnungen.

Aufgeregt, wie lange nicht mehr, wischte sich Erin die klammen Hände an ihren Jeans ab und zwang ihre Lippen zu einem, wie sie hoffte, verführerischen Lächeln. »Klar habe ich von der Feier gehört. Caitlin wollte mit mir hingehen.«

Caitlin war Musiklehrerin und ein ziemlich ausgeflippter Typ Frau, mit der man jede Menge Spaß haben konnte. Sie war witzig, einfallsreich und clever, und obwohl Erin es etwas weniger schrill bevorzugte, hatte sie sich auf Anhieb mit der kleinen Blondine verstanden.

»Ah, gut, dass du Caitlin erwähnst«, sagte Robert. »Ihr seid so etwas wie beste Freundinnen, nicht wahr?«

Nun ja, als beste Freundin würde sie Caitlin nicht bezeichnen. Sie hatten vom ersten Tag einen Draht zueinander, trafen sich mehrmals die Woche zum Mittagessen in der Cafeteria und sahen sich ab und an gemeinsam einen Film im Kino an. Die Themen, über die sie sich unterhielten, waren jedoch nie über Uni-Aktivitäten hinausgegangen. Erin mochte Caitlin, das bedeutete jedoch nicht, ihr Privatleben vor ihr auszubreiten. In dieser Hinsicht hatte sie ihre Lektion bereits gelernt.

»Worauf willst du hinaus, Robert?«

Als würde er plötzlich zu wenig Luft bekommen, öffnete er die letzten zwei Knöpfe seines Hemdes, was Erins Aufmerksamkeit empfindlich ablenkte. Fasziniert von dem kleinen Stück gebräunter Haut, leckte sie sich über die trockenen Lippen.

»Ich dachte, du könntest bei Caitlin ein gutes Wort für mich einlegen.«

Was? Entsetzt blickte sie wieder zu ihm hoch und hoffte inständig, sich verhört zu haben. »Wie bitte?«

»Ich möchte Caitlin bitten, mich auf die Abschlussfeier zu begleiten«, sagte Robert und besaß den Anstand, zerknirscht dreinzusehen.

Etwas Substantielles in Erins Brust schrumpfte auf die Größe eines Kieselsteins zusammen, und sie musste mehrmals blinzeln, bis sie sich wieder halbwegs gefangen hatte. Sie wusste nicht, ob sie lachen oder wütend sein sollte. Offenbar sah Robert – wie auch der Rest der Männer, die sie in ihren neunundzwanzig Lebensjahren kennengelernt hatte – nicht mehr in ihr, als einen netten weiblichen Kumpel. Einen Kumpel, der für jeden den richtigen Ratschlag parat hatte. Einen Kumpel, der einsprang, wenn es brenzlig wurde und der niemals nein sagen konnte, auch wenn es bedeutete, sich selbst in die unmöglichsten Situationen zu manövrieren. Oder sich das Herz brechen zu lassen.

Oh ja. Sie tendierte eher dazu, lauthals zu lachen. Über sich selbst. War sie wirklich dämlich genug gewesen, anzunehmen, für Dr. Robert Peterson eine gute Partie zu sein?

Dummes, dummes Mädchen!

Um zu verbergen, wie sehr seine Bitte sie verletzte, straffte sie ihre Schultern und sah ihm fest in die Augen. »Kein Problem, Robert. Wir sind morgen ohnehin zum Mittagessen verabredet, da werde ich Caitlin auf die Feier ansprechen und ihr erzählen, dass du gern mit ihr hingehen würdest.«

Erleichterung schlich sich in seine Züge. »Gott, Erin, wirklich? Du bist ein Schatz.«

Aber klar doch.

Als wüsste er nichts mit seinen Händen anzufangen, strich Robert sein Hemd glatt. »Du hast was gut bei mir.«

»Werde ich mir merken«, entgegnete sie und hoffte, ihr Lächeln würde dabei nicht zu sehr in Schieflage geraten. Ihr Puls klopfte bis in ihre Schläfen, und ihre Hände zitterten vor Enttäuschung und Verdruss. Um ihre Gefühle zu verbergen, drückte sie ihre Unterlagen noch ein wenig fester gegen ihre Brust.

»Sonst noch etwas?« Sie schielte auf ihre Armbanduhr. »Meine Klasse erwartet mich.«

Robert forschte in ihrem Gesicht und fand offenbar, was sie zu verbergen suchte. »Hör mal, Erin, wenn du möchtest, können wir nach der letzten Stunde …«

»Ich bin bereits verplant, Robert, tut mir leid.«

»Ah«, machte er und zog beinah schon amüsiert eine blonde Braue nach oben. »Eine Verabredung?«

»So ähnlich.« Wenn man den Termin mit ihrem Versicherungsagenten so bezeichnen wollte. Gott, wie erniedrigend. Konnte es eigentlich noch schlimmer kommen? Konnte es.

Robert tätschelte ihren Arm, als wäre sie ein kleines Kind,

das sich überaus artig benommen hatte. »Hoffentlich weiß der Kerl zu schätzen, was er an dir hat.« Damit machte er auf dem Absatz kehrt und schritt von dannen.

»Klar, weiß er das«, murmelte sie. Schließlich bezahlte sie pünktlich ihre Vorschreibungen, und bis auf den Unfall heute Morgen hatte sie die Leistungen der Versicherung noch nie in Anspruch nehmen müssen. Ganz bestimmt wusste Cole Stewart zu schätzen, was er an ihr als Kundin hatte.

Tief ein und ausatmend, ließ sie sich mit dem Rücken gegen die kühle Mauer neben der Tür zum Lehrsaal sinken. Dabei schloss sie die Augen, um die Frusttränen zurückzuhalten, die unerbittlich nach außen drängten. Mieser konnte ein Tag wohl kaum beginnen.

2. Kapitel

Es war kurz nach sechs, als Erin das Irish Pub in der Nähe des Washington Square betrat, wo sie mit Cole verabredet war. Die in warmen Brauntönen gehaltene Studentenkneipe war brechend voll. Bekannte Klassiker tönten aus der Jukebox und erhellten wie die vielen bunten Deckenspots die geschäftige Atmosphäre. Erin schob sich an den jungen Leuten an der Bar vorbei, grüßte einige bekannte Gesichter und hielt gleichzeitig Ausschau nach einem großgewachsenen dunkelhaarigen Mann – da entdeckte sie ihn bereits.

Cole hatte es sich auf einem der roten Ledersofas im hinteren Teil des Lokals gemütlich gemacht. Sein Jackett hing über der Lehne des nebenstehenden Stuhls, die graue Krawatte war gelockert, und das dazu passende Hemd hatte er bis zu den Ellenbogen hochgekrempelt. Ein amüsiertes Lächeln erhellte seine tiefgrünen Augen, während sie sich zu ihm durchkämpfte.

»Hey, Fremder«, begrüßte sie ihn und ließ sich auf einen der Lounge-Stühle fallen, die ihm gegenüberstanden. Die mit Unterlagen beladene Tasche warf sie achtlos neben sich zu Boden. Ihr fehlte schlicht die Energie, um das schwere Ding auf den kniehohen Tisch zwischen ihnen zu hieven.

»Anstrengenden Tag gehabt?« Coles unverwechselbar tiefe und vertraute Stimme nahm ihr augenblicklich etwas von der Unruhe, die sie seit Stunden innerlich aufkratzte. Nicht genug jedoch, um sich wieder wie ein ganzer Mensch zu fühlen. Ihr Stolz lag noch immer als Scherbenhaufen zu ihren Füßen.

»So schlimm?«

Schlimmer. Doch Erin winkte ab. »Die Abschlussprüfungen stehen in den nächsten drei Wochen an, das hält mich einigermaßen auf Trab. Das ist alles.«

Cole schien nicht sonderlich überzeugt, bohrte jedoch nicht

nach.

Um ihre Hände zu beschäftigen, griff sie zur Menükarte, die sie aufmerksam studierte. »Habe ich dir schon von meinem neuen Nachbarn erzählt, der über mir eingezogen ist? Wenn der Kerl Nacht für Nacht so weitermacht, landet er samt Bett und Gespielin irgendwann in meinem Wohnzimmer«, witzelte sie halbherzig. »Eins muss man dem Mann lassen, er besitzt Ausdauer.«

Oder eine ausgeprägte Sexsucht, die er sieben Tage die Woche auslebte. Auf Kosten von Erins Nachtruhe. Nicht, dass sie dem Unbekannten ein erfülltes Sexleben nicht gönnte, es machte ihr dennoch auf bittere Weise deutlich, wie lange es her war, selbst auf Tuchfühlung gegangen zu sein.

Eine halbe Ewigkeit. Es war frustrierend.

Sie seufzte, da begegnete sie Coles aufmerksamen Blick, der noch immer auf ihr ruhte. »Das Sexleben deines Nachbarn und die Abschlussprüfungen sind aber nicht dein eigentliches Problem, hm?«

»Okay, erwischt«, gab sie zu. »Der Schaden an meinem Wagen macht mir auch zu schaffen.« Das war nicht mal gelogen. Sie hatte vier Jahre gespart, um sich dieses Auto leisten zu können und zwei weitere gebraucht, um ihn zu restaurieren und fahrtüchtig zu bekommen. Sie hatte Zeit und Herzblut investiert und liebte ihren kleinen schwarzen Flitzer. Es war eine Schande, ihn nun reparieren lassen zu müssen. Er würde nie wieder derselbe sein.

»Meine Versicherung kommt für den Schaden auf, Erin, das habe ich dir heute Morgen bereits gesagt, als wir telefonierten. Woran hakt es wirklich?«

Zerstreut kaute sie auf ihrer Unterlippe. Das war das Problem mit langjährigen Freunden. Man konnte nur schwerlich etwas vor ihnen verbergen. Cole kannte sie einfach zu gut. Sie waren in derselben Straße in einer netten Wohngegend in Boston aufgewachsen. Cole war drei Jahre älter und hatte oft mit ihr gespielt, als sie noch Kinder waren. Als Mädchen wahrgenommen hatte er sie allerdings erst, als sie zu einem Teenager heranwuchs. Damals verguckte er sich in ihre beste Freundin, und Erin war gut genug, um die beiden zu …

Ups. Déjà-vu.

Eine Welle altbekannten Schmerzes durchfuhr sie, so heftig, dass es sie wütend machte. Energisch wischte sie die Erinnerung beiseite. »Es geht mir gut, Cole. Danke der Nachfrage.«

Endlich kam die Bedienung und sorgte für Ablenkung. Die junge Brünette, mit einem Augenaufschlag wie Bambi, strahlte ihr männliches Gegenüber an, während sie die Bestellung aufnahm und dabei immer wieder mit dem Stift auf ihren Notizblock tippte.

Cole, charmant wie eh und je, erwiderte das kokettierende Lächeln und bestellte zwei Gläser Scotch. Nicht unbedingt Erins erste Wahl, jedoch bestimmt stark genug, um all die unerwünschten Gedanken für einen Moment zum Schweigen zu bringen.

Keine zwei Minuten später war die Brünette zurück und brachte ihre Getränke. Cole bezahlte und antwortete auf etwas, das die junge Frau fragte.

Erin blendete die beiden aus, nahm ihr Glas und führte es an ihre Lippen. Ihre Lider senkten sich von ganz allein, während der Alkohol warm und beruhigend durch ihren Körper floss. Gott ja, das war genau, was sie gebraucht hatte. Sie fühlte sich sofort besser. Viel besser. Als hätte man ihr eine Riesenlast abgenommen, stieß sie einen wohligen Seufzer aus und sackte tiefer in das warme Leder ihres Stuhls.

Es dauerte, bis sie bereit war, wieder in die Realität zurückzukehren, da war die Bedienung verschwunden.

Cole hatte sich nach vorne gelehnt, die kräftigen Unterarme auf seinen Oberschenkeln abgestützt und studierte ihr Gesicht, das wie auf Kommando heiß wurde.

Sie kannte diesen unergründlichen Blick. Er machte sie nervös, wie er auch die Brünette nervös gemacht hatte. Cole zählte zu jenen Männern, die sich absolut wohlfühlten in ihrer eigenen Haut und die sehr genau wussten, wie sie auf andere wirkten. Obwohl er den Eindruck eines kultivierten Geschäftsmannes erweckte, hatte er etwas Wildes, Leidenschaftliches und unerreichbar Erscheinendes an sich – wie ein Rockstar, den die Mädchen aus den hintersten Reihen anschmachteten, wohlwissend, nie bis zur Bühne zu gelangen. Er war einer dieser Kerle, vor denen Mütter ihre Töchter warnten und für den dennoch jede Frau auf der Stelle alle Hüllen samt Hemmungen fallen ließe.

Oh ja, mit seinen dunkel zerzausten Haaren, der Andeutung eines Bartschattens und den tiefgrünen Augen war Cole schon immer ein Hingucker gewesen. Schon damals auf der Highschool waren ihm die Mädchen wie tollwütige Hunde hinterhergerannt, um ein bisschen Aufmerksamkeit von ihm zu bekommen. Er war der Quarterback der Sportmannschaft, und wenn sie sich ihn heute so ansah, erkannte sie unter dem Hemd und der Anzughose noch immer einen durchtrainierten Körper, der es wert war, sich ein Ticket für eine ausgiebige Erkundungstour zu lösen.

Im Gegensatz zu den hübschen Mädchen auf ihrer Schule war Erin nie in Coles Beuteschema gefallen. Sie war immer schon viel zu dünn und unmädchenhaft gewesen. Mit ihren ein Meter fünfundsiebzig und den viel zu langen Beinen hatte sie als Teenager wie eine Bohnenstange ausgesehen. Bis heute waren, außer einem etwas größeren Busen, nicht wesentlich mehr Rundungen hinzugekommen. Gott, wie sehr beneidete sie damals all die Mädchen, die Hüften und einen ordentlichen Hintern besaßen. Inzwischen hatte sie sich mit ihrem Aussehen abgefunden. Sie würde wohl immer zu den Frauen zählen, die man lieber bekochte, anstatt sie zu vögeln, aus Angst, sie könnte bis zum Morgengrauen verhungern.

Schluss jetzt.

»Wie läuft die Firma?«

»Gut, wie immer.« Cole stellte sein Glas zurück auf den Tisch, und ihr Blick folgte seinen Händen. Große, kräftige Hände. Elegant und dennoch maskulin. »Wir reden hier aber nicht über mich, Erin. Ich will wissen, was los ist und sollte sich herausstellen, ein Kerl ist dafür verantwortlich, dass du wie drei Tage Regenwetter aussiehst, dann will ich seinen Namen wissen, um ihm den Arsch aufzureißen.«

Das brachte sie zum Lächeln. Das erste ehrliche Lächeln des Tages. Und Gott, es tat gut. Langsam atmete sie aus. Cole war nicht ihr Feind. Er war ein Freund. Wenn sie ihr Herz vor jemanden ausschütten konnte, ohne befürchten zu müssen, sich als Idiotin hinzustellen, dann wohl vor ihm. »Sein Name ist Dr. Robert Peterson. Er unterrichtet ebenfalls an der NYU – Strafrecht.«

Cole schien nicht sonderlich beeindruckt. »Und er hat was getan, um dir die Laune zu verderben?«

Sie nahm noch einen Schluck Scotch, dann erzählte sie die Kurzversion und berichtete von ihrem Gespräch von heute Morgen, ohne auf ihre Gefühle für Robert einzugehen. Das musste sie auch nicht.

»Du stehst auf diesen Mistkerl?«

Aus Coles Mund klang das wie ein Kapitalverbrechen.

»Er ist eigentlich ein ganz netter Mann.«

»Nette Männer tun nette Dinge, Erin. Dich darum zu bitten, ein gutes Wort bei deiner Freundin für ihn einzulegen, war ganz bestimmt nicht nett.«

Seltsamerweise hatte sie das Bedürfnis, Robert zu verteidigen. »Er hat keine Ahnung, wie ich für ihn empfinde.« Oder zumindest hoffte sie das. Nachdem er heute sehr deutlich gemacht hatte, nicht an ihr interessiert zu sein, wollte sie sich weitere Peinlichkeiten ersparen, und sei es vor sich selbst.

»Du bist seit einem Jahr in ihn verknallt und hast ihn nie gebeten, mit dir auszugehen?« Er klang verblüfft, was Erin ehrlich verwirrte.

»Was genau ist daran so seltsam, Cole?«

»Wie dachtest du, würde er erkennen, wie du für ihn empfindest?«

Zumindest nicht, indem sie sich ihm im Blindflug vor die Füße warf. »Das hätte er bemerkt, nachdem er herausgefunden hat, wie gut wir zusammenpassen.«

»Und das hätte er, weil …«

»Weil wir uns für dieselben Dinge interessieren«, erklärte sie das ihrer Meinung nach Offensichtliche. »Klassische Musik, das Theater, die New York Giants, vorchristliche Geschichte.«

»Erin«, unterbrach Cole sie mit ernster Miene. »Männer stehen nicht auf Frauen, die sich für vorchristliche Geschichte interessieren. Männer stehen auf Frauen mit großen Titten und einem netten Arsch in kurzen Röcken.«

»Cole!« Seine Worte brannten auf ihrem Gesicht. Hastig sah sie sich um, um sicherzugehen, dass keiner der Gäste ihr Gespräch belauschte, dabei verschränkte sie die Arme vor ihrem Busen. Was unnötig war. Sie trug ohnehin ein hochgeschlossenes T-Shirt, um ihre C-Körbchen zu verstecken.

Cole schien belustigt. »Beschreib mir diese Caitlin. Wie sieht sie aus?«

Da musste sie nicht lange nachdenken. »Sie ist hübsch. Klein, kurvig, schlank. Blonde Locken.« *Umwerfend blonde Locken*, fügte sie im Geiste hinzu, während sie eine ihrer glatten braunen Haarsträhnen um den Finger wickelte, die sich aus ihrem Pferdeschwanz gelöst hatte. Ihr Haar war ebenso nichtssagend wie ihre dunkelbraunen Augen, die eher an einen Cockerspaniel erinnerten als an eine *Femme fatale*.

»Lass mich raten«, warf Cole ein. »Caitlins Arbeitskleidung besteht hauptsächlich aus durchsichtigen Blusen, kurzen Röcken dazu hohe Stilettos?«

Erin nickte, verwundert über die treffende Beschreibung. Fast schon beschämt, blickte sie an ihren Beinen hinab, die in schwarzen Jeans steckten, bis ihr Blick an ihren orange lackierten Zehen hängenblieb, die aus braunen bequemen Sandalen lugten.

»Ich bin zu einer langweiligen Spießerin geworden«, sagte sie mehr zu sich selbst, als hätte sie die Erleuchtung des Jahrhunderts erfahren.

Jesus, warum war ihr das nicht früher aufgefallen? Sie war nie eines dieser Mädchen gewesen, das sich aufdonnerte, um den Jungs zu gefallen, aber das hier …? War ernüchternd. Und deprimierend. Sie erfüllte jedes Klischee einer verstaubten Geschichtsprofessorin mit Ansichten aus dem 12. Jahrhundert – wobei das mit den Ansichten nicht ganz stimmte. Sie hatte nichts gegen Caitlins Lifestyle einzuwenden. Musste sie ihr aber unbedingt nacheifern, um männliche Beachtung zu finden?

»Männer denken mit ihren Schwänzen«, sagte Cole, als wäre er ihren Überlegungen gefolgt. »Und ja, das Auge isst mit.«

»Ich bin dann wohl eher ein verschrumpelter Pfirsich als ein saftiger Apfel, was?«

Cole zog eine Grimasse. »So war das nicht gemeint, Erin.«

»Ach nein?« Sie fühlte sich gekränkt. Nicht, weil Cole es auf den Punkt gebracht hatte, sondern wegen all den Menschen da draußen, die stets alles auf das Äußere reduzierten. Zählten innere Werte denn überhaupt nicht? Suchte man nicht nach einem Partner, mit dem man Pferde stehlen konnte und auf den Verlass war? Musste immer alles funkeln und glitzern, damit man es lieben konnte?

»Erin, sieh mich an.«

Als sie tat, was er verlangte, erkannte sie ein Funkeln in seinen Augen, das nichts mit Mitleid gemein hatte. Es glich eher … einer Kampfansage. »Wann sagtest du, findet diese Abschlussfeier statt, die du mit Robert besuchen möchtest?«

»In drei Wochen.«

Um Coles Mundwinkel zuckte es. »Was hältst du von einem kleinen Experiment?«

Erins Apartment lag im vierten Stock eines um die Jahrhundertwende erbauten Altbaukomplexes in Greenwich Village – dem Künstlerviertel in der Nähe der New Yorker Universität. Das Ziegelsteingebäude wirkte bereits von außen einladend und gepflegt wie auch der Rest der umstehenden Stadthäuser.

Cole hatte Erin die schwere Tasche abgenommen und folgte ihr über eine schmale Treppe zu ihrer Wohnung. Dabei genoss er den Anblick ihrer schlanken Kehrseite, jede der dezenten Kurven und ihre unendlich langen Beine, die selbst in Jeans zur Geltung kamen. Erin war schon immer ein hübsches Mädchen gewesen, auf feenhafte Weise bezaubernd und attraktiv. Er konnte nicht behaupten, jemals immun gegen ihre Reize gewesen zu sein, doch das Bedürfnis, sie vor all den Mistkerlen da draußen – einschließlich vor sich selbst – zu beschützen, war meist einen Tick stärker, als die Versuchung.

Schon als Kind war Erin schüchtern und zurückhaltend. Ein süßes Ding, das die Welt durch einen Filter wahrzunehmen schien, ohne an die wirklich bösen Dinge zu glauben oder an sich selbst. Letzteres war offenbar zu einem großen Problem herangewachsen, wofür Erins Vater nicht unwesentlich verantwortlich war. Harry hatte seine Tochter in Watte gepackt und behütet, wie einen besonders kostbaren Schatz. Doch irgendwann war das unschuldige kleine Mädchen erwachsen geworden, ohne Munition jedoch, um sich gegen das Übel dieser Welt zu behaupten.

Cole fand nicht, dass sein Vater in Erziehungsangelegenheiten alles richtig gemacht hatte, aber er gab ihm den nötigen Freiraum, um seine Grenzen auszuloten und eigene Entscheidungen zu treffen. Er hatte Cole bestärkt, nicht zurückgehalten und gehemmt, wie Erins Dad es tat. Es glich einem Wunder, dass sie es mit fast dreißig Jahren zu einer angesehenen Position an der NYU gebracht hatte. Nicht, weil sie nicht klug und gewieft gewesen wäre, sondern weil sie es zuvor hatte schaffen müssen, sich aus der Obhut ihres Dads zu befreien. Nach dem Krebstod ihrer Mutter war er zu einer Glucke mutiert. Damals war seine Tochter fünfzehn.

Als Erin vor einem Jahr von Boston nach New York gezogen war, nahm Cole sich vor, sie im Auge zu behalten. Doch seine Firma hatte zu diesem Zeitpunkt expandiert, und mehr als zu einem gemeinsamen Abendessen reichte es nicht. Als er sie heute in deprimiertem Zustand antraf, bekam sein schlechtes Gewissen neuen Zunder. Er spürte außerdem den heftigen Drang, diesem Dr. Robert Peterson die Zähne in den Hals zu schieben. Was für ein Trottel!

Erin öffnete die Tür zu ihrem Apartment und ließ ihn eintreten.

Er folgte ihr durch einen schmalen Flur, der in einen weitläufigen Wohn- und Essbereich führte, und schon der erste Eindruck passte perfekt zu Erins Wesen. Offen, warmherzig und ein bisschen chaotisch.

Ein Teil des großen Raumes war durch ein gigantisches Büchergal abgetrennt, das von geschichtlicher Literatur fast überquoll. Dahinter stand ein alter Schreibtisch, auf dem verstreut weitere Bücher und Lehrmaterial lagen. Der Rest der Einrichtung war ebenfalls willkürlich zusammengewürfelt: ein dunkelbraunes Sofa samt unzähligen bunten Kissen, ein schmales modernes Sideboard, auf dem ein alter Plattenspieler sowie ein Stapel Schallplatten mit Countrymusik aus den Siebzigern thronte, und ein gewaltiger Esstisch aus dunklem Nussholz, der seinen Platz direkt vor der breiten Fensterfront einnahm, die eine phantastische Aussicht auf die westliche Skyline Manhattans bot.

Ein Rundbogen führte zu einer kleinen Kochnische, die ebenso exzentrisch eingerichtet war. Mehrere Gewürzregale, unzählige Kochbücher und bunte Blumentöpfe dekorierten den kleinen Raum, der wie das Wohnzimmer in erdigen Creme- und Beigetönen gehalten war. Eine liebevoll chaotische Wohlfühloase.

»Sehr hübsch hast du es hier«, bemerkte Cole und lehnte sich gegen den Rundbogen der Küche, wo Erin die mitgebrachten Tüten vom Chinesen auspackte. Während er sich umgesehen hatte, hatte sie ihre Jeans gegen bequeme Yogahosen und ihr T-Shirt gegen ein zwei Nummern zu großes Sweatshirt getauscht. Ihr Haar war zu einem nachlässigen Knoten hochgesteckt.

Ihn diesem Outfit hatte sie nichts mehr gemein mit der unscheinbaren, von Selbstzweifeln geplagten Geschichtsprofessorin. Sie wirkte wie das sexy Mädchen von nebenan. Unbemüht sinnlich und verdammt reizend.

»Danke. Es war nicht einfach, ein passendes Apartment in Uni-Nähe zu finden. Vor allem eines, das ich mir leisten kann.«

Das konnte er sich vorstellen. In diesen Gegenden kosteten fünfzig Quadratmeter gut und gern achthundert Dollar kalt, von den Betriebskosten, die im Winter astronomische Ausmaße annehmen konnten, ganz zu schweigen.

»Wenn du mir früher von deinem Umzug nach New York erzählt hättest, hätte ich dir bei der Wohnungssuche geholfen«, sagte er und sah ihr dabei zu, wie sie sich auf Zehenspitzen stellte, um zwei Weingläser aus einem der Oberschränke zu nehmen. Dabei rutschte ihr Sweatshirt über ihre linke Schulter und lenkte seinen Blick auf samtig weiche, sonnengeküsste Haut.

»Moment, lass mich das machen.« Cole trat hinter Erin und nahm ihr den Flaschenöffner ab. Wie unbeabsichtigt, strich er über ihre Schulter und musste schmunzeln, als er sie scharf einatmen hörte.

»Ich wollte es allein schaffen. Eine Wohnung finden, meine ich«, sagte sie und versteifte sich etwas in seiner Umarmung, während er die Flasche Rotwein öffnete.

Ohne näher darüber nachzudenken, woher der Antrieb kam, beugte er sich näher und atmete ihren Geruch ein.

Wildblumen und Sonne. Viel unschuldiger als jedes Parfum der Frauen, mit denen er sich für gewöhnlich traf, und dennoch stieg ihm ihr Duft unerwartet zu Kopf. Nur schwerlich wiederstand er dem Drang, noch einmal einzuatmen und ihren entblößten Nacken zu küssen, der einladend nur wenige Zentimeter von seinen Lippen entfernt war. Um sich nicht doch noch hinreißen zu lassen, rief er sich ins Gedächtnis, weshalb er hier war. »Robert Peterson.«

»Was ist mit ihm?« Über ihre Schulter sah Erin ihn aus großen haselnussbraunen Augen an.

»Du hast mir noch immer nicht gesagt, was du so toll an ihm findest?«

Erin zögerte kurz. »Robert ist intelligent, erfolgreich und kann überaus charmant sein. Wir unterrichten an derselben Universität, wissen, welche Tücken dieser Job mit sich bringt und teilen außerdem dieselben Interessen. Genügt das nicht?«

Durchaus nicht. Keine dieser Eigenschaften beschrieb einen Mann, den er für sie ausgewählt hätte. Fürsorglich, liebevoll, aufmerksam, treu, zuverlässig – solche Dinge kamen ihm in den Sinn. Ein Kerl, der sie zum Lachen brachte, sie nach einem anstrengenden Tag in den Arm nahm und ihr zuhörte, wenn sie jemandem ihr Herz ausschütten wollte.

Er bemerkte erst, dass er mit dem Daumen die Linie ihres Nackens nachfuhr, als Erin erschauerte. »Ich bin mir nicht sicher, ob der Professor dich wirklich verdient, Süße.«

»Das ist nicht deine Entscheidung, Cole«, klärte sie ihn auf, es fehlte jedoch der nötige Nachdruck, der ihn in die Schranken verwiesen hätte.

»Kannst du dir eine gemeinsame Zukunft mit ihm vorstellen? Vorstellen, eine Wohnung mit ihm zu teilen? Ihn zu heiraten? Vielleicht sogar Kinder mit ihm zu bekommen?« Er kannte Peterson nicht, doch er hatte den untrüglichen Eindruck, dass er nicht annähernd gut genug für eine Frau wie Erin war. Bevor Cole ihr beibrachte, diesen Mann um den Finger zu wickeln, musste er sichergehen, dass der Aufwand es wert war. Wenn schon nicht, weil Peterson der Traummann schlechthin war, sondern weil Erin ihn wollte und sich ein Leben mit ihm vorstellen konnte. Aus dem Alter, einfach mal ins Blaue zu schießen, waren sie längst hinaus.

»Ich … Ja, ich kann mir vorstellen, mit Robert zusammen zu leben«, erwiderte Erin und trat aus seiner Reichweite. Dann nahm sie die Servierplatte, auf der sie die kleinen Schalen mit chinesischem Essen angeordnet hatte und trug sie zum Esstisch. »Alles Weitere wird sich zeigen müssen. Oder möchtest du, dass ich jetzt darüber nachdenke, wie es wäre, Kinder mit ihm zu bekommen?«

Besser nicht, dachte er, nahm die Flasche Wein und folgte ihr. »Was ist eigentlich aus deiner Vorstellung von der einzig wahren Liebe geworden?«

Erin verdrehte die Augen. »Damals war ich dumm und naiv. Die Dinge ändern sich.«

»Mir hat die Vorstellung ganz gut gefallen«, gab er zu und reichte ihr eines der Weingläser, das er inzwischen gefüllt hatte. Sie nahm es entgegen und bedachte ihn mit einem verschmitzten Lächeln, während sie sich an den Esstisch setzten. »Ach ja?«

»Ja. Es ist doch schön, zu denken, dass da draußen für jeden eine zweite Hälfte existiert, die perfekt zu einem passt.«

»Alles nur Spinnereien kleiner Mädchen. Die Realität sieht leider anders aus.«

Ach ja? Irgendwie hatte er den Eindruck, nun die richtigen Fragen zu stellen, um zu erfahren, weshalb sie einen Mann wie Robert wollte. »Wie sieht die Realität denn deiner Meinung nach aus?«

»Realität ist, dass uns unsere Hormone regelmäßig einen Streich spielen«, sagte Erin und gestikulierte dabei mit ihren Essstäbchen. »Wir fühlen uns zu jemandem hingezogen, denken, das wäre Liebe und lassen der Leidenschaft freien Lauf, nur um Monate oder im schlimmsten Fall Jahre später festzustellen, doch den falschen Partner gewählt zu haben. Einen, mit dem man nichts gemein hat, außer zu wissen, wie sich der Körper des anderen anfühlt.«

Cole musste lachen. »Und was ist so schlimm daran, Jahre an jemanden zu verschwenden, mit dem man eine gute Zeit hat?«

»Warum sollte man das tun, wenn man sich den Ärger von vorne herein ersparen kann?«

»Den Ärger?«, fragte er, ehrlich überrascht über ihre Wortwahl, da erkannte er das kurze Aufflackern von Schmerz in ihren wunderschönen Augen, und er wurde wieder ernst. »Du denkst, wenn du vorsorglich planst und einen Mann aussuchst, der deinen Kriterien entspricht, würdest du dir sämtliche Schereien ersparen?«

»Ja.«

»Und was ist mit One-Night-Stands? Planst du die auch akribisch durch?«

»Natürlich.«

»Wo bleibt da der Spaß?«, fragte er ungläubig.

»Spaß, Liebe …, das wird alles überbewertet«, sagte Erin und senkte ihre Stimme. »Am Ende zählen all die Versprechungen nicht, die man sich im Rausch der Gefühle zugeflüstert hat.«

Darum ging es ihr also. Nicht verletzt zu werden. Sich zu schützen. Es spielte gar keine Rolle, Jahre an jemanden zu verschwenden, Hauptsache, ihr wurde nicht das Herz gebrochen. Rational und vernünftig, das stand auf dem Plan.

»Welcher Mistkerl hat dir so sehr wehgetan, Erin, dass du zu so drastischen Mitteln greifen musst?«

Sie senkte den Blick auf das gebratene Hühnchen, das zwischen ihren Stäbchen steckte. »Das ist lange her und nicht mehr der Rede wert.«

»Woah«, sagte Cole, legte sein Besteck zur Seite und hob ihr Kinn. »Wo ist die Erin geblieben, mit der man spontanen Blödsinn anstellen kann? Mit der man über den Gartenzaun des Nachbarn steigt, um nackt in dessen Pool zu baden?«

Eine leichte Röte überzog ihre Wangen, und er wusste, dass sie an dieselbe Nacht dachten. An jene, in der sie sich zum ersten und einzigen Mal geküsst hatten, um danach Hand in Hand und völlig außer Atem am Beckenrand zu liegen und die Sterne zu betrachten.

»Diese Erin existiert schon lange nicht mehr, Cole«, erwiderte sie schließlich halblaut und neigte den Kopf, um seinem Griff zu entkommen.

Er nickte. »Das ist es also. Du willst Robert, weil er in deine Vorstellung eines perfekten Lebens passt? Eine Beziehung, die sicher ist, konstant, ohne böse Überraschungen und dir dennoch nicht das Herz brechen wird, wenn sie endet.«

Erin antwortete nicht.

Das musste sie auch nicht. Er verstand auch so. »Okay«, gab er sich schließlich geschlagen. »Dann machen wir deinen Traum von der perfekten Beziehung mal zur Realität.«

Unsicher, was sie von der ganzen Sache halten sollte, saß Erin nach dem Essen auf ihrem Bett im Schlafzimmer und wartete auf Coles Urteil über den Inhalt ihres Kleiderschrankes. Dem verhaltenen Fluchen nach zu urteilen, gab ihre Garderobe nicht viel her. Zumindest nichts, was aus ihr in Nullkommanichts einen sexy Vamp zaubern könnte. Keine Neuigkeit für Erin, für Cole unverkennbar eine Offenbarung. Nachdem er unzählige Kleiderbügel, über die ihre geliebten Jeans hingen, frustriert hin und hergeschoben hatte, machte er sich an den T-Shirt-Stapeln zu schaffen, wohl in der Hoffnung, dahinter würden sich ein paar verruchte Teile verstecken.

Fehlanzeige.

Doch ihr neuer Berater in Beziehungsfragen war hartnäckig, was sie mehr und mehr amüsierte.

An ihrem Weinglas nippend, gönnte sie sich den Moment, um Cole heimlich zu betrachten. Seine breiten Schultern, die in einer perfekten Kurve zu einem langen Rücken und einer schmalen Taille zusammenliefen, dazu ein knackiger Hintern und feste Beine. Sein Körper war elegant und männlich zugleich. So sportlich und muskulös geformt wie der eines Athleten.

Fasziniert verfolgte sie das Spiel seiner Schultermuskeln unter dem Hemd, während er einen weiteren T-Shirt-Stapel beiseiteschob, und ihr Blick landete auf seinen Händen. Wie sich diese auf ihrem Körper anfühlten, wusste Erin nur zu gut. Erinnerungen, die ein Kribbeln in ihrem Bauch auslösten, das sich langsam bis zwischen ihre Schenkel ausbreitete. Kühne Finger, die sich in ihrem nassen Haar verfingen, um sie festzuhalten. Ein kräftiger Körper, der sich unerbittlich an ihren presste. Feste Lippen, die sie fast besinnungslos küssten. Sie glaubte, heute noch seine Bartstoppeln auf ihrer Haut zu spüren und seinen unverwechselbar männlichen Geruch einzuatmen, während sie sich, schwindlig vor Lust, an Coles Schultern festhielt, um im Pool der Nachbarn nicht den Verstand zu verlieren.

Ein Aufstöhnen unterdrückend, presste sie die Schenkel zusammen und nahm noch einen Schluck Rotwein. Sie war nicht sicher, ob es eine gute Idee war, Cole in ihr Schlafzimmer eingeladen zu haben. Ihre Gedanken waren kaum zu bändigen, von all den Empfindungen, die seine Gegenwart in ihr auslösten, ganz zu schweigen. Sie hatte gedacht, ihre Gefühle für ihn im Griff zu haben. Gefühle, die sie nur unnötig ins Straucheln brachten und die sie vor vielen, vielen Jahren bereits zu unterdrücken gelernt hatte. Sie dachte, darüber zu stehen und in Cole einfach nur den Freund sehen zu können, der er immer gewesen war. Ein Irrtum, wie sie feststellen musste. Auch heute war sie gegen all den Sexappeal, den er ausstrahlte, nicht immun, und je länger ihr Blick über seinen durch und durch männlichen Körper glitt, desto heißer wurde ihr. Überall.

Gottverdammt! Das war genau, was sie vermeiden wollte. All dieses Chaos und das Durcheinander in ihrem Inneren und das nur, weil er in ihrer unmittelbaren Nähe war. Als er sie vorhin in der Küche berührt hatte, hatten sämtliche Alarmglocken in ihr angeschlagen. Es wäre ein Leichtes, sich in seine Umarmung fallen zu lassen und zu genießen, was er mit seinen geschickten Händen alles anstellen konnte. Der nächste Morgen war es, der die Ernüchterung brachte – auch diese Erinnerung war so präsent, als wäre es erst gestern gewesen, als er ihr sagte, nicht mehr als eine gute Freundin in ihr zu sehen. Sie wie eine Schwester zu lieben, sich jedoch nicht vorstellen zu können, eine Beziehung mit ihr zu führen.

Stopp! Vehement verscheuchte sie das Wirrwarr aus ihrem Kopf. Die Sache mit Cole war über ein Jahrzehnt her, sie hatte längst Frieden damit geschlossen. Um sich gedanklich von diesem Abgrund fortzureißen, dachte sie an Robert. An den Mann, der sie gefühlsmäßig nicht in ein Desaster stürzen würde. Eine gute sichere Wahl, mit der sie leben konnte. Wenn er ihr denn eine Chance gab, zu beweisen, wie gut sie miteinander harmonieren würden.

Coles Seufzer, der sich mehr wie ein Wehlaut anhörte, holte sie zurück in ihr Schlafzimmer. Da bückte er sich, um die unterste Schublade ihrer Kommode zu öffnen. Noch bevor sie reagieren konnte, spürte sie, wie sie knallrot anlief, da entdeckte er bereits …

Oh mein Gott! »Gib das sofort wieder her, Cole!«, rief sie und sprang auf, um das schwarze Korsett aus seiner Hand zu fischen.

Verschlagen grinsend, hielt er seinen Arm noch ein Stückchen höher, während das Dessous neckisch über ihrem Kopf hin und her baumelte.

»Würdest du mir verraten, warum du dieses scharfe Teil im letzten Winkel deines Kleiderschrankes versteckst?« Sein schelmischer Ton verstärkte das Brennen auf ihren Wangen.

»Weil ich dieses Teil nicht trage.«

»Und warum nicht?«

»Weil ich nicht der Typ dafür bin.«

Cole zog eine Braue nach oben. »Und welcher Typ bist du dann, Baby? Der Lack- und Leder-Typ? Der Blümchenmuster-Typ?«

»Der langweilige Typ!«, schoss sie zurück und hing sich wie eine Klette an seinen Arm, was Cole kein bisschen aus dem Gleichgewicht brachte. Stattdessen lachte dieser Mistkerl sie aus.

»Es freut mich, dich zu amüsieren!« Die Zähne zusammengebissen, trat sie zurück und verschränkte die Arme vor der Brust. »Wärst du nun so freundlich und würdest mir dieses … Ding zurückgeben?«

»Nur, wenn du es für mich anziehst«, retournierte Cole mit unverhohlenem Amüsement, das ansteckend wäre, ginge der Witz nicht auf ihre Kosten.

»Nur über deine Leiche, Kumpel«, blaffte sie und machte ein finsteres Gesicht, hoffend, er würde endlich damit aufhören, sie so dämlich anzugrinsen.

Was er schließlich auch tat. »Du denkst das wirklich, nicht wahr? Dass du langweilig und unattraktiv bist.«

»Bin ich nicht?«, witzelte sie ohne einen Funken Humor und schnappte sich endlich das Korsett, als er seinen Arm sinken ließ. »Würdest du mir dann verraten, was dich so köstlich amüsiert, wenn nicht die Vorstellung, mich in diesem Teil zu sehen?«

Sie wollte die Antwort gar nicht hören, also machte sie sich daran, das Korsett wieder dorthin zu legen, wo es hingehörte. In die letzte Schublade ihres Kleiderschranks.

Zu gern hätte sie eine weitere Beschäftigung gefunden, doch

nachdem sie die Schublade wieder geschlossen hatte, blieb ihr nichts anderes übrig, als sich Cole zu stellen. Er stand noch immer am selben Fleck und sah sie schweigend sowie nachdenklich an.

»Komm her, Erin«, sagte er schließlich, doch sie schüttelte den Kopf und trat ein paar Schritte zurück.

Sein unergründlicher Blick ängstigte sie und beschleunigte ihren Puls, der bis in ihren Hals klopfte. Nur mühevoll widerstand sie dem Impuls, auf dem Absatz kehrt zu machen, um seinem Wirkungskreis zu entfliehen, doch weit würde sie nicht kommen. Nicht, solange Cole sie ansah, als würde er nur auf den Augenblick warten, dass sie lossprintete, um sie wieder einzufangen.

Verflixt!

»Hör auf damit, Cole«, beschwor sie ihn und trat automatisch weiter zurück, da setzte er sich in Bewegung. Sie konnte nichts dagegen tun. Nichts, um ihren Beinen Einhalt zu gebieten, die sich über ihren Willen hinwegsetzten.

Erin rannte los, schlug einen linken Haken und hatte die Schlafzimmertür beinahe erreicht, als sich zwei starke Arme um ihre Taille schlossen.

»Oh nein, Erin, das wirst du nicht tun«, murmelte Cole, seine Lippen nur wenige Millimeter von ihrem Ohr entfernt.

Resigniert senkte sie die Lider und unterdrückte ein Erschauern, als seine Wärme von ihrem Rückgrat bis hoch zu ihrem Nacken strömte, dorthin, wo auch sein Atem auf ihre Haut traf. Es ärgerte sie, wie ungeniert ihr Körper auf ihn reagierte. Noch mehr ärgerte sie allerdings Coles unverfrorene Art, sie erst in diese Situation zu bringen.

Langsam, als befürchtete er, sie könnte ihm doch noch entwischen, drehte er sie zu sich um. »Jeder Kerl, der nicht erkennt, wie wunderschön du bist, ist ein Schwachkopf, Erin. Und du eine Närrin, wenn du von dir behauptest, unattraktiv und langweilig zu sein.« Das tiefe Timbre seiner Stimme vibrierte bis tief in ihren Bauch. Doch es war die Aufrichtigkeit, die in seinen Worten mitschwang, die sie fesselte.

Zärtlich nahm er ihr Gesicht in seine Hände. »Du musst mir nicht verraten, wer oder was dir so viel von deinem Selbstbewusstsein genommen hat. Viel wichtiger ist, du glaubst mir, wenn ich dir sage, dass du all die Waffen einer Frau besitzt, um jeden Kerl da draußen zu verzaubern.« Mit dem Daumen strich er über ihre Unterlippe – ein wohliges Prickeln auslösend, überall dort, wo er sie berührte. »Du musst nur lernen, sie einzusetzen«, murmelte Cole rau und löste ihr Zopfband. Ohne ihren Blick loszulassen, fuhr er mit den Fingern durch ihr Haar, bis jede ihrer Strähnen über ihre Schultern gefallen war. Dann legte er seine Hände zurück auf ihre Hüften und sah sie aus dunkel gewordenen Augen an. »Denkst du, du kriegst das hin? Dich mit meiner Hilfe wieder weiblich und verführerisch zu fühlen?«

Erin war so hypnotisiert von seinen Berührungen und so gefesselt von seinem einnehmenden Blick, dass sie ihm in diesem Moment ihre Seele verkauft hätte. Aus Angst, kein Wort hervorzubringen, nickte sie, was ihr ein schiefes Grinsen einbrachte.

»Dann hätten wir Teil eins der heutigen Lektion bereits geklärt.« Cole trat zurück, und sofort vermisste sie seine Wärme.

Die Distanz half jedoch, ihre Stimme wiederzufinden. »Und Teil zwei der heutigen Lektion?«

Mit gefurchter Stirn wandte er sich wieder dem Kleiderschrank zu. »Besteht darin, etwas Passendes zum Anziehen für dich zu finden.«

Dann konnten sie ja endlich zum entspannten Teil des Abends übergehen, dachte Erin und ließ sich mit zittrigen Knien und wildpochenden Herzen auf ihr Bett plumpsen.

3. Kapitel

Unschlüssig, für welches Oberteil sie sich entscheiden sollte, stand Erin am nächsten Morgen in ihrem Badezimmer und kaute auf der Innenseite ihrer Wange herum. Cole und seine Hartnäckigkeit hatten es schlussendlich doch noch geschafft, zwei Teile aus den Untiefen ihres Kleiderschranks zutage zu fördern, mit denen sie sich halbwegs anfreunden konnte.

Auf der Anrichte lag nun ein taupefarbenes Top mit Wasserfallausschnitt und Spitzensaum. Eine bordeauxfarbene Seidenbluse hing über dem Rand ihrer freistehenden Badewanne. Letzteres hatte sie sich für die erste Weihnachtsfeier an der NYU gekauft, dann aber entschieden, dass es für diesen Hauch von Nichts viel zu kalt war. Mit derselben Ausrede würde sie bei Temperaturen von knapp dreißig Grad bestimmt nicht durchkommen.

Gegen den kurzen schwarzen Rock, den Cole außerdem entdeckte, hatte sie Einspruch eingelegt, dem stattgegeben wurde. Nun würde sie eine ihrer alten Jeans tragen, die an den Knien bereits leicht aufgescheuert und so eng waren, dass ihre Beine darin unendlich wirkten. Nicht zu aufreizend, dennoch sexy und mit einem Touch jugendlicher Unschuld, so hatte Cole die Kombination beschrieben. Noch immer schwirrte ihr sein spitzbübischer Ausdruck durch den Kopf, als sie zustimmte, die ausgewählte Kleidung zu tragen.

Argwöhnisch blickte sie zwischen den beiden Oberteilen hin und her, bis sie sich geschlagen gab, die viel zu dünne Bluse zurück in den Wäschekorb warf und nach dem Top fasste, das vermutlich nicht wesentlich mehr von ihrer ohnehin auffallenden Oberweite versteckte. Sie wurde den Eindruck nicht los, dass Cole es genau darauf anlegte.

Sadistischer Mistkerl, dachte Erin, als im selben Moment ihr

Handy vibrierte und eine Kurznachricht anzeigte. Etwas, das sich verdächtig nach Aufregung anfühlte, flatterte durch ihren Bauch, als sie Coles Nummer auf dem Display erkannte.

Guten Morgen, Sonnenschein, ist dir die Entscheidung heute leichter gefallen? C.

Selber guten Morgen. ;-) Und nein, nicht wirklich.

Verrätst du mir, was du anziehen wirst?

Das Top …

Sehr gute Wahl! Zeig's ihnen, Baby. ;-)

Lächelnd warf sie das Handy in ihre Tasche und begann, sich für die Arbeit fertig zu machen. Da sie fand, für den ersten Tag genug Kompromisse eingegangen zu sein, band sie ihr Haar zu einem Pferdeschwanz zusammen und trug etwas dezenten Lipgloss auf. Danach schlüpfte sie in flache schwarze Sandalen und schnappte sich die Tasche mit ihren Unterlagen sowie zwei Viertel Dollar Münzen aus dem Glas, das auf der Anrichte neben der Apartmenttür stand.

Von einem beschwingten Gefühl begleitet, verließ sie ihr Wohnhaus und lief die vier Stufen hinunter auf den Bürgersteig, wo sie der Geruch von Kirschblüten begrüßte. Die gesamte Seitenstraße wurde von den japanischen Zierbäumen gesäumt, deren hübsche Blüten in der Morgensonne hellrosa leuchteten. Ein toller Kontrast zu dem vielen Grün des Efeus, der sich über die Ziegelsteinfassaden hochrankte.

Ihre Hände um die Riemen ihrer Tasche gelegt, lief sie die fünf Blocks, bis sie den Washington Square erreichte und es mit der morgendlichen Ruhe vorbei war. Das lebhafte Summen des Stadtverkehrs umfing sie, durchdrungen von den ersten Klängen der Straßenmusiker, die sich zusammen mit anderen Künstlern um den Triumphbogen versammelt hatten.

Gestresst dreinsehende Anzugträger hasteten über den weitläufigen Platz, Autos hupten, Handys klingelten, Aktenkoffer wurden eng an Körper gepresst, um die Umstehenden damit nicht anzurempeln. Andere wiederum schlängelten sich mit ihren Fahrrädern durch den Passantenstrom, was einem Spießrutenlauf glich.

Das betriebsame Durcheinander erinnerte an einen Bienenstock. Auf den ersten Blick schien Chaos zu herrschen, doch in Wahrheit hatte jeder einzelne seine Aufgabe ganz deutlich vor Augen und schwärmte pünktlich aus, um zu seinem Arbeitsplatz zu gelangen. Anfangs fühlte sich Erin von den vielen Eindrücken schier erschlagen. Wohin sollte man zuerst blicken, wenn es überall etwas Neues, Aufregendes und Schillerndes zu entdecken gab?

Blieb man hier jedoch stehen, um die Umgebung zu bestaunen, fühlte man sich schnell wie ein Fremdkörper in einem funktionierenden Uhrwerk. Es hatte ein wenig gedauert, bis sie sich an den Rhythmus New Yorks gewöhnt hatte. Heute marschierte sie zielstrebig auf das Universitätsgebäude zu, wich Fußgängern und Radfahrern aus und warf die mitgebrachten Münzen im Vorbeigehen in den Beutel von einem der Musiker.

Ohne die Hände von den Riemen ihrer Tasche zu nehmen, die zumindest einen Teil ihres Ausschnittes bedeckten, betrat sie kurz nach halb acht das Gebäude der NYU. Der Lehrsaal für den Geschichtsunterricht befand sich im dritten Stock, und Erin nahm die Treppe nach oben. Sie hatte ihr Ziel fast erreicht, als Lisa, eine ihrer Studentinnen, zu ihr aufholte.

»Miss Parker, entschuldigen Sie, kann ich Sie einen Moment sprechen?« Das Mädchen klang beunruhigt, was Erin stutzig machte. Mit Studenten, die zu den Jahrgangsbesten zählten, gab es nur selten Probleme, die zu Aufgebrachtheit führten.

»Natürlich, was gibt es, Lisa? Geht es Ihnen gut?«

»Ja, es ist nur …« Sie zog die Nase kraus und fixierte einen Punkt über Erins Kopf. »Toni hat mir von der Zwischenprüfung erzählt, die Sie letzte Woche eingeschoben haben.«

»Ja?«

»Ich habe gefehlt«, sagte Lisa, als würde das alles erklären.

»Worauf wollen Sie hinaus, Lisa?«

In einer unsicheren Geste, schob sie die Hände in die Seitentaschen ihres Blazers. »Ich würde die Prüfung in den nächsten Tagen gern nachholen, Miss Parker.«

Erin runzelte die Stirn. »Sie waren letzte Woche krankgeschrieben. Sie müssen die Prüfung nicht wiederholen.«

Lisa machte ein Gesicht wie zehn Tage Regenwetter. »Wenn ich ehrlich sein soll … Ich war letzte Woche nicht krank. Ich hatte … Schwierigkeiten mit Josh, Josh Warner, meinem Freund.«

Oookay, dachte Erin und kritzelte gedanklich ein Plus für Aufrichtigkeit in Lisas Unterlagen. Dann lächelte sie das Mädchen warm an. »Ich danke Ihnen für Ihre Offenheit. Dennoch sehe ich keinen Grund, dass Sie die Prüfung wiederholen. Ihre Zensuren sind ausgezeichnet, außerdem steht in drei Wochen die Abschlussprüfung an. Wenn diese genauso ausfällt, wie ich es von Ihnen gewohnt bin, wird eine fehlende Zwischenprüfung nichts an Ihrer hervorragenden Endnote ändern.«

»Oh Gott, danke!« Die Erleichterung stand dem Mädchen ins Gesicht geschrieben.

»Machen Sie sich nicht so viele Gedanken«, riet Erin und hoffte, ihr Ratschlag würde beherzigt werden. »Gehen Sie aus, haben Sie Spaß, und dann bereiteten Sie sich mit neuer Energie auf die Prüfung vor. Sie werden sehen, es kann nichts schieflaufen.«

Lisa strahlte sie an. »Danke, Miss Parker.«

»Gern geschehen.«

Das Mädchen machte ein paar Schritte, bevor es sich noch einmal umdrehte. »Nette Bluse übrigens.« Ein Zwinkern, dann war Lisa zwischen den anderen Studenten verschwunden.

Schmunzelnd marschierte Erin weiter und gab Cole auf mentalem Weg einen Klaps auf den Hinterkopf, für sein eigenes dämliches Grinsen.

Es war kurz nach sechzehn Uhr, als Cole die Fachwerkstätte in Chelsea erreichte, wo Erins Corvette repariert werden sollte. Er kannte den Inhaber seit Jahren, der den Betrieb in dritter Generation führte. Wenn er jemanden an seine Sportwagen ließ, dann Peter, diesen verrückten Kauz, der wie sein Vater ein Händchen für sensible Motoren hatte. Auch für Erins Oldtimer war diese Adresse seine erste Wahl gewesen.

Cole parkte seinen Maserati neben Peters Dodge Viper und stieg aus. Die beiden Tore zum Werkstättenbereich standen halb offen, und so brauchte er nicht lange, bis er fand, wonach er suchte.

Erin stand bei ihrem Wagen und lachte über etwas, das Peter sagte. Ihre Augen strahlten pure Freude aus, und sie gestikulierte wild, als sie auf eine Aussage des Mechanikers antwortete.

Cole verstand kein Wort. Er war zu sehr abgelenkt von …

Wow. Wer zum Teufel hatte behauptet, Jeans könnten nicht sexy wirken? Absoluter Schwachsinn. In diesen Jeans zusammen mit dem tief ausgeschnittenen Top wirkte Erin grazil und trendy wie eines dieser Covermodels der Boulevardzeitschriften. Über ihrem linken Knie war ein Riss entstanden, und Ölflecke zierten den Stoff über ihren Oberschenkeln, als hätte sie ihre Hände daran abgewischt. Einen weiteren Fleck entdeckte er auf ihrer Wange, den sie verwischte, als sie ein paar Haarsträhnen hinter das Ohr schob, die sich aus dem Pferdeschwanz gelöst hatten. Cole hätte Stunden hier stehen bleiben können, um sie anzusehen und jedes Detail in sich aufzunehmen, dennoch wäre es ihm vermutlich nicht möglich gewesen, all ihre Zauberhaftigkeit in Worte zu fassen.

»Ein Hurst 5-Gang-Getriebe?«, fragte Peter verblüfft und griff sich mit der rechten Pranke ans Herz. »Wow, Mädchen, du machst mich fertig.«

Da waren sie schon zu zweit, dachte Cole.

Sichtlich stolz auf ihr Werk, lächelte Erin den Bären von Mann an, der mehr als nur ein bisschen hingerissen war. »Die Kühlung habe ich durch einen Aluminiumkühler ersetzt. Die gesamte Bremsanlage wurde ebenfalls erneuert.«

»Ölpumpe?«

»Wurde durch eine spezielle Pumpe mit größerem Volumen getauscht; eine neue Ölwanne habe ich auch eingebaut.«

Peter steckte den Kopf unter die Motorhaube. »Die Filter wurden ebenfalls erneuert.«

»Jap«, sagte Erin und strich liebevoll mit den Fingerspitzen über den glänzend schwarzen Lack ihrer Corvette. »Das Baby läuft wie neu.«

»Das kann ich mir vorstellen. Ich habe selten eine C1 Baujahr 1960 in so gutem Zustand gesehen. Und du hast nicht eine Sekunde überlegt, den Radfahrer statt des Hydranten mitzunehmen?«

Erin lachte. »Ich bin mir sicher, du wirst meinen Wagen wieder auf Vordermann bringen, dass ich meine Entscheidung nicht bereuen muss.«

»Ganz bestimmt.« Peter hockte sich vor den lädierten Kotflügel, um sich den Schaden genauer anzusehen. »Wer hat dir beigebracht, alte Autos zu restaurieren?«

Mit einem bittersüßen Ausdruck lehnte sich Erin gegen den Wagen. »Mein Dad. Er hatte schon immer ein Faible für Oldtimer. Im Gegensatz zu den neuen Technologien, hält die alte Technik ein Leben lang, wenn man sich liebevoll darum kümmert – sein Leitspruch.«

»Ein intelligenter Mann, dein Dad.« Peter nahm ein Klemmbrett, um sich Notizen zu machen. »Haben junge Mädchen nicht Besseres zu tun, als sich die Hände beim Herummurksen in der Werkstatt dreckig zu machen? Jungs um den Verstand bringen zum Beispiel?«

Ein Schatten huschte über Erins Gesicht.

Peter schien es nicht zu bemerken, doch Cole entging der kurze Umschwung nicht.

»Ich war nie eines dieser Mädchen.«

Mit einem schelmischen Funkeln sah Peter auf. »Wenn du heute noch Lust hast, dich dreckig zu machen, hier bist du jederzeit herzlich willkommen, Mädchen. Ich kann dir garantieren, dass du alle meine Jungs mit deinen fähigen Händen um den Verstand bringen wirst.«

Okay. Das ging eindeutig zu weit. Mit einem Räuspern machte Cole auf sich aufmerksam und ging auf die beiden zu.

Erin bemerkte ihn zuerst. »Hey, Cole!«

»Hey, Baby«, erwiderte er, legte einen Arm um ihre Taille und küsste sie auf die Schläfe.

Überrascht blickte sie zu ihm hoch, doch er ignorierte die Frage in ihren Augen, wie er auch den Geruch nach Wildblumen und Sonne zu ignorieren versuchte, der gewisse Teile seines Körpers abrupt zum Leben erweckte. Stattdessen stieß er seine Faust gegen Peters.

»Wäre nett gewesen, wenn du mich vorgewarnt hättest, Stewart. Diese Lady hier ist der feuchte Traum eines jeden Mechanikers.«

»Nicht nur«, widersprach Cole und zwinkerte Erin zu, deren Wangen einen bezaubernden Pinkton annahmen. Gott, er liebte es, wenn sie seinetwegen errötete. »Wie lange wirst du für die Reparatur von Erins Wagen brauchen, Peter?«

»Ein bis zwei Wochen mindestens. Ich werde mich bemühen, an Originalteile ranzukommen.«

Cole nickte. »Melde dich einfach, wenn die Corvette abholbereit ist.«

»Mach ich.« Peter wandte sich an Erin und tippte sich gegen eine imaginäre Hutkrempe. »Und nicht vergessen, Mädchen, Leute mit deinem Talent kann ich hier immer gebrauchen. Anruf genügt, und du bist eingestellt.«

»Werde ich mir merken.« Ihr Lächeln schien nicht nur Cole mitten in die Brust zu treffen. Auch Peter war ganz hingerissen. Dabei hoffte Cole, selbst nicht wie ein angeschossener Bär dreinzusehen, dem man Honig ums Maul schmierte.

»Wenn da nicht jemand in Rekordzeit gelernt hat, einem Kerl Feuer unterm Hintern zu machen«, neckte er sie, sobald sie seinen Wagen erreichten und Peter außer Hörweite war.

Zur Antwort verdrehte Erin die Augen und öffnete die Beifahrertür.

Verblüfft, wie wenig Sexappeal sie sich zutraute, schüttelte er den Kopf und startete den Wagen. Erin schien nicht die geringste Ahnung zu haben, wie verführerisch sie wirken konnte, wenn sie nicht gerade von ihrer Unsicherheit beherrscht wurde. Eine Unsicherheit, die vordergründig körperlicher Natur zu sein schien. Auch wenn sie nicht zu den Rubensfrauen gehörte, besaß sie dennoch ausreichend Rundungen, um jeden noch so gestandenen Mann in die Knie zu zwingen.

Cole wusste, wovon er sprach, schließlich hatte er bereits das Vergnügen, jede einzelne ihrer zierlichen Kurven zu erkunden. Ihr Busen war rund und fest, zwei vollkommene Kuppeln, die seine großen Männerhände perfekt ausfüllten – ihre hochragenden Nippel rosig und überaus empfindsam. Ein wenig Aufmerksamkeit und sie wurden hart wie kleine Glasperlen. Die Erinnerung, wie sensibel ihr Körper auf seine Berührung reagierte, erregte ihn. Sein Griff um das Lenkrad wurde fester, und innerlich verfluchte er sich, schon wieder hart zu werden. Erins Nähe und diese sexy Unschuld, die sie ausstrahlte, taten seiner Selbstkontrolle alles andere als gut.

»Hast du heute schon etwas gegessen?«, fragte er und riss ihre Aufmerksamkeit vom Stadtverkehr Manhattans los.

»Nicht sehr viel«, antwortete sie. »An der Straßenecke gegenüber von meinem Apartment hat ein neuer Sandwichladen eröffnet. Die werben dafür, ausschließlich Bioprodukte zu verwenden. Wie klingt das?«

»Klingt, als wäre so ein Sandwich einen Versuch wert.«

Noch zwanzig Minuten bis zu ihrem Wohnblock. Bis dahin würde er es hoffentlich geschafft haben, einer Meinung mit seinem Schwanz zu sein, der fest entschlossen war, das Denken für sie beide zu übernehmen.

»Verdammt Frau, das ist das beste Sandwich, das ich je gegessen habe«, murmelte Cole mit vollem Mund und gesenkten Lidern.

Grinsend setzte sich Erin neben ihn auf die Bank der kleinen Parkanlage hinter ihrem Wohnhaus und stellte die mitgebrachte Tüte zwischen ihnen ab. Dann nahm auch sie einen Bissen von ihrem Truthahnsandwich mit extra Tomaten, Salat, Weichkäse und Kräuteraufstrich, was in dieser Kombination buchstäblich ein Geschmacksfeuerwerk in ihrem Mund entfachte.

Oh. Mein. Gott. Das war unglaublich. Sie versuchte erst gar nicht, die kleinen Laute zu unterdrücken, die jedem Vorbeigehenden verrieten, wie köstlich dieses Bio-Sandwich schmeckte.

Aus dem Augenwinkel bemerkte sie, dass Cole sie belustigt anstarrte. »Was ist?«

»Darf ich?«, fragte er und wischte mit dem Daumen über ihren Mundwinkel.

»Äh … Danke.« Fasziniert sah sie dabei zu, wie sein Finger zwischen seinen Lippen verschwand, um das bisschen Aufstrich abzulecken. Herrgott, musste denn alles, was dieser Kerl tat, heiß wirken und dieses elendige Kribbeln in ihrem Bauch verursachen? Und war es sehr schlimm, sich zu wünschen, dass ihr

Finger es war, der in seinem Mund verschwand?

Coles unbefangene Art, dazu diese umwerfenden Lachfältchen um seine Augen, stellte bereits ganz verheerende Dinge in ihrem Inneren an. Wenn er dann noch solche Sachen machte, wie Aufstrich von seinen Fingern zu lecken, war es um ihre Selbstbeherrschung geschehen.

Unverbesserliches Mädchen!, schalt sie sich, lenkte ihre Konzentration energisch zurück auf ihr Sandwich und nahm einen weiteren Bissen, nur um erneut in Verzückung zu geraten. Jesus, sie würde sich ab heute nur noch von diesen Dingern ernähren, die im wahrsten Sinne des Wortes für einen Essensorgasmus sorgten. Wer brauchte da noch Vibrator und Co? Befriedigung auf Bio-Art war ab heute angesagt. Da konnte so mancher Kerl einpacken.

Als sich ihr Blick diesmal klärte, war das Grinsen aus Coles Gesicht verschwunden. »Ich weiß nicht, was mich mehr anmacht, dieses Wahnsinnssandwich oder dir dabei zuzusehen, wie du deines isst.«

»Blödmann«, murmelte Erin und hoffte, nicht schon wieder rot zu werden.

»Wie lief eigentlich dein Mittagessen mit Caitlin?«, wollte er wissen und öffnete die Papiertüte, um sich einen der Müsliriegel zu stibitzen.

Erin verzog das Gesicht. »Nicht besonders.« Und das war noch eine Untertreibung. Ihr Optimismus, Caitlin wegen Robert ins Vertrauen ziehen zu können, hatte sich ebenso schnell verflüchtigt, wie die Hoffnung, dass sie nicht an seinen Absichten interessiert sein könnte.

»Sie wird mit ihm zur Abschlussfeier gehen?«

»Oh Gott, Dr. Robert Peterson will mit mir ausgehen! Ich kann es noch immer nicht glauben!«, imitierte sie Caitlins wenig damenhaftes Quieken.

Natürlich konnte sie es nicht glauben. Als wüsste Caitlin um ihre Wirkung auf Männer nicht Bescheid. Innerlich verdrehte

Erin die Augen. Ehrlich, sie mochte Caitlin. Mochte ihre schrullige Art, die auf spezielle Weise liebenswert war, und bewunderte sie für ihr unerschütterliches Selbstbewusstsein. Erin machte ihr auch keinen Vorwurf, sich über die Absichten von Robert Peterson zu freuen – wer würde das nicht?

Es war nur …, es machte ihr die eigene Unzulänglichkeit nur umso bewusster. Sie konnte Caitlin nicht das Wasser reichen, in keinster Weise, selbst nicht nach drei Wochen Unterstützung von Cole. Alles, was für sie dabei rausspringen würde, wäre eine weitere Furche im Holz ihrer Frustrationen.

Cole musste spüren, dass sich ihre gute Stimmung im Sturzflug befand. Liebevoll hob er ihr Kinn. »Hey, das ist kein Grund, den Kopf in den Sand zu stecken.«

»Ich weiß nicht, ob ich diese Verführungssache durchziehen möchte«, gestand sie und versank für einen Moment im warmen Grün seiner Augen. »Ich bin, wer ich bin und wie ich bin. Auch wenn ich daran etwas ändere …«

»Niemand sagt, dass du dich verändern sollst«, unterbrach Cole sie. »Du bist eine wundervolle, geistreiche und warmherzige Frau. Alles, was du brauchst, um Robert rumzukriegen, ist ein wenig mehr Selbstbewusstsein.«

Sie seufzte. »Das klingt so einfach, wenn du das sagst.«

»Das ist es auch, Erin, und ich werde es dir beweisen, aber nur, wenn du mir versprichst, nicht gleich aufzugeben, wenn sich dir ein kleines Hindernis in den Weg stellt.«

Sie bezweifelte, dass Caitlin ein *kleines* Hindernis war, doch Coles Zuversicht wärmte ihr Herz. »Okay, ich verspreche es.«

»Das klingt schon eher nach meinem Mädchen«, sagte er mit diesem sexy Grinsen und küsste sie auf die Stirn. Kurz senkte sie die Lider und genoss dieses Kribbeln in ihrem Bauch, das sie gar nicht spüren dürfte. »Dann gehen wir morgen zu Phase zwei unseres Verführungsexperimentes über.«

»Die lautet?«, fragte sie skeptisch und sah Cole dabei zu, wie er einen weiteren Müsliriegel auspackte.

»Wir gehen shoppen.«

Der offensichtliche Schreck, der das kleine Wort in ihr auslöste, brachte Cole lauthals zum Lachen.

Mistkerl.

4. Kapitel

Sie sehen fantastisch aus, Miss Parker.« Nicole, Coles persönliche Beraterin bei Macy's, strahlte Erin über beide Ohren an, als diese aus der Umkleidekabine trat.

Cole schluckte schwer und hoffte, nicht dasselbe dümmliche Grinsen zur Schau zu tragen. Er konnte sich der Meinung der Verkäuferin nur anschließen. Erin sah fantastisch aus. Sie trug ein weißes Sommerkleid, das mit großen bunten Schmetterlingen bedruckt war. Der leichte Stoff legte sich eng an ihre Hüften und fiel fließend ein kleines Stück über ihre Knie. Dünne Träger lagen um ihren Nacken, die immer breiter wurden und zu einem perfekten V kurz über ihrem Busen zusammenliefen, was ihr Dekolleté unglaublich zur Geltung brachte.

Das Kleid war wie für Erin gemacht. Es wirkte fast mädchenhaft unschuldig und betonte dennoch jede ihrer weiblichen Rundungen. Unschuld und Sinnlichkeit. In dieser Kombination eine brisante Mischung, wie Cole feststellen musste. Er tat schwer daran, nicht wie ein notgeiler Idiot zu starren, während ein Teil seines Blutes südlichere Gefilde anstrebte. Erin sah atemberaubend aus. Einfach … »Perfekt, das nehmen wir.«

Scheinbar unsicher kaute Erin auf ihrer Unterlippe. »Findest du wirklich? Ich fühle mich darin irgendwie …«

»Weiblich?«, schlug Cole vor.

»Ich wäre eher für nackt.«

Das brachte ihn zum Grinsen. »Was für ein böses kleines Wort. Nicht auszudenken, was passieren könnte, wenn es einem Kerl in deiner Nähe durch den Kopf geistert.«

Nicole kicherte. Erin verdrehte die Augen. »Hör auf mit dem Blödsinn, Cole.«

»Haben Sie passende Schuhe dazu?«, fragte er Nicole.

»Natürlich, Mr. Stewart. Ich bin gleich zurück.«

Sobald die Verkäuferin außer Sichtweite war, trat er auf den Kabinenvorhang zu, hinter dem Erin wieder verschwunden war.

»Du siehst umwerfend aus, Erin. Wenn Peterson bei deinem Anblick in diesem Kleid nicht auf die Knie fällt und um Gnade winselt, ist er ein blinder Vollidiot.«

Auch wenn es ihm nicht gefiel, Robert Peterson zum Thema zu machen, meinte er jedes Wort. Es bedurfte wahrlich nicht viel, um aus dem unscheinbaren grauen Mäuschen einen prächtigen Schwan zu machen. Wenn dieser Kerl in Erin dann noch immer nicht die zauberhafte Frau erkannte, die sie in jeder Hinsicht war, sollte er sich doch zum Teufel scheren. Wenn nicht, war Cole bereit, nachzuhelfen.

»Ich danke dir, Cole.«

»Ich wüsste nicht, wofür du dich ...« Erin trat aus der Umkleidekabine, und ihm blieb buchstäblich die Spucke weg.

»Wow«, war das Geistreichste, was ihm im ersten Moment einfiel.

Erin hatte sich umgezogen und trug nun ein schwarzes Abendkleid, das im Gegensatz zu dem mit den Schmetterlingen kein bisschen mädchenhaft oder unschuldig war. Hauteng anliegend und zum Hals hochgeschlossen, fiel es offen über ihren zierlichen Rücken, was zwei reizende Einkerbungen kurz oberhalb ihres Pos entblößte.

Es juckte ihn in den Fingern, die kleinen Male nachzuzeichnen. Um sich daran zu hindern, steckte er seine Hände in die Taschen seiner Anzughose. Was den weiteren Vorteil mit sich brachte, die pochende Erhebung in seinem Schritt zu kaschieren. Erins schlanke Gestalt in diesem sündhaften Kleid war purer Sex und er ein sehr williges Opfer, um diesen Anblick in vollen Zügen zu genießen.

Mit einem Räuspern machte Nicole auf sich aufmerksam, erst da erkannte er die Zweifel in Erins Blick. »Gefällt es dir?«

Ob es ihm gefiel? »Gekauft«, sagte er, da er befürchtete, Erin mit jedem weiteren Wort, das ihm eigentlich in den Sinn kam, in ein noch größeres Desaster zu stürzen, als ihr ohnehin bereits anzusehen war. Um sich selbst wieder zu sammeln und die Benommenheit abzuschütteln, setzte er sich auf eines der Sofas, die vor den Umkleidekabinen standen. Dann sah er dabei zu, wie Nicole Erin half, in die zum Kleid passenden schwarzen Riemchenstilettos zu schlüpfen.

Cole befürchtete Schlimmstes, und seine Erwartungen wurden noch übertroffen. Erins Beine wirkten in den zehn Zentimeter Pfennigabsätzen endlos und unfassbar sexy. Innerlich biss er die Zähne zusammen, bis sein Kiefer schmerzte und die Vorstellung von diesen Wahnsinnsbeinen um seine Hüften aus seinem Verstand verschwunden war. Sein Schwanz hielt von dieser Verdrängungstheorie überhaupt nichts und drängte stattdessen immer stärker gegen den Reißverschluss seiner Hose.

Er wusste nicht, wie viel er heute noch imstande war, zu ertragen, bevor er das Wort *nackt* zur Realität werden ließ. Es kostete ihn jeden Funken Selbstbeherrschung, Erin nicht auf seinen Schoß zu ziehen, um ihr zu zeigen, was sie mit ihm anstellte. Wie wenig langweilig und unattraktiv auf sie zutraf.

Gottverflucht! Erin war wie eine Schwester für ihn. Sie war eine langjährige und verdammt gute Freundin. Er durfte nicht so über sie denken. Durfte nicht zulassen, dieses bescheuerte Verlangen über ihre Freundschaft zu stellen. Eine Freundschaft, die ihm um einiges wichtiger war, als bloßer Sex, den er zutiefst bereuen würde, sobald er wieder einigermaßen im Stande war, geradeaus zu denken. Davon abgesehen, hatte sie etwas Besseres verdient, als einen Kerl, der nicht bereit war, über den Bettrand hinauszublicken. Für komplizierte Liebesgeschichten fehlten ihm schlichtweg Zeit und auch die nötige Energie, die er aufbringen müsste, um eine solche Beziehung aufzubauen.

»Ups«, sagte Erin und holte ihn damit zurück in die Gegenwart. Mit wackeligen Beinen betrachtete sie zweifelnd ihre Schuhe, dann sah sie hilfesuchend zu Nicole. »Sagen Sie mir nicht, Sie würden sich in diesen Dingern halbwegs anmutig bewegen können?«

»Alles Übungssache, Miss Parker. Nach ein, zwei Versuchen klappt das wie am Schnürchen.«

»Ich weiß Ihre Aufmunterungsversuche wirklich zu schätzen, Nicole, aber glauben Sie mir, wenn ich Ihnen sage, in diesen Dingern niemals laufen zu können.«

»Sie sollten auch keinen Marathon damit hinlegen.« Nicoles Lächeln veränderte sich, als wäre sie drauf und dran, Erin in ein besonderes Geheimnis einzuweihen. Eines, das nur für weibliche Verbündetete gedacht war. »Das sind Sitzschuhe, Miss Parker.«

Erin zog eine Braue nach oben. »Sitzschuhe?«

»Ganz genau. Es gibt bequeme Schuhe, wie ihre üblichen Sandalen, dann gibt es Geh- und Tanzschuhe, wie meine Pumps hier«, erklärte Nicole und zeigte auf ihre eigenen Schuhe. »Und diese Stilettos, die Sie da tragen, sind zum Sitzen gedacht. Für Abende auf der Terrasse mit Freunden oder im Steakhouse mit ihren Kollegen, wenn Sie nicht stundenlang darin herumlaufen müssen.«

»Schuhe also, die nur hübsch zum Ansehen sind.«

»Sie haben es erfasst«, freute sich Nicole, als hätte Erin die Einhundertausend-Dollar-Frage richtig beantwortet.

Erin sah drein, als hätte sie in eine Zitrone gebissen. »Wären Sie dann so freundlich und würden mir zu den anderen Kleidern Geh- und Tanzschuhe besorgen?«

Nicole nickte. »Aber natürlich, Miss Parker.«

Mit in die Hüften gestemmten Händen sah Erin zu Cole. Die Blicke, die sie ihm dabei zuwarf, waren mörderisch. Die Schuhe, die Nicole für sie einpackte, jeden dieser Blicke wert.

»Du bist ein fieser Sadist, Cole«, flüsterte Erin, während er die Einkaufstüten auf dem Rücksitz seines Maseratis verstaute. Als hätte sie Hummeln im Hintern trat sie von einem Fuß auf den anderen und zupfte am Saum ihres knielangen Rocks, um den er sie gebeten hatte, ihn anzuziehen. Im Gegensatz zum Rest der neugekauften Garderobe waren weder der Rock noch die kurzärmelige Bluse eine derart große Ablenkung, dass er sich außerstande sah, mit ihr gemeinsam zu Abend zu essen und dabei auf dumme Gedanken zu kommen. Hoffte er zumindest. Noch immer waren all seine Sinne auf sie ausgerichtete und seine Hose viel zu eng.

Wenn das so weiterging, bekam er noch die ersten grauen Haare oder einen Herzinfarkt. Seinem rasenden Puls nach zu urteilen war Letzteres wahrscheinlicher. Er unterdrückte einen Fluch und zählte von zehn rückwärts.

»Cole?« Erin hatte aufgehört, herumzuzappeln und sah ihn aus großen Augen besorgt an. »Alles in Ordnung? Wenn du dich nicht danach fühlst, müssen wir nicht Essen gehen. Ehrlich, ich hätte damit nicht das geringste …«

Schluss mit diesem Unsinn! *Sofort.* Mit beiden Händen packte er Erin an den Hüften und drängte sie mit dem Rücken gegen die Beifahrertür des Maseratis.

Sichtlich erschrocken von seinem Angriff, stieß sie den Atem aus, und er kostete noch davon, bevor seine Lippen auf ihre trafen und seine Finger sich in ihr Haar gruben.

Vielleicht war das genau, was er brauchte, um all die wirren Eindrücke aus seinem System zu bekommen. Dabei konnte er auch gleich dieses brennende Verlangen stillen, das seinen gesamten Körper unter Strom setzte, als er sie vor zwei Tagen in der Küche nach Langem wieder berührt und dadurch all diese Erinnerungen freigesetzt hatte. Danach würde er wieder klar denken können. Erin als das sehen, was sie war. Eine Freundin. Nicht mehr. *Niemals mehr*, wenn er verhindern wollte, sie zu verletzen.

Doch bei all dem Richtig und Falsch hatte er nicht mit den Empfindungen gerechnet, die ein gewöhnlicher Kuss in ihm auslöste. Wobei *gewöhnlich* nicht annähernd beschrieb, was da zwischen ihnen passierte. Es glich einem Inferno. Einem feurigen Vor und Zurück ihrer Lippen, die näher nicht hätten zueinanderfinden können.

Erin schmeckte nach purer Leidenschaft. Nach einer Sehnsucht, die ein Echo forderte und jede Zelle seines Körpers zum Summen brachte. Ihn anspornte, sie viel enger an sich zu ziehen. Ihn ermutigte, den Kuss zu vertiefen, um ihr noch näher zu sein. Um mehr von ihrem blumigen Geruch einzuatmen und von ihrem süßen Atem zu schmecken.

Es machte ihn verrückt. Doch je länger er sie küsste und festhielt, desto mehr verlor er sich in all den Gefühlen, die wie ein Tropensturm auf ihn niederprasselten.

Das war nicht gut. Das war überhaupt nicht gut.

Als er plötzlich Erins Hände auf seiner Brust spürte, die ihn nicht näher zogen, sondern von sich fortdrückten, kam er endlich wieder zur Besinnung. Nach Luft ringend, trat er einen Schritt zurück, da erkannte er Entsetzen in ihren Augen. Oder war es Verwirrung? Furcht? Er wusste es nicht. Noch immer war er nicht in der Lage, einen vernünftigen Gedanken zu fassen. Seine Erektion schmerzte. Sein gesamter Körper pochte vor unerfüllter Lust und dem heftigen Begehren, das ein verfluchter Kuss in ihm ausgelöst hatte. Verdammt!

»Cole …«, flüsterte Erin, doch sie sah ihn nicht an, während sie mit den Fingerspitzen über ihre Unterlippe strich.

Gott, diese Lippen. Im Moment hätte er nichts dagegen einzuwenden gehabt, sie noch einmal auf seinen zu spüren. Wäre da nicht …

Robert.

Der Mann, in den Erin verliebt war. Den sie verführen wollte. Wegen dem sie all das hier überhaupt veranstalteten.

Himmel, was für eine Megascheiße! Wie hatte er das nur vergessen können? Eine eiskalte Dusche, hätte nicht weniger ernüchternd gewirkt.

Zwei tiefe Atemzüge, dann hatte er sich wieder so weit unter Kontrolle, um seinen Wagen abzuschließen. Mit einem Nicken in Richtung des italienischen Restaurants forderte er Erin auf, sich ihm anzuschließen. »Lass uns etwas essen, danach bringe ich dich nach Hause.«

»Möchtest du auch ein Bier?«, fragte Erin und nahm sich selbst eines aus dem Kühlschrank.

Cole lehnte mit der Schulter gegen den Rundbogen zu ihrer Küche und sah sie unergründlich an. Mit demselben Blick hatte er sie immer wieder während des Essens im Restaurant bedacht. Nach dem Desaster mit ihrem Kuss – den sie mehr genossen hatte, als gut für sie war –, hoffte sie, wieder zu dieser Leichtigkeit zwischen ihnen zurückzufinden, indem sie Anekdoten aus ihrer Kindheit auspackte. Doch Cole schien zu sehr in Gedanken, als dass er ihr richtig zugehört hatte.

Sein Schweigen verletzte sie. Aber was erwartete sie denn von ihm? Sie war es doch gewesen, die ihn von sich gestoßen hatte. All die Emotionen, die der Kuss in ihr auslöste, hatten ihr eine Heidenangst eingejagt. Es war besorgniserregend, wie lebendig und begehrenswert sie sich fühlen konnte – in den Armen dieses Mannes. Seit sie denken konnte, war Cole es, der diesen sinnlichen Aufruhr in ihr auslöste. Kein anderer Mann hatte ihr jemals derart den Boden unter den Füßen weggezogen. Während eines Kusses. Es war verrückt.

In seiner Gegenwart schien sie immer mehr die Kontrolle zu

verlieren – über ihre Gedanken, aber auch über ihre Gefühle, und das wollte sie nicht. Sie wollte nie wieder so sehr verletzt werden, wie Cole es schon einmal getan hatte. Und wie nur er es konnte.

Warum fühlte sie sich dann hundeelend bei der Vorstellung, ihn nie wieder zu küssen?

»Für mich kein Bier, danke«, sagte Cole schließlich. »Ich muss morgen früh raus und denke, ein Kater wäre bei der Verhandlung, die ich um Acht habe, nicht sehr hilfreich.« Das Lächeln, das sie den gesamten Abend über vermisst hatte, kehrte in seine Augen zurück, und Erin erwiderte es automatisch. »Meine erste Stunde beginnt um zehn. Für mich gilt diese Regel also nicht. Wasser?«

»Gern.« Sie reichte ihm eine kleine Flasche Mineralwasser, als im selben Moment ihr Handy vibrierte, das auf der Arbeitsfläche der Küche lag.

Eine SMS von Caitlin. Robert hatte sie nach der letzten Unterrichtsstunde auf einen Kaffee eingeladen und um ihre Nummer gefragt. Zwei Smileys am Ende der Nachricht lächelten Erin fröhlich entgegen, während sie sich fühlte, als boxe ihr jemand in den Bauch.

Robert. Sie hatte den ganzen Tag nicht an ihn gedacht. Was sagte das über sie aus? Dass sie einen Riesenfehler machte? Dass sie naiv wie ein junges Mädchen war, weil sie sich einen Kerl angeln wollte, der sie nicht verletzten konnte? Wenn sie so darüber nachdachte, klang die Sache ziemlich armselig und erbärmlich.

Cole war neben sie getreten. Seine Körperwärme hüllte sie ein, während er mit gefurchter Stirn die SMS studierte.

»Du solltest mit Caitlin über deine Gefühle für Robert sprechen«, sagte er und spielte wie nebenher mit einer ihrer Haarsträhnen.

Er schien nicht zu bemerken, was er tat. Erin hingegen rieselte ein Schauder über die Wirbelsäule. »Das kann ich nicht.«

»Wieso nicht?«, wollte Cole wissen. »Mir scheint, Caitlin liegt etwas an dir. Sie sieht in dir eine Freundin, warum kannst du in ihr nicht dasselbe sehen und dich ihr anvertrauen?«

»Weil … Es geht einfach nicht.«

Es war ihr nie leicht gefallen, sich anderen zu öffnen. Sie hatte es einmal versucht, und es war schiefgegangen. Mächtig schief. Als sie fünfzehn war, kurz nach dem Tod ihrer Mom, zog ein neues Mädchen in die Nachbarschaft in Boston, wo sie zusammen mit Cole aufgewachsen war. Ein nettes Mädchen, in dem Erin glaubte, eine Freundin gefunden zu haben. Eine Vertraute.

Sie hatte mit Rose über ihre Sorgen wegen ihres Dads gesprochen, der den Tod ihrer Mom nicht verkraftete. Aber auch über Cole, dem sie ihr Herz bereits mit neun Jahren geschenkt hatte, als sie zum ersten Mal dieses Kribbeln im Bauch spürte.

Cole war ihr Held. Ihr Fixpunkt. Eine Konstante. Der einzige Mensch, dem sie sich vor Rose anvertraut und auf den sie sich immer hatte verlassen können. Das Kribbeln war in den darauffolgenden Monaten stärker geworden, und in einem geheimen Winkel ihres Herzens hoffte sie, er würde bemerken, wie viel er ihr bedeutete und ihre Gefühle erwidern.

Rose wusste von alledem, dennoch besaß sie keine Skrupel, sich an Cole ranzumachen. Das Resultat? Mehrere Monate waren die beiden das Traumpaar der Highschool gewesen. Es hatte sie innerlich zerrissen. Schlimm genug, Rose zu verlieren, von der Erin dachte, sie würde ihr etwas bedeuteten. Sie hatte auch Cole verloren. Aus Rücksicht auf seine Gefühle schwieg sie jedoch darüber, wie sehr die beiden sie kränkten und verletzten.

Von einer Entschlossenheit getrieben, griff Erin nach ihrem Handy. Ganz sicher, würde sie diesen Fehler kein zweites Mal machen und jemanden so nah an sich heranlassen. Auch Caitlin nicht.

Ich freue mich für dich, tippte sie in die Tastatur, doch bevor sie auf Senden drücken konnte, wurde ihr das Handy abgenommen.

»Hey, was soll das?«, protestierte sie und drehte sich zu Cole um, der sie mit seinem Körper daran hinderte, ihm auszuweichen.

»Du tust es schon wieder, Erin«, sagte er mit diesem tiefen Bariton, von dem sie wünschte, er würde ihr nicht dermaßen unter die Haut gehen. Ebenso wenig wie dieser zärtliche Blick aus wachen Augen, die viel zu viel in ihr lesen konnten.

»Was tue ich denn?«

»Du gibt's auf. Besitzt du denn kein bisschen Stolz? Nicht mal dir selbst gegenüber?«

Autsch. Das saß. Verärgert über die Beleidigung, tippte sie ihm mit dem Zeigefinger gegen die Brust. »Was soll ich denn deiner Meinung nach tun, Mister-ich-weiß-alles-besser?«

»Rückgrat beweisen und abwarten«, erwiderte Cole gelassen wie immer. »Wer weiß, wie sich das Ganze zwischen den beiden entwickelt? Außerdem kannst du ihr auch noch morgen auf der Arbeit deine Glückwünsche aussprechen.«

Mein Gott, sie wollte überhaupt nicht mehr über die beiden nachdenken. Sie wollte sich einfach nur unter ihre Decke verkriechen und diesen ganzen verrückten Plan vergessen.

»Okay.« Langsam atmete sie aus, dann blickte sie hoch zu Cole, der sie noch immer aufmerksam ansah, als befürchte er einen weiteren Wutausbruch. »Es tut mir leid, dich angefaucht zu haben. Immerhin bist du nicht schuld an diesem ganzen Durcheinander.«

Sachte schob er ihr eine Haarsträhne hinter das Ohr. »Ich denke, zu dem heutigen Chaos sehr wohl meinen Beitrag geleistet zu haben. Von daher nehme ich einen Teil der Schuld auf mich.«

Entschuldigte er sich für ihren Kuss?

»Nicht nötig«, sagte sie, wobei sie nicht wusste, was genau nicht nötig war. Eine Entschuldigung oder sein einnehmendes

Lächeln, das verheerende Dinge mit ihrem Herzen anstellte.

Nicht sicher, was das plötzliche Schweigen zu bedeuten hatte, blieb sie reglos stehen, da hatte er die Reaktion offenbar erhalten, nach der er suchte.

»Ich wollte nur sichergehen, dass zwischen uns wieder alles in Ordnung ist«, flüsterte er, und ein Prickeln huschte über ihren Nacken, dort, wo sein Atem sie berührte. Himmel, der Mann war selbst im Nicht-Flirt-Modus zum Aus-der-Haut-Fahren.

»Es ist alles okay zwischen uns, Cole. Keine Sorge.«

Er war ihr ganz nah. Es wäre ein Leichtes gewesen, sich auf Zehenspitzen zu stellen, um ihn auf den Mund zu küssen. In diesem Moment wollte sie es so sehr, dass sich bei der bloßen Vorstellung alles in ihr zusammenzog. Doch inzwischen musste sie aus ihren Fehlern gelernt haben. Gelernt, die richtigen Entscheidungen zu treffen. Es stand zu viel auf dem Spiel. Ihr Seelenheil war ihr wichtiger, als ein kurzer Moment der Schwäche, den sie nur bitter bereute, sobald ihr Körper wieder abgekühlt war.

Sie unterbrach den Blickkontakt und sah zu Boden. Aus dem Augenwinkel erkannte sie ein Nicken.

Dann trat Cole einen Schritt zurück. »Gegen halb zehn morgen am Vormittag habe ich einen weiteren Termin in Chelsea. Wenn du möchtest, fahre ich dich vorher zur Arbeit.«

»Es sind nur fünf Blocks bis zu Uni, Cole, die kann ich auch laufen.« Wie sie es immer tat, wenn sie nicht gerade sehr spät dran war. »Was hältst du von einem Abendessen am Freitag?«, fragte sie, um die Situation zu entschärfen und sich selbst zu beweisen, dass sie trotz allem Freunde sein konnten. Drei Tage Cole-freie Zone würden ihr außerdem dabei helfen, sich und ihre Hormone wieder in den Griff zu kriegen.

»Dann bis Freitag, Erin. Gute Nacht.«

»Gute Nacht, Cole.«

5. Kapitel

Cole tat schwer daran, sich auf die Unterhaltung der beiden Männer zu konzentrieren, die sich mit ihm im Konferenzzimmer befanden. Zu viel geisterte ihm seit den letzten Tagen durch den Kopf. Dinge, an die er üblicherweise keinen zweiten Gedanken verschwendete, geschweige denn Stunden darüber zubrachte, schlaflos an die Decke zu starren. Doch Erin hatte es geschafft, ihm unter die Haut zu gehen. Auf eine andere, eindringlichere Weise, wie sie es immer schon getan hatte.

Der Kuss war ein Fehler gewesen. In jeder Hinsicht. Denn nun, wo er sich daran erinnerte, wie viel feurige Glut unter der sonst so unscheinbar wirkenden Oberfläche schlummerte, wollte er wissen, wie sich das Feuer anfühlte. Wenn es bedeutete, sich daran zu verbrennen, war es das Risiko wert. Irgendwo hinter dieser Schutzmauer, die Erin um sich errichtet hatte, steckte noch immer das aufgeweckte, leidenschaftliche Mädchen von früher, das er zurück wollte. Um jeden Preis.

Solange Peterson nicht begriffen hatte, was er sich entgehen ließ, standen seine Chancen gut, das Dornröschen vor ihm wachzuküssen. Er musste nur etwas Geduld haben und im richtigen Moment, die richtigen Karten ausspielen. Eine Kleinigkeit für einen Mann, der seinen Lebensunterhalt mit dieser Taktik verdiente.

»Bist du mit der Vereinbarung einverstanden, Cole?« Ein dunkles Augenpaar hatte sich auf ihn gerichtet, in dem pures Amüsement glänzte. Er kannte Elijah gut genug, um zu wissen, dass der Bastard ihn durchschaute. Sein Freund ließ ihn absichtlich in der Luft hängen und amüsierte sich dabei köstlich. »Ihr wollt also …«

»Noch etwas mit der Fusion der beiden Firmen warten. Es wird sich mehr Profit aus dem Kauf ziehen lassen, wenn sich

Inpext von dem Schlag des letzten Jahres erholt hat«, half Elijah ihm auf die Sprünge, ohne seinen Blick loszulassen.

Cole zog die Brauen zusammen, um ihm auf diese Weise den Mittelfinger zu zeigen, doch Elijah gab sich unbeeindruckt und grinste ihn weiterhin provokant an.

»Natürlich. Das ist eine ausgezeichnete Idee.«

Mr. Masterson, ein dicklicher Kerl mit Vollglatze, der ihnen gegenübersaß, nickte. »Dann ist es also beschlossen. Wir warten sechs Monate ab, wenn sich bis dahin etwas an der wirtschaftlichen Lage des Unternehmens verändert hat, schlagen wir zu.«

»Das ist der Plan«, sagte Elijah und sammelte die Unterlagen zusammen, die zwischen ihnen aufgebreitet waren.

Mr. Masterson erhob sich, Elijah und Cole taten es ihm gleich. »Ich bin sehr angetan von Ihrer Strategie, Mr. Stewart. Ich hoffe, wir werden in Zukunft noch das eine oder andere Mal Gelegenheit haben, über gemeinsame Geschäfte zu sprechen.«

»Ganz bestimmt«, erwiderte Cole und schüttelte dem Mann zum Abschied die aufgedunsene Hand.

Kaum hatte Masterson den Raum verlassen, begann Elijah, die Manschettenknöpfe seines Hemdes zu öffnen, um die Ärmel bis zu den Ellenbogen hochzukrempeln. Dabei entblößte er zwei volltätowierte Unterarme, die er über seiner Brust kreuzte. »Eine weitere aufregende Nacht hinter dir, Kumpel?«

Wenn dem nur so wäre …

Cole ließ sich zurück auf den Stuhl fallen und griff nach der dritten Tasse Kaffee, hoffend, seine Gehirnaktivitäten zumindest für wenige Stunden auf das Firmengeschehen zu lenken. In den letzten Tagen war Elijah es gewesen, der den Laden schmiss. Gott, segne die Gelassenheit dieses Mannes.

»Diese Brünette vögelt dir noch jeden Funken Selbsterhaltungstrieb aus dem Leib«, bemerkte Elijah und fuhr sich durch das schulterlange schwarze Haar. »Vielleicht solltest du der Kleinen mal Manieren beibringen. Wenn deine Eier dafür nicht reichen, du weißt ja, wo du mich findest.«

»Nina?« An die Französin hatte er nicht mehr gedacht seit ... Erin zurück in sein Leben gestolpert war.

»Mhm, die mit dem süßen Arsch und den Nippelpiercings.« Elijahs Ausdruck, der verriet, was er mit diesem Arsch und den Piercings anstellen würde, brachte Cole zum Lachen.

»Ich bin mir sicher, dass es dir nicht an Gespielinnen mangelt, die sich von dir die Ärsche versohlen lassen. Aber wenn du unbedingt willst, werde ich Nina von deinem Interesse berichten.«

Worüber die Französin bestimmt entzückt sein würde. Sie drängte bereits seit Längerem, Elijah zu einem ihrer Treffen mitzunehmen. Nina war unkompliziert, aufgeschlossen und unersättlich. Genau der Typ Frau, den Cole bevorzugte, um seine Bedürfnisse zu stillen, ohne lästige Verpflichtungen eingehen zu müssen. Dass aus ihrem Arrangement eine fünf Monate andauernde Affäre wurde, damit hatten sie wohl beide nicht gerechnet.

Cole griff nach seinem Handy, das er während ihres Termins auf stumm geschaltete hatte, um es wieder zu aktivieren, da entdeckte er eine SMS von Erin.

Steht unser Date für heute Abend noch? E.

Date? Das Wort gefällt mir. ;-) C.

Er sah Erin vor sich, wie sie die Augen verdrehte und musste grinsen.

Keine zehn Sekunden später erschien erneut eine Nachricht.

Ein Date unter Freunden. :-)

Natürlich. Der Freund bringt den Wein mit.

LOL. Abgemacht. Bis später.

Elijahs Lachen hallte wie Donnergrollen durch das Konferenzzimmer. »Meine Herren, da hat es aber jemanden ordentlich erwischt. Sicher, dass es sich dabei nicht um die kleine, freche Französin handelt?«

Ganz sicher.

Fragend zog Elijah eine Braue nach oben.

»Keine Chance, Mann.« Cole steckte das Handy zurück in seine Hosentasche und stand auf. Wenn er eins ganz sicher nicht tun würde, dann diesem notgeilen Sack von Erin zu erzählen. Eher fror die Hölle zu.

»Wow, so schlimm, ja?«

»Halt die Klappe, Elijah.«

Gottverdammter Mist! Das hatte ihr gerade noch gefehlt. Hastig duckte sich Erin hinter einem Werbeschild des Supermarktes und hoffte inständig, dass Caitlin ein entscheidungsfreudiger Mensch war. Die umfassende Auswahl der Eissorten im Kühlregal und Caitlins zerstreuter Blick sprachen dagegen.

Shit!

Sie hatte um Caitlin in den vergangenen Tagen einen weiten Bogen gemacht. Nicht, weil sie nichts mehr mit ihrer Freundin zu tun haben wollte, sondern weil sie keine weitere Geschichte über Roberts Heldentaten mehr hören konnte. Wenn Caitlin klug war, schnappte sie sich des Prinzens Schimmel und galoppierte auf Nimmerwiedersehen davon.

Caitlins Wohnung musste inzwischen einem Blumenladen gleichen, und selbst vor ihrem Arbeitsplatz machte Robert nicht halt. Blumen, Pralinen und weitere kleine Überraschungen schmückten Tag für Tag ihren Tisch im Konferenzraum der

Uni. Es war lächerlich, wie Robert um Caitlin herumscharwenzelte. Wie ein liebeskranker Idiot warb er um die Gunst der holden Maid. Diese Tour wäre ihr unglaublich peinlich gewesen. Caitlin hingegen schien Roberts Aufmerksamkeit in vollen Zügen zu genießen.

Erin gönnte ihr den Spaß. Von ganzem Herzen. Würde sie sich jedoch einmal mehr anhören müssen, wie großartig Robert war, würde sie Caitlin auf ihre Sitzschuhe kotzen.

Kurz überlegte sie, den Einkaufswagen, der inzwischen vollbeladen war mit Zutaten für das Abendessen mit Cole, einfach stehen zu lassen, um so einer Konfrontation zu entgehen. Doch es war schon kurz nach fünf. Zu wenig Zeit, sich einen anderen Supermarkt für ihren Einkauf zu suchen.

Erin blieb ihn Deckung und wartete, bis Caitlin endlich das richtige Eis gefunden hatte. Verträumt lächelnd legte sie eine Packung Vanille-Cookies in ihren Korb und machte Anstalten, zur Kasse zu gehen, da … tauchte wie aus dem Nichts ein fröhlicher Robert auf.

Das durfte doch nicht wahr sein! Einen saftigen Fluch unterdrückend, huschte Erins Blick über ihre Schulter, um die Distanz zwischen Werbetafel und einem der hohen Regale am anderen Ende des Ganges abzuschätzen. Negativ. Bis sie dorthin käme, um sich ein besseres Versteck zu suchen, hätte Caitlin sie voll auf ihrem Radar. Ihr blieb also nichts anderes übrig, als Ruhe zu bewahren und zu hoffen, keiner der beiden …

Ein Paar schwarz glänzender Herrenschuhe sowie Sandalen mit Keilabsätzen traten in ihr Blickfeld. *Ach du …*

»Erin? Warum versteckst du dich denn hinter einer Werbetafel für Senfgurken?«, fragte Caitlin und klang ehrlich verwirrt.

Weil die Tafel mit der weißen Schokolade bereits besetzt war, dachte Erin sarkastisch. Wieso nur wurde sie den Eindruck nicht los, als würde ihr das Universum in den letzten Wochen ständig den Mittelfinger zeigen?

»Ich … äh … habe nach der Viertel Dollar Münze gesucht,

die mir aus der Tasche gefallen ist.« Erin erhob sich und klopfte sich imaginären Staub von ihrem Rock. Dann schenkte sie dem verliebten Paar ein Lächeln, das jedoch nur von Caitlin erwidert wurde.

Robert war zu sehr damit beschäftigt, ihre nackten Beine anzustarren, die unter dem Rock hervorlugten. Mit diesem lüsternen Blick wirkte er eher wie ein verrückter Stalker als jemand, der solche Kerle vor seiner Lehrzeit vor Gericht gebracht hatte.

»Oh, wie mir scheint, bekommst du heute noch Besuch?«, sagte Caitlin, die den vollbeladenen Einkaufswagen im Visier hatte.

»Ich habe einen Freund zum Abendessen eingeladen.« Der in weniger als einer Stunde auf der Matte stehen würde.

Herr im Himmel, warum gab es für solche Situationen keine Aus-Taste? Oder ihr Handy könnte läuten, was es ansonsten doch auch in den unmöglichsten Momenten tat.

Robert riss sich von ihrem Anblick los. »Dasselbe Date wie Anfang dieser Woche?«

Was war daran so seltsam? »Ja, Cole.«

Mit gefurchter Stirn legte Robert einen Arm um Caitlin. Diese strahlte Erin erfreut an. »Du hast mir gar nicht erzählt, dass du dich mit jemandem triffst.«

Selbst wenn es etwas zu erzählen gegeben hätte, wäre Erin nicht zu Wort gekommen. Seit sich Caitlin mit Robert traf, war sie zu einem Kleinkind mutiert, das ohne Unterlass unnützes Zeug plapperte. »Tut mir leid, aber da gibt es wirklich nicht viel zu …«

»Wir freuen uns für dich, Erin!«, warf Caitlin ein und stieß Robert ihren Einkaufskorb in die Seite, der darauf nickte. »Hast du für nächsten Mittwoch nicht einen Tisch in diesem süßen italienischen Restaurant reserviert?«

Abermals ein Nicken, wenn auch etwas verkniffen.

Caitlin ignorierte es, und Erin ahnte Unheilvolles. »Wäre es nicht nett, den Abend gemeinsam mit Erin und ihrem neuen

Freund zu verbringen?«

Oh Scheiße. »Die Idee ist wirklich ganz furchtbar nett, Caitlin, aber ich befürchte …« Ihr Handy läutete. Halleluja! Eine Entschuldigung murmelnd, kramte sie in ihrer Tasche, bis sie das Läuten lokalisiert hatte.

»Familienangelegenheiten«, sagte sie mit Blick auf das Display, auf dem eine Nummer mit Bostoner Vorwahl leuchtete. »Da muss ich ran, Leute. War schön, mit euch zu plaudern! Wir sehen uns nächste Woche auf der Arbeit.«

Eine verwirrte Blondine und einen erleichtert wirkenden Strafverteidiger hinter sich lassend, schnappte sie sich ihren Einkaufswagen und bog in die nächste Gasse ab. Puh. Das war knapp.

»Hallo?«

»Erin?«, fragte eine warme Frauenstimme. Ihre Stiefmutter. Die Frau, die ihnen allen das Leben gerettet hatte, als sie sich in ihren Dad verliebte und er sich in sie.

Erins Laune verbesserte sich schlagartig. »Hey, Selena. Was gibt's? Geht es dir und Dad gut?«

Ein kurzes Zögern. »Ja, uns geht es gut. Wie sieht es bei dir aus? Du klingst gestresst.«

Gestresst nannte man das? »Ich renne wie eine Verrückte durch den Supermarkt, um vor einer netten, aber etwas lästigen Kollegin zu flüchten. Dabei rennt mir die Zeit davon, und ich kann nur hoffen, es noch rechtzeitig nach Hause zu schaffen, um für Cole zu kochen.«

»Das klingt nach mächtig viel Spaß, Honey.«

Erin musste lachen. »So etwas klingt nur für Außenstehende nach Spaß, glaub mir.«

»Du und Cole? Trefft ihr euch wieder regelmäßig?«

»Bitte, Selena, fang nicht du auch noch damit an. Cole und ich sind Freunde. Nichts hat sich daran geändert.« Nicht die kleinste Kleinigkeit. Hoffte sie zumindest.

»Oh, okay.« War es Enttäuschung, die sie heraushörte? »Wie

dem auch sei, Honey, der Grund, warum ich anrufe – ich wollte fragen, ob du dieses Wochenende schon verplant hast?«

Das Wochenende hatte bereits vor drei Stunden begonnen, es fühlte sich nur nicht danach an. Noch nicht. Nach dem heutigen Abendessen mit Cole wollte sie es sich die restlichen zwei Tage mit einem Buch und drei ausgeliehenen Liebesschnulzen auf ihrem Sofa gemütlich machen. Im Pyjama versteht sich. Sie würde sich ausschließlich von bestellter Pizza und diesen verdammt leckeren Bio-Sandwiches ernähren und sich nicht mehr bewegen, als unbedingt nötig. Herumgammeln. Abschalten. Relaxen und den gesamten Stress der letzten Wochen hinter sich lassen. Verlockender konnte die Aussicht auf das Wochenende nicht sein.

»Mit nichts Bestimmtem, wieso?«

»Wir dachten, du möchtest vielleicht von Samstag auf Sonntag vorbeikommen. Dein Dad hat sich eine neue Angelausrüstung gekauft, und er würde sie gern mit dir ausprobieren.«

Erin rümpfte die Nase. »Es tut mir wirklich leid, Selena, aber ich hatte letzte Woche einen kleinen Unfall, nichts, worüber man sich aufregen müsste, nur, dass mein Wagen nun in der Werkstatt steht und ich nicht mobil bin.«

»Oh, das ist natürlich sehr schade.«

Sofort hatte Erin ein schlechtes Gewissen. Gott sei Dank hatte sie nicht schwindeln müssen. Sie vermisste ihren Dad, aber im Moment fehlte ihr die nötige Geduld, um sich stundenlang mit Angelausflügen und Fragen über ihr viel zu gefährliches Leben in New York herumzuschlagen. Dennoch. Sie brachte es nicht über sich, die wichtigsten Menschen in ihrem Leben zu enttäuschen. »Was hältst du davon, das Wochenende zu verschieben? Ich melde mich, sobald mein Wagen aus der Werkstatt kommt.«

»Wir freuen uns auf dich, Erin.«

»Ich mich auch. Sag Dad, dass ich ihn lieb habe.«

6. Kapitel

Erin beim Kochen zuzusehen, erinnerte Cole an die Strategien seiner Risikomanagement-Abteilung der Firma. Mit dem Unterschied, dass Erin zwischen all dem brutzelnden und dampfenden Chaos die volle Kontrolle über sämtliche Vorgänge zu haben schien. Flink wie eine Elfe, huschte sie durch ihre Küche und traf neben dem Schnippeln von Gemüse, dem Braten von Fleisch und dem Arrangieren der Töpfe sämtliche Maßnahmen zur Überwachung, Analyse und Bewertung von möglichen Risiken. Dennoch erstaunlich, dass ihre Küche vollständig intakt war, sie alle ihre Finger besaß und die Feuerwehr nicht wöchentlich anrücken musste.

Amüsiert beobachtete er, wie sie sich zum bestimmt hundertsten Mal eine verirrte Haarsträhne hinter das Ohr schob und ihre rote Schürze zurechtrückte, nachdem sie sich daran die Hände abgewischt hatte. Zwischen all dem emsigen Treiben war sie noch aufmerksam genug, um ihn beim Stibitzen zu erwischen.

»Wirst du wohl damit aufhören?« Lachend klapste sie ihm im Vorbeigehen auf die Finger, bevor sie sich wieder den Steaks widmete.

Cole machte ein finsteres Gesicht, ließ das Stück Karotte jedoch brav zurück in die Schüssel fallen. »Spielverderberin«, brummte er und lehnte sich mit der Hüfte gegen die Arbeitsplatte.

Um sich daran zu hindern, nicht doch noch nach einem Stück Gemüse oder der zauberhaften Köchin zu greifen, verschränkte er die Arme vor der Brust. »Du bist sicher, dass ich dir nicht zur Hand gehen soll?«

Milde lächelnd, wischte sich Erin über die Stirn. »Danke, Cole, aber ein Fiasko möchte ich lieber vermeiden.«

Na dann …

»Du könntest inzwischen den Wein aufmachen«, bot sie an und reichte ihm eine Flasche französischen Merlot. Während er tat, wie ihm geheißen, beobachtete er, wie sie weiter durch ihre Küche huschte. Die Leichtigkeit, die sie dabei umgab, entspannte ihn und vertrieb jegliche Gedanken an einen anstrengenden Arbeitstag. Daran konnte er sich gewöhnen. Wie auch an den reizenden Anblick von Hitze geröteten Wangen und leicht zerzausten Haaren.

Lächelnd stellte Erin zwei Weingläser auf die Anrichte. »Wolltest du mir nicht von der Hochzeit deiner Schwester erzählen?«

Halbschwester. Chloe war zwei Jahre älter als Cole und stammte aus der ersten Ehe seiner Mutter, was jedoch in keinem ihrer Gespräche jemals Erwähnung fand. Nachdem sich Chloes Vater noch vor der Geburt aus dem Staub gemacht hatte, hatte sie im neuen Mann ihrer Mutter einen Vaterersatz gefunden, der sie liebte, wie seine eigene Tochter. Einen Unterschied zwischen Chloe und Cole hatte es nie gegeben.

»Wann wird die Hochzeit denn stattfinden?«

»Nächstes Jahr. Ein genauer Termin steht noch nicht fest.« Und würde hoffentlich nie feststehen. Lewis war ein arroganter, eingebildeter Schnösel, um nur einige Dinge zu nennen, die Cole nicht gefielen. Er hoffte, dass Chloe in ihrer Gutmütigkeit nicht zu spät begriff, dass Lewis nicht der Mann fürs Leben war. Zumindest nicht für *ihr* Leben.

Über den Rand ihres Weinglases sah Erin ihn interessiert an. »Du magst den Kerl nicht besonders, hm?«

»Nein«, gestand Cole. »Lewis wird Chloe auf Dauer nicht gut tun.«

»Inwiefern?«

»Ich weiß nicht.« Er dachte einen Moment nach, bis er die richtigen Worte gefunden hatte, die beschrieben, was ihm am Verlobten seiner Schwester Magenschmerzen bereitete. »Lewis ist das völlige Gegenteil von Chloe.«

»Er ist also langweilig, überheblich, besitzt keinen Funken Humor und hasst Katzen und Kinder?«

»Das trifft es ganz gut.«

»Hm«, machte Erin und nippte an ihrem Wein. »Hast du schon einen Plan, sie von der Heirat abzubringen?«

Warum nur hatte er mit dieser Frage gerechnet und nicht mit einer leeren Phrase, die aussagte, dass Chloe erwachsen war und ihre eigenen Entscheidungen zu treffen hatte?

»Keinen konkreten«, sagte er schmunzelnd. »Vorschläge?«

»Hast du schon mit deiner Mom über deine Zweifel gesprochen?«

Seine Mom … Eine Glucke, wenn es um ihre Familie ging und ganz bestimmt niemand, mit dem man sich freiwillig anlegte, indem man einem ihrer Kinder wehtat. Auf die Idee, sie auf seine Seite zu ziehen, war er noch gar nicht gekommen.

»Der Vorschlag hätte von mir sein können.« Sachte knuffte er Erin in die Seite, die schelmisch zu ihm hochblickte.

»Freut mich, dass ich helfen konnte.« Immer noch lächelnd, nahm sie die Steaks aus der Pfanne und wickelte sie in Folie, bevor sie sie in den Ofen schob. Dann machte sie sich daran, die Soße zuzubereiten.

»Wie steht's mit dir?«, fragte sie, ohne das Herumhantieren zu unterbrechen. »Steht der Begriff Hochzeit auch auf deinem Lebensplan?«

Cole runzelte die Stirn. »Darüber habe ich bisher nicht nachgedacht. Aber ich denke, wenn ich der richtigen Frau begegne … Warum nicht?«

Kurz blickte Erin über ihre Schulter. »Und? Wie muss sie sein, die richtige Frau?«

»Loyal«, erwiderte Cole und brachte sie damit zum Lachen.

»Das ist alles? Ein Wort? Mehr fällt dir dazu nicht ein?«

»Was stimmt mit diesem Wort nicht?«

»Na ja, ich weiß nicht«, sagte Erin, deckte den Topf mit der

Soße zu und lehnte sich mit der Hüfte gegen die Arbeitsplatte. »Das klingt irgendwie zu hypothetisch.«

»Immer noch besser als deine unvertretbaren Vorstellungen einer perfekten Beziehung«, provozierte Cole absichtlich und war gespannt auf ihre Reaktion. Gegen seine Vermutung, sie würde für Robert samt ihren völlig idiotischen Gemeinsamkeiten Stellung beziehen, schmunzelte sie ihn nur an.

»Immerhin fallen mir mehr Worte ein als bloß Loyalität.«

»Was nebenher das A und O einer Beziehung ist«, konterte er und erhielt ein sachliches Nicken.

»Na gut. Was noch?«

Er zuckte die Schultern. Erin sprang für ihn ein. »Netter Arsch, große Titten?«

»Das setze ich natürlich voraus«, erwiderte er amüsiert. »Ihre Macken sollten außerdem mit meinen kompatibel sein.«

»Wow, wie romantisch.« Seine Aussage mit einem Lächeln abtuend, biss sie sich auf die Lippen, dabei wandte sie sich wieder der Soße zu.

Kleines scheinheiliges Ding, dachte Cole schmunzelnd, bevor er einen weiteren Schluck Wein nahm.

Geduld war in diesem Spiel wohl die einzig richtige Taktik.

Und davon besaß er Gott sei Dank jede Menge.

Hoffte er zumindest.

»Oh nein, Cole, das werde ich ganz bestimmt nicht machen.« Vehement schüttelte Erin den Kopf, dann griff sie erneut nach dem Weinglas, das auf dem Sofatisch stand und nahm einen großen Schluck. Der Merlot prickelte köstlich auf ihrer Zunge, half jedoch kaum, sich auf ihr Gespräch zu konzentrieren, das von Stunde zu Stunde mehr auf Abwege geraten war. Irgendwann nach dem Essen hatten sie das Thema Hochzeit und perfekte Eigenschaften des Traumpartners hinter sich gelassen, um sich den erfolgreichsten Verführungsstrategien zuzuwenden. Davon abgesehen, dass Erin nicht wirklich mitreden konnte, waren Coles Schilderungen, wie er sich früher an Frauen rangemacht hatte, herrlich komisch. Dabei spielte es keine Rolle, zu wissen, dass er absichtlich dick auftrug. Er brachte sie zum Lachen. Den gesamten Abend bereits. Nun allerdings nahm ihre Unterhaltung eine Wendung, von der sie nicht wusste, wie sie damit umgehen sollte.

»Du hast noch nie für einen Mann getanzt?«, fragte Cole mit gefurchter Stirn, als würde er ihren Einwand nicht nachvollziehen können.

»Um mich nackt zu machen? Ganz bestimmt nicht.« Schon beim Gedanken wurde ihr ganz flau im Magen. Speziell, da Cole es war, der sie dazu aufforderte.

»Wer redet hier davon, dass du dich ausziehen sollst? By the way – ich habe dich bereits nackt gesehen, schon vergessen?«

»Damals war ich fünf, Cole. Das zählt nicht.« Das eine Mal im Pool trug sie einen Badeanzug, erinnerte sie sich schemenhaft. Gott, sie hatte eindeutig zu viel getrunken. Das war nicht gut. Schon gar nicht, solange Cole ihr so nahe war. Seine einnehmend männliche Präsenz dazu sein tiefes, sonores Lachen stellte ohnehin bereits ziemlich unerhörte Dinge in ihrem Bauch an. In angeduseltem Zustand war sie seinem Charme völlig ausgeliefert. Nicht auszuschließen, sich hier zur völligen Idiotin zu machen, indem sie die Stimme der Vernunft ausblendete und sich auf seine Flirterei einließ, die selbst auf subtile Weise jeden ihrer Sinne ansprach.

»Natürlich zählt das«, wandte Cole ein. »Gibt es da nicht dieses Muttermal auf deiner linken Hüfte?«

Verblüfft, dass er sich daran erinnern konnte, starrte sie ihn einige Sekunden an. Dann entsann sie sich, mit wem sie es hier zu tun hatte. Mit einem Kerl, der diese Verführungsmasche bei hunderten Frauen zuvor eingesetzt hatte. Ziemlich erfolgreich, wie sie nun wusste. Aber nicht mit ihr. »Ich befürchte, das wirst du in diesem Leben nicht mehr herausfinden, Kumpel.«

»Komm schon, Süße, hilf meiner Erinnerung ein wenig auf die Sprünge. Dieses Muttermal gibt es doch, nicht wahr?« Cole machte diesen Hundeblick, dem sie noch nie hatte widerstehen können, und ihr entkam ein Seufzen.

Fokussieren, Parker!

»Keine Chance, Cole.« Kokett schlug sie die Beine unter ihren Hintern und gab sich Mühe, nicht in den unendlichen Tiefen seiner grünen Augen zu versinken. Oder die Dummheit zu begehen, die Hand nach ihm auszustrecken, um mit den Fingern durch sein zerzaustes Haar zu wühlen, das aussah, als wäre er eben aus dem Bett gestiegen.

Gott, sie war verloren!

»Angst, du könntest dich vor mir blamieren?« Sein provokanter Blick traf einen Nerv. Musste er sie wirklich herausfordern?

Musste er?

Ihr Lachen, das eigentlich selbstsicher klingen sollte, wurde zu einem Schnauben. »Ganz bestimmt nicht.«

»Was hält dich dann zurück?«, wollte er wissen und setzte noch einen drauf. »Zeig mir, wie du Robert verführen willst.«

Robert.

Warum nur musste der Kerl ständig zwischen ihnen stehen?

Weil sie ihn dorthin gestellt hatte, dachte sie und war sicher, dieses Argument würde auch in nüchternem Zustand Sinn ergeben. Solange sie ihre Meinung über diese Beziehung, die sie mit Robert führen wollte, nicht widerrief, war sie vor ihren Gefühlen für Cole sicher und auch vor ihm selbst. Zumindest redete sie sich das ein.

Mit neuer Entschlossenheit erfüllt, stellte sie das Weinglas zurück auf den Sofatisch. »Weißt du was, Cole? Ich mache es.«

Angespornt von seinem jungenhaften Grinsen und einem irrationalen Bedürfnis, es durch eine kleine Tanzeinlage aus seinem Gesicht zu wischen, erhob sie sich.

Leise Klaviermusik drang aus der Stereoanlage, erfüllte den lichtgedimmten Raum mit sinnlich romantischen Klängen. Erin schloss die Augen. Lenkte ihre Konzentration nach innen und begann, die Knöpfe ihrer Bluse zu öffnen. Ihre Bewegungen waren zögerlich, wurden jedoch mit jedem Herzschlag entschlossener und mutiger. Es fiel ihr erstaunlich leicht, alles um sich auszublenden und sich völlig den Klängen des Klaviers hinzugeben. Sie bewegte sich im Takt, ihre Hüften schwangen leicht hin und her, während sie Stück für Stück ihre Bluse weiter öffnete, bis sie den Stoff langsam über ihre Schultern zu Boden gleiten ließ. Das Rascheln zu ihren Füßen verursachte ihr eine Gänsehaut, die prickelnd über ihren Oberkörper flüsterte. Ein kurzer Anflug von Scham bewog sie, ihre in schwarze Spitze gehüllte Oberweite zu bedeckten, da hörte sie Cole scharf einatmen. Es zauberte ihr ein Lächeln auf die Lippen und ermutigte sie, ihre Finger vom Ansatz ihrer Brüste über ihren Bauch bis zum Bund ihrer Jeans gleiten zu lassen.

Sich selbst zu berühren und sich dabei beobachtet zu wissen, war ein seltsames Gefühl. Seltsam, jedoch nicht unangenehm. Auch wenn sie nicht die Rundungen besaß, wie sie es sich immer gewünscht hatte, fühlte sie sich in diesem Moment sinnlich und feminin. Der Grund war Cole. Sie spürte seinen Blick, der wie eine süße Liebkosung über ihren Körper strich.

Die Vorstellung, ihn mit ihrer Show anzuturnen, erregte sie auf eine Weise, wie sie es nie für möglich gehalten hätte. Ein lustvolles Pochen setzte in ihrem Schoß ein. Die Atmosphäre schien sich mit einem erotischen Flirren aufzuheizen, das sie von Kopf bis Fuß umhüllte, bis ihre Haut überall kribbelte.

Der erste Knopf ihrer Jeans sprang auf, und Erin konnte nicht widerstehen, ihre Augen einen spaltbreit zu öffnen – da spürte sie plötzlich zwei Männerhände, die sich um ihre Taille legten.

»Das, Erin, ist unglaublich sexy. *Du* bist unglaublich sexy«, flüsterte Cole mit rauer Stimme und zog sie an seinen Oberkörper, der eine unglaubliche Hitze ausstrahlte. Eine Hitze, die sich mit ihrer vermischte und wie ein Wüstensturm durch jede ihrer Zellen wirbelte.

Cole hatte sie kaum berührt, dennoch brannte ihr Verlangen nach ihm bereits lichterloh. Als seine Lippen auf ihren Hals trafen und sie seine Hände auf ihrem Bauch spürte, war es um ihren Selbsterhaltungstrieb geschehen. Ein Stöhnen entkam ihr, und sie legte den Kopf zurück an seine kräftige Schulter, um den Augenblick mit jedem Atemzug zu genießen.

Federleicht zeichnete er ihre Kurven nach, bis er den Rand ihres Spitzenhöschens erreichte. »Du bist wunderschön, Erin, lass dir von niemandem etwas anderes einreden.«

»Ja«, hauchte sie. In diesem Moment glaubte sie ihm. Sie fühlte sich schön, weil er sie begehrte. Sein Atem traf auf ihren Nacken, und sie konnte die Ausbuchtung in seinem Schritt spüren, die gegen ihren Po drängte. Sein Begehren steigerte das Bedürfnis nach Berührung ins Unermessliche, und Cole gab ihr, wonach sie sich verzehrte.

Geschickte Finger schlüpften unter ihr Höschen, tasteten sich behutsam über ihren glatten Venushügel zu ihrem empfindsamsten Punkt, der ihn pochend willkommen hieß. Kurz tauchte er in ihre Hitze, um sie dann mit kreisenden Bewegungen zu stimulieren.

Ihr ganzer Körper reagierte auf das Reizen ihres Lustpunktes. Ein Zittern durchlief sie, und alles in ihr zog sich zusammen, während sie Cole entgegenkam, um mehr zu fühlen. Mehr von diesem sinnlichen Tasten und verführerischen Streicheln, das sie schwindlig machte vor Lust und Verlangen.

Zwei Fingern tauchten in sie ein, reizten und forcierten, bis das köstliche Summen in ihrer Mitte kaum noch auszuhalten war. Stöhnend bettelte sie um Erlösung, und fand sie, als Cole erneut Druck auf ihrer Klitoris ausübte. Seine Daumenkuppe auf ihrem empfindsamsten Punkt, ein Fingerpaar tief in ihrer

Scham, die rhythmisch immer wieder in sie drängten …

Erin zerbarst in abertausend Einzelteile.

Der Orgasmus durchströmte sie mit einer solchen Wucht, dass sie kurz glaubte, die Bodenhaftung zu verlieren und zu fliegen.

Es waren Coles Arme, die sie auffingen.

Coles Wärme, die ihr Halt gab.

Coles Lippen, die über ihren Hals strichen und zärtliche Worte in ihr Ohr hauchten.

Noch immer atemlos wandte sie sich ihm zu und erkannte ein Zögern in seinem dunkel gewordenen Blick. Erin hingegen verschwendete keinen Gedanken an Richtig oder Falsch. Sie wollte das. Wollte Cole und alles, was dazugehörte. Ihre Arme um seinen Nacken, stellte sie sich auf Zehenspitzen und erstickte einen Fluch auf seinen Lippen mit ihrem Mund. Dann küsste sie ihn mit der Leidenschaft einer Frau, die aus ganzem Herzen begehrte. Diesen einen Mann, und in diesem Moment gehörte er ihr.

Sie glaubte, ein gemurmeltes »So viel zum Thema Geduld«, zu hören, doch da hatten sie das Sofa bereits erreicht, und jedes Murmeln ging zwischen feurigen Küssen und dem Rascheln von Kleidung unter, die sie sich gegenseitig vom Leib streiften.

Noch immer erfüllte Klaviermusik den Raum, und das erotische Flirren zwischen ihnen wurde von Sekunde zu Sekunde stärker.

»Gott, Erin …«, flüsterte Cole, packte sie an den Handgelenken und zog sie mit sich auf das Sofa, bis sie rittlings – ebenso nackt wie er – auf seinem Schoß saß.

Sie kannte seinen durchtrainierten Körper, jede der festen Erhebungen, doch heute schien er ihr noch eindrucksvoller, noch männlicher. Seine breite Brust hob und senkte sich rasch, während sie ihn betrachtete und jede klar definierte Linie seiner Muskeln mit den Fingerspitzen nachzeichnete, bis sie seine Bauchmuskeln erreichte. Seine Haut war von der Sommersonne leicht gebräunt, sein Oberkörper beinahe unbehaart, bis auf die dunklen Härchen, die von seinem Bauchnabel zu seiner mächtigen Erektion zusammenliefen.

Sie hatte schon einige Männer nackt gesehen, doch Coles bestes Stück war unglaublich … imposant.

Fasziniert biss sie sich auf die Unterlippe, und Cole zog scharf den Atem ein. »Du solltest solche Dinge nicht machen, während du nackt auf meinem Schoß sitzt und meinen Schwanz ansiehst.«

»Einen besonders schönen Schwanz«, sagte sie, und Cole lachte auf.

»Ich habe schon einiges über meinen Schwanz gehört, das Wort *schön* war aber mit Sicherheit nicht dabei.«

»Dann wurde es höchste Zeit.« Mit dem Daumen strich sie über die glatte Kuppe, dann leckte sie den Lusttropfen genüsslich ab. Der würzige Geschmack prickelte herb auf ihrer Zunge. Sie wollte mehr davon kosten, doch als sie wieder aufsah, erstarb ihr neckisches Lächeln.

»Ich will dich, Erin«, sagte Cole mit rau gewordener Stimme, die ihrer Erregung neuen Zunder gab. Dann zog er sie dicht an sich, bis ihre Stirn gegen seiner lehnte. »Sag mir, dass du es auch willst.«

Als sie seine Hand spürte, die liebkosend über ihren Rücken bis zu ihrem Nacken strich, durchlief sie ein Schauder.

»Ich gehöre dir, Cole«, hauchte sie, ohne den Blickkontakt zu unterbrechen. Forsche Finger glitten ihre Kopfhaut hinauf, ballten sich zwischen ihren Strähnen zur Faust und neigten ihren Kopf zur Seite – dann küsste er sie. Ungestüm und heftig. Seine Lust war überwältigend. Seine Lippen kühn, ohne Rücksicht auf Verluste. Angestachelt von seiner Gier, steuerte sie ihr eigenes zügelloses Verlangen bei, griff in sein Haar, strich über seine breiten Schultern und drängte ihre schmerzenden Brüste gegen seinen Oberkörper, um ihn überall zu spüren.

Überwältigt von all den sinnlichen Eindrücken, keuchte sie

auf, als er ihren Hintern anhob, um sich besser Zugang zu verschaffen. Seine Erektion drängte gegen ihren intimen Eingang, und Cole zögerte keine Sekunde, um in sie einzutauchen.

Für einen kurzen Moment schien die Welt stillzustehen.

Cole füllte sie zur Gänze aus, während sich süßer Schmerz und stürmische Begierde zu einem prickelnden Feuer in ihrem Unterleib vermischten.

Dann begann er, sich zu bewegen. Seine Hände auf ihrem Hintern half er ihr, in ein gleichmäßiges Tempo zu verfallen. Bei jedem erneuten Eindringen spürte Erin, wie das Feuer stärker loderte, die Hitze zu einem Inferno anschwoll und sie ihrem zweiten Höhepunkt entgegenstrebte.

Fest schlossen sich ihre intimsten Muskeln um den harten Schaft, dessen Spitze immer wieder einen versteckten Punkt in ihrem Inneren berührte. Lust durchzuckte sie wie kleine Strompulse, die jedes Nervenende in ihrem Unterleib zum Pulsieren brachten. Erin legte den Kopf in den Nacken und stöhnte haltlos unter dem Ansturm der vielen Empfindungen.

»Lass los, Baby.« Coles tiefer Bariton flüsterte wie Samt über ihre hypersensible Haut. Er packte ihre Hüften fester, zog sie bei jedem Eintauchen näher an sich, damit sie ihn noch tiefer spüren konnte, bis sie über die Klippe stürzte.

Ihr Schrei wurde von Coles Lippen erstickt, der gierig von ihrer Erregung trank, als ihr Höhepunkt die Wirklichkeit ausradierte. Stoß um Stoß schossen heiße Wellen durch sie hindurch, die als lustvolle Zuckungen durch ihr Geschlecht brandeten.

Helle Punkte tanzten vor ihrem inneren Auge. Fast schon verzweifelt, klammerte sie sich an den breiten Männerschultern fest, als sich jeder Muskel unter ihren Armen anspannte und auch Cole von seinem Höhepunkt erfasst wurde.

Liebevoll ihren Namen murmelnd, strich er über ihren Rücken und hielt sie fest, bis sie beide wieder in die Realität zurückgefunden hatten.

»Himmel, Erin, das war … wow.«

Erin lächelte. Ihr erhitztes Gesicht ruhte in der Kuhle zwischen Coles Hals und seiner Schulter. Eine Weile spielte sie mit seinen Haarspitzen, genoss das warme Kribbeln in ihrem Bauch und den dunklen Geruch ihrer Erregung, der noch schwer in der Luft hing.

Sie fühlte sich gut. So gut wie lange nicht mehr, und sie hätte ewig so dasitzen können, auf Coles Schoß, seine Arme um sie geschlungen und seinem Herzschlag lauschend, der sich langsam wieder beruhigte. Doch irgendwann würde der Zauber des Augenblicks seine Wirkung verlieren, und sie mussten sich dem stellen, was in der letzten Stunde geschehen war. Ihr graute davor, dass sich nun etwas zwischen ihnen ändern könnte. Dass ihre Freundschaft wegen einem Moment der Schwäche zerbrach. Das durfte sie nicht zulassen. Genauso wenig wollte sie zulassen, dass er bereute, was soeben geschehen war.

»Hat es funktioniert?«, fragte sie und kannte ihre eigene Stimme nicht wieder. Sie klang rau, fast ein wenig sexy.

»Hm?« Cole küsste sie auf die Schläfe und streichelte über ihre Wirbelsäule, als wäre er in seinen Gedanken weit weg.

»Das Verführen meine ich«, erklärte sie und bereute die Worte noch bevor er zusammenzuckte. Oh Mist. Das war nicht gut. In dem Versuch, den Fehler wieder auszumerzen, suchte sie seinen Blick, da hob er sie bereits von seinem Schoß und stand auf. »Es tut mir leid, Cole. So habe ich das nicht gemeint.«

»Es gibt nichts, was dir leidtun müsste«, erwiderte er sachlich und griff nach seinen Jeans. Seine Bewegungen wirkten steif, und ihr war das kurze Aufblitzen von Enttäuschung in seinen Augen nicht entgangen, das ihr einen Stich versetzte.

Verdammt! Warum nur hatte sie einen schönen Moment ruinieren müssen? Hatte sie tatsächlich geglaubt, sie könnte das, was zwischen ihnen passiert war, herunterspielen? Der Schuss war mächtig nach hinten losgegangen. Ach Scheiße.

Unsicher, was sie tun sollte, blickte sie zu Cole auf, der sie geflissentlich ignorierte und sich weiter anzog. In weniger als zwei Minuten würde er ihre Wohnung verlassen und sie als Häufchen Elend zurücklassen. Panik keimte in ihr auf.

Sie benutzte die dünne Sofadecke, um ihre Nacktheit zu bedecken, stand auf und trat auf Cole zu, der ihr entfernter erschien als jemals zuvor. »Ich hätte das nicht sagen sollen. Es tut mir schrecklich leid. Ehrlich.«

Cole lächelte, doch diesmal erreichte es seine Augen nicht. »Wir wissen doch beide, was das hier ist, nicht wahr? Ein Spiel, damit du lernst, Robert den Kopf zu verdrehen. Und ja, Erin, du bist gut. Deine Sorgen sind unbegründet, in jeder Hinsicht.«

Autsch. Auch wenn er zu Recht auf die Sache mit Robert anspielte, wusste Erin, dass das zwischen ihnen mehr war als ein dämliches Spiel, um einen anderen Kerl rumzukriegen. Sie hatte es gefühlt. In jeder seiner Berührungen. In jedem Kuss.

Oder hatten ihr die vielen Jahre, in denen sie für Cole schwärmte, derart den Verstand benebelt, dass ihrem Instinkt nicht mehr zu trauen war?

Sie forschte in seinem Gesicht. Nach etwas, das ihr bestätigte, nicht ihre Wünsche in die Wirklichkeit zu ziehen. Doch was sie dort fand, behagte ihr noch weniger, als die bloße Erkenntnis, dass er nicht dasselbe fühlte wie sie. Er hatte sich bereits von ihr distanziert, und sie sah keine Möglichkeit, noch einmal an ihn heranzukommen. Nicht heute Abend. Dieser war gelaufen. Ihretwegen.

Am liebsten hätte sie ihren Frust über die vertrackte Situation hinausgebrüllt, doch sie bezweifelte, sich danach auch nur halbwegs besser zu fühlen.

»Sehen wir uns in den nächsten Tagen?« Es war ihr egal, verzweifelt und hoffnungsvoll zugleich zu klingen. Selbst wenn Cole aus denselben falschen Gründen zustimmte, die vor wenigen Minuten alles ruiniert hatten, spielte es für sie keine Rolle. Sie brauchte eine Gelegenheit, um zwischen ihnen alles wieder ins rechte Lot zu rücken. Die Vorstellung, er könne ein weiteres Mal aus ihrem Leben verschwinden, ertrug sie nicht.

Cole nickte. »Ich melde mich nächste Woche. Gute Nacht, Erin.«

Noch immer unter Schock stand sie da und lauschte seinen Schritten, bis diese verhallten und die Tür ihres Apartments in Schloss fiel. Dann ließ sie sich zurück auf das Sofa plumpsen und vergrub ihr Gesicht in einem der Kissen.

Sie hatte es versaut.

Verfluchter Mist.

7. Kapitel

Als Erin am Montagmorgen das Unigebäude betrat, fühlte sie sich noch immer völlig neben der Spur. Sie hatte das gesamte Wochenende kaum mehr als fünf Stunden geschlafen und sich stattdessen verwünscht und verteufelt, weil sie es in nicht mal einem Atemzug geschafft hatte, alles zwischen Cole und sich in den Sand zu fahren.

Sie war nicht der Typ, der andere verletzte. Cole verletzt zu haben, auch wenn sie mit ihrer dämlichen Aussage nur sein Ego angekratzt haben sollte, machte sie verrückt. Wie wäre der Abend verlaufen, wenn sie es einfach nur genossen hätte, in seinen Armen zu liegen? Hätte er bei ihr übernachtet? Am Morgen mit ihr gefrühstückt? Sie zum Abschied geküsst? Antworten, die sie nicht bekommen würde.

Erin seufzte und hoffte, auf dem Weg zu ihrem Lehrsaal unsichtbar für ungebetene Begegnungen zu sein. Doch wie immer war das Glück nicht auf ihrer Seite.

»Hey, Süße, was ist denn mit dir passiert? Du siehst schrecklich aus.«

Caitlin.

Bitte nicht. Nicht heute. Nicht nach diesem Wochenende! Ihr fehlte schlicht die Energie, um die Fassade aufrecht zu erhalten.

»Alles gut, ich habe nur mies geschlafen.«

Caitlins Augen wurden groß. »Mein Gott, schon wieder dein Nachbar? Treibt der Kerl es etwa noch immer so bunt?«

Zu seiner Ehrenrettung hatte dieser Kerl einmal nichts mit ihren schlaflosen Nächten zu tun. Doch er kam ihr gelegen, um Caitlin von ihren eigenen Problemen abzulenken, also nickte sie.

»Hast du ihn schon mal zu Gesicht bekommen? Den Nachbar meine ich.« Caitlin kicherte, als hätte sie einen besonders tollen Scherz gemacht.

»Bisher nicht, nein.« Der Mann schien stets vor ihr seine Wohnung zu verlassen und nach ihr nach Hause zu kommen. Ein wandelnder Schatten, der nur im Schlafzimmer seine wahre Gestalt annahm. Solange er sich ruhig verhielt, konnte er dort treiben, was er wollte.

»Bist du nicht neugierig, wie er aussieht?«

»Eigentlich nicht.«

»Vielleicht sieht er ja richtig gut aus«, sinnierte Caitlin und hakte sich bei ihr ein. »Ein umwerfend heißer Sexgott, mit dem Körper eines Adonis und einem Schwanz wie Pegasus.«

Erin verzog das Gesicht, musste jedoch zugleich schmunzeln. »Igitt, Caitlin, wer will einen Mann mit Pferdeschwanz?«

Die kleine Blondine zuckte die Schultern. »Irgendetwas muss der Kerl doch an sich haben, um all diese Frauen abzuschleppen, die du bei ihm ein- und ausgehen hörst. Vielleicht ist er so ein sexy Araber mit langen Haaren?«

»Ein Araber?«

»Die dürfen sich doch mehrere Frauen halten, oder?«

Erin lachte. »Ich denke schon.«

»Dann wäre das Geheimnis gelüftet.«

»Gar nichts ist gelüftet! Der Kerl wird ein Mysterium bleiben, damit wirst du dich abfinden müssen, Caitlin.«

»Spielverderberin«, sagte sie und stieß ihr zwinkernd in die Seite. »Die neuen Klamotten stehen dir übrigens ausgezeichnet.«

Überrascht vom plötzlichen Themenwechsel, blickte Erin an sich hinab. In ihrer Verwirrtheit heute Morgen hatte sie keinen Gedanken an ihre Garderobe verschwendet. Sie trug einen dunklen Hosenanzug, eine pflaumenblaue Bluse, dazu schwarze Pumps. Nicht wirklich sehr aufregend, doch im Gegensatz zu ihrer sonstigen Kleidung offenbar ein Kompliment wert.

»Danke schön.«

»Gern geschehen. Der neue Kerl scheint dir gut zu tun.«

»Caitlin, ich …« *... will nicht über diesen Kerl reden.*

»Cole? So hieß er doch?« Sichtlich erfreut, sich den Namen gemerkt zu haben, strahlte Caitlin sie an, und Erin brachte es plötzlich nicht mehr über sich, sie in ihrer Überzeugung zu berichtigen. Zu sagen, dass sie nur Freunde waren. Wenn das nach dem Wochenende überhaupt noch zutraf.

»Ja, Cole.«

»Dann ist Cole also für all die kleinen Veränderungen verantwortlich«, mutmaßte Caitlin und zupfte am Ärmel von Erins Bluse.

»Gewissermaßen.«

»Ich mag den Kerl.« Sie lächelte. »Hast du dir schon überlegt, gemeinsam mit Cole, Robert und mir am Donnerstag essen zu gehen?«

Nicht schon wieder. »Das halte ich für keine gute Idee.«

»Die Idee ist fabelhaft, Erin! Wir zwei haben schon so lange nichts mehr zusammen unternommen. Außerdem würde ich diesen Traumtypen gern kennenlernen, der es geschafft hat, dein Herz zu erobern.«

Oh Mann. Caitlins Vorstellung und die Realität drifteten weit auseinander. Davon abgesehen war die Aussicht, Cole und Robert gemeinsam an einen Tisch zu setzen, nicht sonderlich ermutigend.

»Ich weiß nicht …«

»Jetzt komm schon, Erin. Das wird bestimmt lustig. Und unter uns gesagt: Ich kann einen lustigen Abend wirklich gebrauchen. Roberts Humor ist … seltsam.«

Aha, daher wehte also der Wind.

»Ich dachte, es läuft prima zwischen euch.«

»Tut es auch. Ich denke aber, dass es besser laufen könnte, wenn Robert mal aus sich herauskommt. Du weißt schon, ein bisschen lockerer wird.«

Erin konnte sich schlecht vorstellen, wie ein Abend zu viert dabei helfen sollte, Robert lockerer zu machen. Außerdem ärgerte es sie ein bisschen, wieder einmal für andere in die Bresche springen zu müssen. Inzwischen war sie es leid, für alle nur der Fußabtreter zu sein.

Caitlin fasste nach ihrer Hand. »Bitte, Erin, ich brauche dich. Ich werde dich danach auch nie wieder um einen Gefallen bitten, heiliges Indianerehrenwort.«

Innerlich knirschte sie mit den Zähnen. Warum war sie nicht in der Lage, einfach nein zu sagen? »Ich werde mit Cole darüber reden.« Als Caitlins Augen vor Freude zu leuchten begannen, fügte sie schnell hinzu: »Was noch kein Versprechen ist, dass wir mit euch ausgehen.«

»Du bist wirklich ein Schatz. Danke!«

Cole schob die Hände in die Taschen seiner Anzughose, um vor dem japanischen Restaurant in Brooklyn zu warten, wo er mit Chloe verabredet war. Nachdem er seine Halbschwester seit mehreren Wochen nicht gesehen hatte, überraschte sie ihn mit ihrem Anruf am Sonntagabend und dem Vorschlag, gemeinsam Mittag zu essen. Offenbar gab es Neuigkeiten, die sie am Telefon nicht besprechen wollte, und er war ziemlich gespannt, welche.

Es dauerte nicht lange, da entdeckte er Chloe zwischen den anderen Passanten, die in seine Richtung strömten. Beschwingt und wie immer fröhlich, kam sie auf ihn zu. Ihr rotes Haar floss in sanften Wellen über ihre Schultern, und ihre Sommersprossen leuchteten in der frühen Nachmittagssonne wie kleine goldene Sprenkel auf ihrem herzförmigen Gesicht.

Cole war durchaus bewusst, was Lewis in ihr sah. Chloe hatte ihn als Kind schon an Aphrodite erinnert, heute, mit all den Kurven und den smaragdgrünen Augen stellte sie die griechische Göttin noch in den Schatten. Er hatte sich oft gewünscht, sie möge eher einer grauen Maus ähneln oder einem Bücherwurm wie Erin. Es hätte ihm einige heikle Auseinandersetzungen mit den älteren Jungs erspart, die Chloes Schönheit für eine Herausforderung gehalten hatten. Insgeheim reizte es ihn, die Angelegenheit mit Lewis auf dieselbe Weise aus der Welt zu schaffen, doch er wusste, dass Erins wesentlich subtilerer Vorschlag, die bessere Lösung war. Vorerst.

»Cole!« Überschwänglich fiel Chloe ihm um den Hals, bevor sie ihn lautstark auf die Wange küsste. Dann trat sie einen Schritt zurück, und ein zärtliches Lächeln trat in ihren Blick. »Du siehst gut aus, Bruderherz.«

»Das Kompliment gebe ich gern zurück.« Zwinkernd bot er ihr seinen Arm an. »Wollen wir?«

Ein älterer Mann in traditionell japanischer Kleidung führte sie durch das kleine Speiselokal hinaus in einen Innenhof, wo er ihnen einen Tisch unter einer Weinlaube anbot. Chloe faltete ihre Hände wie zum Gebet und bedankte sich auf Japanisch, was Cole nicht verwundern sollte. Seine Schwester steckte voller Überraschungen.

Sobald sie saßen, wurden ihnen die Speisekarten gebracht, und er bestellte zwei Bier und eine Fischplatte für zwei Personen.

»Sehr gute Wahl«, sagte Chloe, legte ihre Tasche auf einen der freien Stühle und grinste dabei bis über beide Ohren.

Cole war sicher, gleich den Grund für ihr Treffen zu erfahren, also lehnte er sich zurück und wartete geduldig, bis sie es vor Aufregung nicht mehr aushalten konnte.

»Du errätst nie, was Lewis und ich beschlossen haben.«

»Vermutlich nicht, nein.«

»Ach, komm schon, Cole! So schwierig ist das nicht.«

Von einer irritierenden Ahnung erfasst, legte er die Arme auf den Tisch und bemühte sich um einen neutralen Ausdruck. »Ihr habt beschlossen, ein Baby zu bekommen?«

Das vergnügte Funkeln brachte ihn dazu, mit den Zähnen zu knirschen. Er würde diesem Bastard die Eier abzuschneiden, ehe er sie schwängern konnte. »Wissen Mom und Dad davon?«

Seine Frage wurde beiseite gewischt. »Vergiss das mit den Babys, kleiner Bruder. Was wir vorhaben, ist noch viel besser.«

Besser als Babys? Das war mit Sicherheit kein gutes Zeichen. »Ihr habt inzwischen einen Termin für die Hochzeit festgelegt?«

Chloe rümpfte die sommergesprosste Nase. »Leider noch nicht. Lewis und ich sind uns uneinig, was die Jahreszeit betrifft. Ich würde gern im Frühjahr heiraten, er im Herbst.«

Diesen Herbst? Der Kerl hatte es offenbar eilig. »In den nächsten zehn Jahren werdet ihr euch bestimmt einig«, sagte Cole, worauf seine Schwester ihm lachend auf den Arm klapste.

»Sei nicht so pessimistisch. Ich kriege es schon hin, Lewis für meine Vorstellungen der Hochzeit zu begeistern. Unterschätze nie die Waffen einer Frau.«

Ihre Waffen unterschätzte er keineswegs. Es war Lewis, dem er nicht über den Weg traute. »Möchtest du mir dann verraten, was ihr Schönes beschlossen habt?«

»Wir ziehen nach New York«, platzte Chloe heraus und leuchtete wie hundert Sonnenstunden. Ihr Enthusiasmus war ansteckend, und er konnte nicht anders, als sich für sie zu freuen. Auf diese Weise würde er Lewis außerdem besser im Auge behalten können.

»Habt ihr schon ein Apartment gefunden? Wenn ihr wollt …«

»Oh nein, Cole. Das wirst du diesmal nicht tun«, unterbrach sie ihn. »Lewis sucht bereits nach einer geeigneten Wohnung für uns, kein Grund den Platzhirsch raushängen zu lassen.«

Platzhirsch? »Ich verdiene meinen Lebensunterhalt damit, Wohnungen anzukaufen und sie zu vermitteln, schon vergessen? Es wäre doch völliger Unsinn, sich selbst durch Dutzende Verträge zu lesen, wenn ich die Praxen der New Yorker kenne.«

Chloe verdrehte die Augen. Eine Geste, die ihn augenblicklich an Erin erinnerte, obwohl er das zumindest für wenige Stunden hatte vermeiden wollen. »Du verdienst dein Geld damit, Firmen einzukaufen und sie wieder zu veräußern. Wohnungen und Versicherungen vermitteln deine Angestellten.«

»Nicht, wenn es sich dabei um meine Familie handelt.«

»Na schön«, gab sie sich geschlagen. »Ich werde Lewis bitten, dir die Verträge zukommen zu lassen, sobald er ein geeignetes Objekt gefunden hat. Zufrieden?«

Nicht annähernd. Aber für den Moment beließ er es bei dem kleinen Sieg und dem Wissen, Lewis Architekten-Ego mit dieser Aktion ein wenig anschlagen zu können. »Was hat euch zu diesem Schritt bewogen?«

Chloes Tausend-Watt-Lächeln kehrte zurück. »Ich habe ein Jobangebot bekommen, und du errätst nie, von wem.«

»Vermutlich nicht, nein. Klärst du mich auf?«

»Jillian Petrow.«

Der Name sagte ihm etwas. »Die Starfotografin?«

»Ganz genau! Sie hat in Manhattan ein neues Studio eröffnet und sucht nach einer Geschäftsführerin, die einen Teil ihrer prominenten Kundschaft übernimmt und betreut.«

»Das klingt phantastisch. Ich freue mich für dich.« Chloe war eine brillante Fotografin. Es war nur eine Frage der Zeit gewesen, bis jemand ihr Talent entdeckte. Diese Chance könnte ihren Durchbruch bedeuteten. Nicht nur in der Modebranche. Jillian Petrow war bekannt dafür, mit sozialkritischen Themen ihre Klientel auf Ausstellungen zu schockieren und zugleich zu begeistern. Das war genau Chloes Ding.

»Ich bin stolz auf dich.«

»Danke.« Chloe senkte den Blick auf ihre rot lackierten Nägel und atmete tief durch. »Ich darf das nur nicht vermasseln. Sonst bin ich raus aus dem Geschäft. Für immer.«

»Du wirst das nicht vermasseln, Liebes. Du bist gut, und das weißt du. Du wirst sie alle umhauen«, sagte Cole und meinte es auch so. Seine Schwester hatte die Welt schon immer aus einem eigenen, ganz speziellen Blickwinkel betrachtet und Dinge gesehen, die anderen verborgen blieben. Ihre Bilder waren emotional und tiefgründig, wie die Frau, die den Auslöser drückte. Sie würde in ihrer Außergewöhnlichkeit Erfolg haben. Daran zweifelte er keine Sekunde. Er konnte nur hoffen, dass Lewis sie unterstützte und keine veralteten Vorstellungen vom Eheleben hatte – wenn es schon so weit kommen musste.

Ihr Essen wurde serviert, und Chloe bedankte sich bei dem Kellner, bevor sie sich wieder an Cole wandte. »Okay, genug von mir. Was gibt es bei dir Neues? Eine neue Flamme vielleicht? Jemanden, der meinem Bruder endlich mal den Kopf verdreht?«

Cole verschluckte sich an einem Bissen Fisch und musste husten.

Lachend klopfte sie ihm auf den Rücken. »Ich werte das als Ja?«

Er nahm einen tiefen Schluck Bier, bevor er wieder in der Lage war, einen Satz zu formulieren. »Ja, ich treffe mich mit jemandem, aber es ist nicht so, wie du vielleicht denkst.« Obwohl das mit dem Kopf verdrehen hinkommen könnte. Erin war darin ein Naturtalent.

»Dann klär mich auf.«

»Ich treffe mich mit Erin«, sagte er knapp und in der Hoffnung, seine Schwester damit auf den Boden der Tatsachen zurückzuholen. Er war nicht der Beziehungstyp und Erin nicht mehr als eine gute Freundin. Chloe wusste das und würde jegliche Interpretation sein lassen.

Fehlanzeige. »Wie schön! Das wurde aber auch endlich mal Zeit. Du und Erin, das sind wirklich tolle Neuigkeiten«, rief sie aus, und ihre Augen leuchteten pure Freude.

Na fabelhaft. Da hatte er sich selbst ein Bein gestellt. Nicht sehr angetan von der Richtung, die ihr Gespräch nahm, sah er Chloe eindringlich an. »Erin ist bloß eine Freundin.«

»Aber natürlich ist sie das.« Neckisch klimperte sie mit den

Wimpern. »Allerdings ist das nur deine Anschauung der Dinge, kleiner Bruder.«

»Wie meinst du das?«

»Ach komm schon, Cole. Erin ist in dich vernarrt, seit sie neun Jahre alt ist. Man hätte schon blind und völlig beschränkt sein müssen, um das nicht zu erkennen.«

»Autsch.«

»Ganz genau«, sagte Chloe. »Du warst so ziemlich der Einzige, der es nicht kapiert hat. Oder nicht kapieren wollte.«

»Das siehst du falsch, Schwesterherz. Erin und ich waren nie mehr als ...«

»Gute Freunde, ja, ich weiß.« Seufzend blickte sie hoch zu den Weinranken. »Wenn ich dich erinnern darf, *Bruderherz*, ich war damals vierzehn und wusste bereits, wie Mädchen Jungs angucken, in die sie verknallt sind.«

Cole schwieg. In erster Linie, weil er darauf nichts zu sagen wusste. Die Äußerung seiner Schwester irritierte ihn und passte außerdem nicht mit Erins damaligem Verhalten zusammen. Zu gut erinnerte er sich an ihren Kuss, als sie Teenager waren und die Tage danach, in denen sie nicht auf seine Anrufe reagierte. Um die Sache zwischen ihnen wieder hinzubiegen, hatte er sie vor der Schule abgefangen und versucht, das Ereignis im Pool des Nachbarn herunterzuspielen. Er war sicher, Erin damit einen Gefallen getan zu haben. Darauf hatte er seine Annäherungsversuche eingestellt und sich mit der Tatsache abgefunden, dass sie nicht mehr als Freunde sein würden.

»Du irrst dich«, sagte er, worauf Chloe milde lächelte.

»In diesem Fall ganz bestimmt nicht.« Nachdenklich schob sie ein Stück Lachs von einer Seite ihres Tellers zur anderen. »Ich habe keine Ahnung, was damals zwischen euch vorgefallen ist, dass ihr euch nicht näher gekommen seid, aber Erin war in dich verliebt, Cole. Vermutlich ist sie es heute noch. Das ist aber gar nicht der Punkt. Wie sieht es mit deinen Gefühlen für sie aus?«

»Ich weiß es nicht«, sagte er aufrichtig. »Erin ist … speziell.«

»Speziell ist gut«, erwiderte sie zwinkernd. »Das macht das Leben aufregender und romantischer.«

Cole spürte, wie seine Mundwinkel nach oben zuckten. Er liebte ihre märchenhaften Auffassungen eines erfüllten Lebens. »Mag sein. Vermutlich wirst du deine Meinung jedoch ändern, wenn du den Grund kennst, weshalb Erin und ich uns treffen.«

Chloe imitierte ihn und zog eine Braue nach oben. Er seufzte. »Ich helfe ihr dabei, sich einen Uni-Professor zu angeln.«

»Taugt der Kerl etwas?«

»Nein.«

»Dann ist ja alles gut«, sagte Chloe selbstzufrieden. Er konnte die Rädchen in ihrem Kopf förmlich rattern hören und griff ein, ehe ihre Überlegungen eskalierten. »Vergiss es, Chloe. Keine verrückten Pläne oder ausgefallene Verkupplungsideen.«

Mit solchen hatte er sich die letzte Woche ausreichend herumgeschlagen und er war es inzwischen leid. Wenn Erin den Kerl wollte, sollte sie ihn kriegen, und er würde da sein, wenn sie nach dem Scheitern dieser witzlosen Beziehung eine Schulter zum Ausheulen brauchte. Er hingegen konnte mit dem ganzen Gefühlschaos nichts anfangen. Die letzten schlaflosen Nächte hatten genug an seinen Nerven gezehrt. Er war nicht der Typ für diesen gefühlsduseligen Mist. Auch wenn Erin die einzige Frau war, die er sich als Fixpunkt an seiner Seite vorstellen konnte, würde er es ein weiteres Mal akzeptieren, dass nicht mehr als Freundschaft zwischen ihnen drin war. Ganz sicher würde er nicht vor ihr auf den Knien rutschen. Das war nicht sein Stil.

Davon abgesehen hatte er seine Zweifel, dass er besser für sie war, als dieser Clown von Peterson. In den letzten zehn Jahren hatte er sein Singleleben in vollen Zügen genossen. Er wusste nicht, ob er schon bereit war, das alles aufzugeben. Sich zu binden. Verantwortung zu übernehmen. Einem ‚Für immer' ins Angesicht zu blicken. Die Vorstellung hatte ihn bisher stets in die Flucht geschlagen, und auch diesmal jagte es ihm einen Heidenrespekt ein – mit dem Unterschied, dass es sich hier um keinen belanglosen Fick handelte, den er nach dem Morgengrauen ohnehin aus seinem Gedächtnis streichen würde, sondern um Erin. Er wollte ihr nicht wehtun. In keinster Weise. Sie bedeutete ihm zu viel.

»Ich denke nicht, dass verrückte Pläne oder ausgefallene Verkupplungsideen nötig sein werden«, holte Chloe ihn aus seinen Überlegungen zurück, noch immer mit diesem geheimnisvollen Schmunzeln auf ihren Lippen. »Wirst du Erin nächstes Wochenende zu Dads Geburtstagsparty mitbringen?«

Cole entgleisten die Gesichtszüge. Das hatte er völlig vergessen. Sein Vater feierte seinen sechzigsten Geburtstag und hatte sämtliche Bekannte, Verwandte und Freunde in sein Anwesen in den Bergen von Massachusetts eingeladen. Seine Mom hatte den Stier an den Hörnern gepackt und ihn gebeten, in Begleitung zu kommen. Andernfalls würde er sich den gesamten Abend um die ledigen, weiblichen Gäste kümmern müssen. Eine nicht sehr subtile Drohung, seiner Familie endlich ein Mädchen zu präsentieren. Schöner Mist.

»Du hast es vergessen?« Sein Fauxpas schien nur eine Person an ihrem Tisch zu amüsieren.

Cole nickte zerknirscht, dann fuhr er sich mit beiden Händen durchs Haar. »Ich werde Erin bitten, mich zu begleiten.«

»Siehst du«, sagte Chloe edelmütig wie immer. »Du brauchst mich gar nicht, um die Sache zwischen euch ins rechte Lot zu rücken. Du kriegst das auch ganz allein hin.«

Er war nicht sicher, ob er diese Chance nicht gerade vertan hatte. Sobald Chloe und Mom ins Spiel kamen, würde Chaos die Vorherrschaft übernehmen. Wenn er klug war, hielt er Erin sehr weit von den beiden fern. Die Konsequenz daraus wäre jedoch, dass sich Mom selbst auf die Pirsch nach einer netten Gesprächspartnerin für den Abend der Familienfeier machte. Er sah sich bereits angestrengt lächeln, gelegentlich nicken und manikürte Finger von seinem Hemd pflücken und alles nur, weil er sich von seiner Mutter nicht erpressen lassen wollte.

Er wusste nicht, welche der beiden Aussichten angsteinflößender waren. Erin vor seiner überfürsorglichen Familie schützen zu müssen oder eine nervtötende Quasselstrippe an den Hals gehängt zu bekommen. Er kannte Moms gerechte Strafen für die Verweigerung einer Bitte. Sie konnte ein Biest sein, und er würde nicht mal protestieren können, weil sie ihm die Wahl gelassen hatte.

Schöne Scheiße.

Cole zog sein Handy aus der Hosentasche und tippte eine SMS an Erin mit einer Einladung für den nächsten Abend.

Chloe lehnte sich interessiert vor. »Was tust du?«

»Erin auf das Wochenende mit euch vorbereiten.«

Seine Schwester schürzte die Lippen. »Du tust gerade so, als wären Mom und ich Ausgeburten der Hölle, die im Geheimen bereits die Messer wetzen.«

»Nein«, sagte Cole. »Ihr zwei seid schlimmer. Aber lass dir gesagt sein, ich werde nicht unvorbereitet dort auftauchen.«

»Ist das eine Kampfansage?«

»Nenn es, wie du willst, Schwesterherz.«

Chloe lachte. »Jetzt sei doch vernünftig, Cole. Niemand wird dich oder Erin in eine peinliche Situation bringen.«

Sich eine unnötige Erwiderung ersparend, zog er eine Braue nach oben.

Chloe lenkte ein. »Okay. Was ist, wenn ich verspreche, mich nicht einzumischen?« Als sie seinem Blick begegnete, fügte sie hinzu: »Und Mom werde ich, so gut ich kann, zurückhalten.«

»Das hätte ich gern schriftlich.«

»Unterzeichnet mit meinem Blut?«

»Mindestens.«

Chloe wischte sich erste Lachtränen aus den Augenwinkeln. »Ich freue mich schon auf dieses Wochenende, kleiner Bruder, wird bestimmt ein Heidenspaß.«

Daran zweifelte er keine Sekunde. Blieb nur die Frage offen, wer von ihnen den Spaß auch genießen konnte. Er hatte da eine leise Ahnung, und die gefiel ihm kein bisschen.

Die Frauen in seinem Leben waren in jeder Hinsicht ein Fluch.

8. Kapitel

Was für eine fantastische Aussicht. Völlig hingerissen, stand Erin vor der gigantischen Fensterfront in Coles Wohnzimmer und nahm den Anblick der in allen Farben funkelnden Lichter Manhattans in sich auf. Im sechzehnten Stock eines Penthouses gelegen, konnte man von Coles Apartment aus sogar die Manhattan Bridge erkennen, die den East River überquerte und die beiden Stadtteile Lower Manhattan und Brooklyn miteinander verband.

Während sie ihren Blick über die Dächer der angrenzenden Luxuswohnhäuser schweifen ließ, vergaß sie für einen Moment sogar ihre Nervosität, die sie fest im Griff hatte, seit sie gestern eine Einladung von Cole zum Abendessen erhielt. Unsicher, wie sie ihm gegenübertreten sollte, hatte sie den heutigen Nachmittag damit zugebracht, Furchen in den Teppich ihres Schlafzimmers zu rennen, bevor sie einen verzweifelten Versuch startete, sich mit einem Entspannungsbad etwas den Wind aus den Segeln zu nehmen.

Doch gegen ihre Erwartung, Cole könne noch immer böse mit ihr sein, hatte er ihre Befürchtungen zerstreut, als er die Tür seines Apartments öffnete und sie mit einem dieser sexy Lächeln in Empfang nahm. Dadurch hatte er ihr etwas von der Anspannung genommen, nicht jedoch diese quälende Unruhe, die wie ein Schwarm Bienen in ihrem Bauch summte.

Sie ließ ihre Fingerspitzen über die glänzende Oberfläche des cremefarbenen Sideboards gleiten, während sie auf den frei im Raum stehenden Kochbereich zuging, wo Cole mit Töpfen und Schüsseln herumhantierte. Wie der Rest der Einrichtung war auch die Küche sehr luxuriös. Graue marmorne Arbeitsflächen, helle Schränke und eine Kochinsel, an die auf der Seite zum loftartigen Wohnraum eine Frühstücksbar mit sechs Hockern anschloss. Sie entdeckte kaum Schnickschnack, wenn man von dem überdimensionaler Flat-Screen absah, der eine der unverputzten Mauern gegenüber der Sofalandschaft einnahm. Bis auf ein paar Bilder von Coles Familie, die auf einer ebenso cremefarbenen Anrichte hinter dem massiven Esstisch standen, gab es auch keinerlei Dekoration. Klare, dezente Linien – wohin man blickte, und dennoch wirkte der riesige Raum warm und einladend.

Und alles roch nach Cole. Nach dieser speziellen Kombination aus Rasierwasser und etwas verführerisch Dunklem. Das machte es ihr nicht gerade einfacher, sich von ihren Gefühlen zu distanzieren, wie sie es sich fest vorgenommen hatte.

»Erin?«

»Ja?« Sie drehte sich um und begegnete einem neckischen Blick, der ihrem Herzschlag empfindlich zusetzte.

Reiß dich zusammen, Parker!

»Caitlin?«, erinnerte Cole sie an ihr Gespräch von vorhin, dass sie über all den Eindrücken ganz vergessen hatte. »Sie hat dich wirklich gefragt, ob wir zusammen mit ihr und Robert ausgehen wollen?« Er wischte sich die Hände an einem Geschirrtuch ab, dann warf er es sich über die Schulter. In legerer Kleidung, einer ausgeblichenen Jeans und einem weißem T-Shirt, das sich eng um seinen muskulösen Oberkörper schmiegte, sah er zum Anbeißen aus.

Sie musste sich zwingen, ihren Blick von seinem Oberkörper loszureißen. »Jup. Du hättest sie erleben sollen. Sie war von der Idee völlig begeistert.«

»Das kann ich mir vorstellen.« Scheinbar interessiert an dieser Unterhaltung, stützte er sich mit den Unterarmen an der Küchentheke ab. »Wie wirst du dich entscheiden?«

»Kommt ganz darauf an.«

»Worauf?«

»Ob ich dich ebenfalls für diese Idee begeistern kann.«

Bitte sag nein. Dann würde sie Caitlin nicht anlügen müssen und die Sache mit dem gemeinsamen Abendessen wäre vom Tisch.

Cole zuckte die Schultern. »Klar, wieso nicht?«

Oh Gott, warum hatte sie sich nicht doch für eine winzige Notlüge entschieden? Das hätte sie nicht umgebracht, geschweige denn zu einem schlechten Menschen gemacht. »Wirklich?«

»Du willst deinen Professor doch rumkriegen …«

»Cole, ich …« *... hab's mir inzwischen anders überlegt. Das war von Anfang an eine dumme, dumme Idee. Bitte vergiss, dass ich dich da reingezogen habe. Wenn ich könnte, würde ich alles rückgängig machen. Außer das, was am Freitag zwischen uns passiert ist …*

Doch dazu kam sie nicht. Cole redete einfach weiter.

»… also halte ich es für die beste Gelegenheit, ihm ein wenig auf den Zahn zu fühlen. Vielleicht steckt ja doch so etwas wie ein ganzer Kerl in diesem Möchtegernprinzen, und wir können ihn ein wenig eifersüchtig machen.«

Das hatte Erin nicht erwartet. Sie lachte. »Ihn eifersüchtig machen? Worauf denn?«

Coles Ausdruck war beinah übermütig. »Du. Ich. Ein Liebespaar. Das ist es doch, was Caitlin denkt, nicht wahr?«

»Worauf willst du hinaus, Cole?«

Er sah sie an, als würde sie etwas ziemlich Offensichtliches nicht kapieren. »Wir spielen das verliebte Paar, Süße. Robert wird erkennen, was ihm mit dir entgeht, und in einer Woche trennen wir uns.«

»Und dann?«

»Ganz der Gentleman wird er der holden Maid in Not zur Hilfe eilen und ihr eine Schulter zum Ausweinen anbieten. Doch damit der Plan aufgeht, müssen wir zuvor seinen Jagdinstinkt wecken.«

»Seinen was?« Erin schwankte zwischen Verwirrung und blankem Entsetzen. Sie konnte nicht fassen, noch immer bei dem ganzen Quatsch mitzumachen.

Reiß dich am Riemen, und sag ihm die Wahrheit!

Sie konnte nicht. Die Worte blieben ihr im Hals stecken.

Cole tippte sich an die Stirn. »Männer und Schwänze. Du erinnerst dich?«

Der einzige Schwanz, an den sie sich erinnerte – viel zu gut erinnerte – war Coles. Doch statt den Mut aufzubringen, mit ihm über ihre wahren Gefühle zu sprechen, nickte sie nur und betrachtete ihre leicht zitternden Hände, die sie in die Taschen ihrer Jeans schob. Ein flaues Gefühl schlich sich in ihre Magengegend, und sie schluckte die Enttäuschung hinunter. Deutlicher hätte er ihr nicht mitteilen können, dass ihre leidenschaftliche Begegnung vor wenigen Tagen ein einmaliger Ausrutscher war – wie damals der Kuss im Pool. Sie sollte glücklich darüber sein, ihn als Freund nicht verloren zu haben, doch inzwischen war ihr Freundschaft nicht mehr genug. Sie wollte Cole. Wollte ihn so sehr, dass es wehtat, in seiner Nähe zu sein, ihm aber nicht nahe kommen zu dürfen.

Stattdessen würde sie in zwei Tagen die verliebte Freundin spielen und sich danach vermutlich zur größten Vollidiotin aller Zeiten machen. Jesus, worauf hatte sie sich da bloß eingelassen?

Erin war eingeschlafen. Zusammengerollt wie eine zufriedene Katze lag sie eng an Coles Seite gekuschelt, ohne ihn jedoch zu berühren. Ihre zierliche Gestalt versank förmlich zwischen den vielen grauen Kissen; ihr glattes kastanienbraunes Haar fiel in einem wirren Durcheinander über ihre Schultern. Leise, um sie nicht zu wecken, fischte er nach der Fernbedienung, die auf dem Abstelltisch neben ihm lag und drehte die Lautstärke runter.

Da er wusste, Erin mit einem gemütlichen Filmeabend eine Freude zu machen, hatte er auf dem Heimweg noch schnell drei

DVDs besorgt. Weiter als bis zur Hälfte des ersten *Bruce Willis rettet die Nation vor dem Untergang* waren sie allerdings nicht gekommen. Wie es aussah, war er nicht der einzige, der in den letzten Tagen mit massivem Schlafmangel zu kämpfen hatte.

Erin schlief tief und fest, den Mund leicht geöffnet und einen seligen Ausdruck auf ihrem Gesicht, als hätte sie sich in Sicherheit und entspannt gefühlt, als der Schlaf sie übermannte.

Der Gedanke gefiel ihm. Er hatte die letzten Stunden ständig das Gefühl gehabt, sich in einer Art Twilight-Zone zu bewegen. Das Bedürfnis, Erin an sich zu ziehen und zu küssen, war immer stärker geworden, während die Vernunft ihm zubrüllte, dass er damit nur einen weiteren Fehler beging, den er nicht berichtigen konnte. Ihre Gegenwart, ihr Lächeln, ihre Unsicherheit, die immer wieder durchblitzte – all das wirkte unglaublich anziehend auf ihn, und er hasste es, derart gegen seine Empfindungen ankämpfen und um Kontrolle ringen zu müssen.

Ihm war, als würde er gegen den Strom des Hudson River schwimmen, und es war nur eine Frage der Zeit, bis seine Kräfte ihn verließen und er von den Fluten mitgerissen wurde.

In diesem Moment war jedoch kein Sturm in Sicht, und Cole riskierte es, Erin eine Haarsträhne aus dem Gesicht zu streichen. Wie von selbst glitten seine Finger über ihre Schläfe, über das winzige Grübchen auf ihrer Wange und über den sinnlichen Schwung ihrer Lippen. Augenblicklich drifteten seine Gedanken zum Freitagabend zurück.

Er hatte Erin unterschätzt. Nein, das stimmte nicht. Er hatte seine Reaktion auf ihre Sinnlichkeit unterschätzt. Er konnte sich nicht erinnern, jemals derart heftig auf eine Frau reagiert zu haben. Er wollte jede ihrer zierlichen Kurven nachspüren, sie schmecken und all die lustvollen Laute hören, die seine Berührungen in ihr weckten.

Wenn er gedacht hatte, dass es ihre Unschuld war, die ihn anzog, musste er sich inzwischen berichtigen. Erin besaß Feuer, war leidenschaftlich und dennoch unglaublich süß in ihrer Arglosigkeit. Es steckte keinerlei Kalkül in ihrem Verführungsversuch, keine Show und keinerlei aufgesetzte Provokation, um ihn anzumachen, stattdessen überrascht sie ihn, indem sie sich selbst auf sehr sinnliche Weise berührte. Es war unglaublich erotisch gewesen. Erotisch und heiß. Er brauchte, selbst nach der kalten Dusche, die sie ihm verpasst hatte, das gesamte Wochenende, um die Bilder von Erin wieder aus dem Kopf zu bekommen.

Und nun lag sie hier. Seine ganz persönliche Nemesis, die ihm, ohne es zu wissen, für sämtliche Sünden büßen ließ, die er in seinen zweiunddreißig Jahren begangen hatte. Sie anzusehen, aber nicht anfassen zu dürfen, wie er es gern getan hätte, brachte ihn fast um den Verstand.

Kopfschüttelnd, als könne er all seine Gedanken und Gefühle dadurch löschen, griff er unter ihre Knie und hob sie vom Sofa. Dann trug er sie nach nebenan in sein Schlafzimmer, wo er sie in die Mitte seines Kingsize-Betts legte. Bevor er sie zudeckte, streifte er ihr die Jeans von den Beinen. Seinen Puls ignorierend, der nicht nur in seinen Schläfen klopfte, hielt er noch einmal kurz inne, um Erin zu betrachten. Sie schlief weiter. Sorglos und unbekümmert, als wäre es das Selbstverständlichste der Welt, ihn um eine weitere schlaflose Nacht zu bringen.

Jesus, worauf hatte er sich da bloß eingelassen?

9. Kapitel

Erin dämmerte vor sich hin, noch nicht bereit, ihren Traum hinter sich zu lassen und der Wirklichkeit zu begegnen. Wie eine zärtliche Berührung strichen die ersten Sonnenstrahlen über ihre Haut, und sie drehte sich wohlig seufzend zur Seite, um ihr Gesicht tiefer in das Kissen zu drücken, das so verdammt gut nach … Cole roch.

Was zum …? Irritiert fuhr sie hoch und sah sich um. Tatsächlich. Sie lag in Coles Bett in seinem Schlafzimmer. Sie musste eingenickt sein, während sie sich diesen Action-Thriller ansahen. Ihre Jeans lagen sorgfältig zusammengefaltet auf einem Stuhl neben der Tür. Erin hob die Decke und stellte erleichtert fest, zumindest noch ihr T-Shirt zu tragen.

Cole wusste, wie sie nackt aussah, jedoch nicht, wie sie *bewusstlos* nackt aussah. So musste sie der Liste ihrer Verfehlungen zumindest nicht noch eine Peinlichkeit hinzufügen. Gott, sie war tatsächlich eingeschlafen! Sie hatte in den letzten Nächten kaum ein Auge zugetan, und neben Cole auf seinem Sofa war es so verdammt gemütlich gewesen …

Erin knabberte auf ihrer Unterlippe und entschied, dass es keinen Unterschied machte, ob sie ihm gleich oder eine halbe Stunde später gegenübertrat. Nachdem sie ihr Haar mit den Fingern halbwegs in Ordnung gebracht hatte, schlüpfte sie in ihre Jeans und verließ das Schlafzimmer.

Sie fand Cole ihn der Küche, wo er damit beschäftigt war, Frühstück vorzubereiten. Doch weder der Anblick des frisch aufgeschnittenen Obstes noch der Geruch nach Kaffee konnte ihre Aufmerksamkeit fesseln.

Cole trug nichts weiter als eine Sporthose, die tief auf seinen schmalen Hüften saß. Sein Oberkörper war nackt, nur ein Handtuch lag zusammengerollt um seinen Nacken und fing einzelnen Tropfen aus seinen nassen Haaren auf.

Bei allen Heiligen, er sah fantastisch aus. Sie wünschte, sie könnte ihre Arme um ihn schlingen und seinen Rücken küssen, den er ihr noch immer zuwandte. Stattdessen blieb sie mit wild klopfendem Herzen an der Küchentheke stehen und wartete, bis er sie bemerkte. Was nicht lange dauerte. Seine Begrüßung bestand aus einem kleinen Lächeln, das nach und nach seine volle Wirkung entfaltete, bis das Kribbeln in ihrem Bauch fast unerträglich heftig war.

Himmel, sie war verloren!

Verloren und bis über beide Ohren verknallt. Ob sie jemals über ihre Gefühle für Cole hinwegkommen würde? Sie bezweifelte es.

»Gute Morgen«, brach sie die Stille und hoffte, dass ihre Wangen nicht so sehr glühten, wie sie sich anfühlten. Was vermutlich Wunschdenken war, denn inzwischen funkelte sein Lächeln auch in seinen Augen.

»Selber guten Morgen, Schlafmütze«, neckte er sie. »Fühlst du dich wieder fit?«

»Ich fühle mich gut. Danke, dass du mich nicht geweckt hast.« Sie zog einen Hocker heran und setzte sich an die Frühstücksbar.

»Keine Ursache. Kaffee?«

»Sehr gern.« Da sie nicht wusste, wie sie sich sonst beschäftigen sollte, sah sie dabei zu, wie er eine weitere Tasse unter die moderne Kaffeemaschine setzte und die Knöpfe bediente. Die Muskeln an Schultern und Armen spannten sich bei jeder seiner Bewegungen an, was Erin nervös machte. Sie hatte es sich einfacher vorgestellt, weiterhin mit ihm befreundet zu sein, doch inzwischen wurde seine unmittelbare Nähe zur Qual. Sinnliche Gedanken und die Stimme der Vernunft kämpften um die Vorherrschaft. Erin war nicht sicher, wie lange sie das noch durchhielt, ohne verrückt zu werden. Sie musste sich ablenken. »Wie lange bist du schon wach?«

»Seit zwei Stunden.« Cole nahm Butter und Marmelade aus dem Kühlschrank und stellte beides neben den Obstteller auf die Theke.

»Seit zwei Stunden? Es ist gerade mal sieben.«

»Ich laufe regelmäßig morgens um fünf durch den Central Park. Auch einen Bagel?« Fragend hielt er die braune Bäckereitüte hoch. Wie auf Kommando grummelte Erins Magen.

»Ich werte das als ein Ja.« Grinsend stellte er zwei Teller und einen kleinen Korb vor ihr ab, den er mit fünf verschiedenen Bagel-Sorten füllte. Dann fuhr er sich fast schon verlegen durch das noch feuchte Haar. »Ich wusste nicht, welche Sorte du am liebsten magst.«

Sie tippte auf das Stück Gebäck, das sie auch für sich ausgesucht hätte. »Blueberry-Bagels. Danke.«

Mit zwei Kaffeetassen setzte er sich zu ihr an die Frühstückstheke und schob ihr eine der Tassen zu. »Mit Milch ohne Zucker?«

»Perfekt.«

Irgendwie wurde sie das Gefühl nicht los, das sie nicht die einzige war, die einem klärenden Gespräch aus dem Weg ging. Cole hatte auch gestern Abend kein Wort über das Freitagsdesaster verloren. Sie wusste nicht, ob sie darüber erleichtert oder verwirrt sein sollte. Vermutlich war es jedoch das Beste, wenn sie einfach Gras darüber wachsen ließen.

»Wann fängt dein Unterricht an?«

»Um zehn. Du hast heute einen freien Tag?«

Cole verneinte. »Ich muss erst um zwei im Büro sein, um mit Elijah ein paar Unterlagen vorzubereiten. Um zwanzig Uhr treffen wir uns mit einem Geschäftskunden zum Abendessen.«

»Okay«, sagte sie und lächelte Cole an, obwohl ihr nicht danach war. Sie hatte gehofft, ihn heute noch einmal zu sehen. Sich auf ein Glas Wein in ihrem Lieblingslokal am Washington Square zu treffen, um gemeinsam den Tag ausklingen zu lassen. Dann eben ein andermal. Die Firma ging vor.

»Danke für das Frühstück«, sagte sie, nachdem sie aufgegessen hatte und stand auf, um den Teller und die Tasse in die Spüle zu stellen.

Cole erhob sich ebenfalls. Ein seltsamer Ausdruck lag auf seinem Gesicht, als er an ihre Seite trat.

»Erin, hör mal, vielleicht sollten wir ...«

Oh nein. Alles, nur das nicht. Die Mitleidstour würde sie nicht ertragen. »Kann das warten, Cole? Ich muss zur Uni.«

Er musterte sie einen Augenblick, dann trat er zur Seite, damit sie an ihm vorbeigehen konnte. Dabei streifte ihr Arm über seine nackte Brust, und sie musste sich zwingen, Abstand zu suchen.

Sie musste hier raus. Sofort!

Während sie ihre sieben Sachen zusammensuchte, begann das Telefon der Festnetzanlage zu läuten. Cole machte keine Anstalten, abzuheben, und so sprang nach dem vierten Klingelton der Anrufbeantworter an.

Was dann passierte, traf Erin unvorbereitet. Eine süße, fast schon unschuldig wirkende Stimme mit einem starken französischen Akzent erfüllte plötzlich den Raum. »Hallo Cole, bist du noch zu Hause? Du hast dich seit unserem letzten Treffen nicht gemeldet, und ich dachte, vielleicht bin ich diesmal dran, eine Einladung auszusprechen.« Eine kurze Pause entstand, in der die wachsende Spannung förmlich greifbar wurde.

Erin tat, als würde sie der Anruferin nicht lauschen und schnappte sich ihre Handtasche, die unter dem Kissenberg auf dem Sofa lag.

Die Frau am anderen Ende der Leitung seufzte und senkte ihre Stimme. »Ich vermisse dich, Honey. Wenn du möchtest, kannst du heute Abend nach dem Meeting mit Elijah noch vorbeikommen. Ich werde in den Dessous auf dich warten, die du mir zum Valentinstag geschenkt hast.«

Oh. Mein. Gott.

Ihr Magen drehte sich einmal um sich selbst, und Schwindel

erfasste sie. Sie traute ihren Beinen nicht, während sie auf die Eingangstür zumarschierte, also machte sie schnell. Tränen brannten in ihren Augen.

Was für eine Närrin sie doch war! Hatte sie wirklich geglaubt, ein Mann wie Cole wäre frei? Verfügbar? Und vielleicht sogar ein bisschen in sie verliebt?

Dummes Ding!

Sie hatte sich ja nicht mal die Frage nach einer anderen Frau in seinem Leben gestellt. Wie naiv, einfach davon auszugehen, es gäbe keine.

Erin hörte die letzten Worte der Anruferin nicht, sie gingen in dem lauten Rauschen in ihren Ohren unter.

»Erin, warte!«

Cole kam ihr nach, doch sie blieb nicht stehen. Sie rannte aus dem Apartment und drückte hastig den Knopf des Aufzuges, der zu ihrem Glück auf derselben Etage war.

»Verdammt, Erin!«

Die Türen öffneten sich, und sie flüchtete in die Sicherheit des Aufzugs. Sofort setzte sich die Kabine in Bewegung, und Stille umgab sie. Nur gedämpft hörte sie Cole fluchen, doch durch den Nebel in ihrem Kopf verstand sie kein einziges Wort.

Sie benahm sich wie ein trotziges Kind, dem man sein Lieblingsspielzeug weggenommen hatte, das wusste sie. Dennoch kam sie nicht gegen die Emotionen an, die heftig in ihr wüteten. Da war Eifersucht auf eine Fremde, die Cole etwas zu bedeuten schien, immerhin mussten sie schon einige Monate zusammen sein. Dann war da noch dieser höllische Schmerz, der an ihrem Herzen rüttelte und ihr immer mehr Tränen in die Augen trieb. Sie liebte Cole. Genau diese Tatsache machte das alles auch so verdammt kompliziert. Trieb sie dazu, wie eine Idiotin davon zu rennen.

Ihr Handy piepte. Eine SMS von Cole.

Es tut mir leid, Erin. Bitte lass mich die Sache erklären. Mittagessen gegen halb ein Uhr? C.

Ohne zu antworten, steckte sie ihr Handy zurück in die Tasche. Sie wollte nicht hören, was er zu sagen hatte. Nicht jetzt und auch nicht in sechs Stunden. Sie musste sich von dem ersten Schock erholen, um in Ruhe darüber nachzudenken, wie sehr diese neue Erkenntnis alles veränderte. Cole hatte sie geküsst. Sie hatte mit ihm geschlafen, was bedeutete, seine Freundin betrogen zu haben.

Oh Gott. Was hatte sie bloß getan?

Erin Parker verletzte andere Menschen nicht. Sie machte keine dummen Sachen, ohne vorher sehr genau das Wenn und Aber abzuwiegen, und schon gar nicht schlief sie mit einem Mann, der vergeben war.

Himmel, sie wollte sich unter ihrer Bettdecke verkriechen und solange warten, bis dieser scheußliche Druck aus ihrer Brust verschwunden war. Aber das konnte sie nicht. Sie musste ihre Unterlagen von zu Hause holen, um dann ihre Klasse zu unterrichten.

Das würde ein verdammt harter Tag werden.

Gegen neun Uhr abends stand Cole vor Ninas Wohnungstür, zögerte jedoch, anzuklopfen. Er war nicht der Typ, der lange Reden schwang oder sich ausführlich erklärte, weshalb er jemanden nicht mehr treffen wollte. Bisher hatte er sämtliche Kontakte zu Frauen, mit denen er schlief, auf ein Minimum beschränkt, und es war allen Beteiligten klar gewesen, dass nicht mehr als Sex für sie beide rausspringen würde.

Mit Nina war die Sache komplizierter.

Auch wenn zwischen ihnen geklärt war, dass sie mit ihren

Treffen keine Verpflichtungen eingingen, hatte er dennoch sehr viel Nähe zugelassen und sich über das Wissen hinweggesetzt, dass sich Nina sehr wohl mehr erhoffte, als eine belanglose Affäre. Er war ihr eine Erklärung schuldig. Obwohl er keine Ahnung hatte, wie es zwischen Erin und ihm weiterging, konnte er Nina nicht mehr treffen. Es wäre beiden Frauen gegenüber nicht fair, und er wollte keine von ihnen verletzten.

Sein Klopfen hallte durch die Gänge des Wohnkomplexes. Es dauerte keine zehn Sekunden, da wurde die Tür geöffnet, und die kleine Französin sah unter langen Wimpern zu ihm hoch.

»Du konntest es einrichten.« Sie klang erfreut und erleichtert zugleich, was ihm die Situation nicht einfacher machte.

»Kann ich reinkommen?«

»Aber natürlich.« Nina trat zur Seite und öffnete die Tür ein Stück weiter. Als spüre sie die Distanz zwischen ihnen, griff sie nach ihrem Morgenmantel und hielt ihn vor ihrem Dekolleté zusammen.

»Willst du ein Glas Wein? Bier hätte ich auch zu Hause«, sagte sie mit diesem verführerisch französischem Akzent, der ihn in den letzten Monaten mehr als einmal auf Hochtouren gebracht hatte. Seit anderthalb Wochen waren es jedoch große braune Rehaugen und ein umwerfend schüchternes Lächeln, das sein Herz aus dem Takt geraten ließ.

So reizend Nina war, Erin war diejenige, die sein Blut zum Sieden brachte.

»Nur Wasser, danke.«

Nachdem sie heute Abend ein erfolgversprechendes Geschäft zum Abschluss gebracht hatten, hatte er bereits zwei Bier mit Elijah getrunken. Sollte Nina ihre Verführungskünste einsetzen, um ihn von seiner Entscheidung abzubringen, brauchte er außerdem einen klaren Kopf.

Sie holte zwei Gläser aus der Küche und eine Flasche Mineralwasser, dann setzte sie sich zu ihm auf das Sofa. »Was ist los,

Cole? Du siehst aus, als hättest du einen miesen Tag hinter dir."

Das war die Untertreibung des Jahrhunderts. Nachdem Erin Hals über Kopf geflüchtet war, hatte er einige Male versucht, sie anzurufen, doch sie war nicht rangegangen. Genauso wenig reagierte sie auf seine SMS, was ihm ehrlich Sorgen gemacht hatte. Auch auf die Gefahr hin, sie würde ihn entmannen, hatte er im Sekretariat der NYU angerufen und nachgefragt, ob Erin Parker heute zum Unterricht erschienen war. Erst als er die Bestätigung bekam, konnte er wieder richtig atmen. Erin war nicht der impulsive Typ, der bei jeder Kleinigkeit ausrastete oder die Flucht ergriff. Ninas Anruf hatte sie verletzt. Er hatte außerdem so etwas wie Eifersucht in ihren Augen erkannt. Dasselbe Gefühl, dass auch er bei dem Gedanken an diesen Robert Peterson spürte. Er konnte das alles nicht länger ignorieren.

»Cole?« Nina legte ihre Hand auf seinen Oberschenkel und sah ihn wachsam an. »Willst du darüber reden?«

»Wir können uns nicht mehr treffen, Nina.« Er stellte das Glas zurück auf den Sofatisch und stand auf, um durch das Fenster des Wohnzimmers auf die belebte Straße zu blicken. »Es ist …«

»Du hast Gefühle für eine andere Frau«, sagte Nina und traf den Nagel damit auf den Kopf.

Cole drehte sich um und musterte die Französin, hoffend, er würde keine allzu große Enttäuschung vorfinden. Er war nicht gut darin, jemanden zu trösten.

»Das ist okay für mich.« Nina zuckte die Schultern, doch so locker, wie sie die Sache abtun wollte, war die Trennung für sie nicht. Er sah es ihr an.

»Es tut mir leid, Nina.«

»Das muss es nicht.« Sie schenkte ihm ein forciertes Lächeln. »Du warst von Anfang an ehrlich zu mir und ich … Ich hätte nicht hoffen dürfen, dass trotz allem mehr daraus werden könnte. Mein Fehler. Nicht deiner.«

Er wusste nicht, was er hätte sagen sollen, ohne es unnötig schlimmer zu machen, also schwieg er und blickte wieder aus dem Fenster.

»Ich hoffe, sie ist es wert, deine Einstellung zum Leben und der Liebe zu verändern.«

Er dachte an Erin und spürte ein Zucken um seine Mundwinkel. »Sie ist wert, einen Versuch zu wagen«, sagte er mehr zu sich selbst. Wohin das mit ihnen führte, wusste er nicht. Was er jedoch wusste, war, dass Erin ihm zu viel bedeutete, um sie kampflos aufzugeben.

»Dann wünsche ich dir viel Glück, Cole.«

Davon konnte er mit Sicherheit jede Menge gebrauchen.

10. Kapitel ❤

Erin trat von einem Fuß auf den anderen. Dabei huschte ihr Blick zwischen der silbernen Uhr auf ihrem Handgelenk und der Straßenkreuzung vor ihrem Wohnhaus hin und her, während sie auf das Taxi wartete. Es war kurz nach halb acht Uhr abends, es müsste also jeden Augenblick da sein, um sie zu dem Italiener zu bringen, wo sie mit Cole, Caitlin und Robert verabredet war.

Um ihr Aussehen noch einmal zu überprüfen, blickte sie in das Auslagenfenster des Bio-Shops. Sie trug das schwarze Kleid, das Cole für sie ausgesucht hatte. Ihr Haar fiel offen über ihre Schultern, und sie hatte ein wenig Wimperntusche und Lipgloss aufgetragen. Hohe Riemchensandalen und eine kleine schwarze Handtasche komplettierten das Outfit.

Eine fremde Frau sah ihr entgegen. Jemand, der anmutig und feminin wirkte. Ein ungewohnter Anblick, doch einer, an den sie sich gewöhnen konnte.

Nachdem sie sich gestern von dem Entsetzen erholt hatte, nahm sie sich Zeit zum Nachdenken und traf eine Entscheidung. Eine Veränderung musste her, und zwar grundlegend. Viel zu lang war sie nur jedermanns Schatten gewesen, ein netter Zeitvertreib, ein Kumpel, der einsprang, wenn es brenzlig wurde und wegen dem man keinen zweiten Gedanken verschwendete, ob man ihn durch sein leichtfertiges Verhalten verletzte.

Erin machte da nicht mehr mit. Wenn die Leute nicht lernten, sie mit Respekt zu behandeln, den sie sich nach all der gemeinsamen Zeit verdient hatte, würde sie jeden einzelnen zum Teufel jagen. Vielleicht besaß sie nicht Caitlins Schönheit oder ihr Selbstbewusstsein, aber sie besaß genug Achtung vor sich selbst, um an dieser Stelle einen Schlussstrich unter all den

Einschnitten zu ziehen und neu anzufangen. Heute Abend würde sie ihnen allen beweisen, dass sie ein bisschen Anstand verdient hatte und nicht nur die graue Maus war, für die sie alle hielten.

Das Taxi kam, und Erin stieg mit den besten Vorsätzen ein. Die Fahrt dauerte knapp zehn Minuten, dann hielt der Fahrer vor einem Gebäude im Jugendstil. Eine Empfangsdame im Tweedkostüm und mit leicht ergrautem Dutt begrüßte Erin freundlich und führte sie zu ihrem Tisch, wo die anderen bereits auf sie warteten.

Cole entdeckte sie zuerst. Die offene Bewunderung, mit der er sie betrachtete, entschädigte sie für die anderthalb Stunden, in denen sie sich zurechtgemacht hatte, und sie konnte fühlen, wie etwas von der Anspannung nachließ.

Robert war Coles Blick gefolgt. Mit offenem Mund starrte er sie an, bis Caitlin aufsprang und sie herzlich umarmte.

»Oh mein Gott! Du siehst super scharf aus, Süße!«

Sie bekam keine Gelegenheit, etwas zu erwidern, da fasste Robert bereits nach ihrer Hand und deutete einen Kuss an. »Da kann ich mich nur anschließen, du siehst atemberaubend aus.«

Anerkennend betrachtete er sie von oben bis unten, und sie begriff, ihn mit ihrem Auftritt tatsächlich überrascht zu haben.

Cole räusperte sich und brach den seltsamen Bann. Ohne Anstalten zu machen, das Begrüßungstheater weiterzuführen, nickte er ihr zu, was völlig reichte, um ihre gesamte Aufmerksamkeit auf ihn zu reduzieren. Businesslike gekleidet, in dunkler Anzughose und bordeauxrotem Hemd, das er bis zu den Ellenbogen hochgekrempelt hatte, sah er wie immer phantastisch aus.

»Erin.«

»Cole.«

Interessiert sah Caitlin zwischen ihnen hin und her, als sie sich setzten. Cole ignorierte die Fragezeichen im Gesicht der Blondine. Stattdessen legte er einen Arm um Erins Stuhllehne und neigte sich etwas zur Seite, sodass nur sie ihn hören konnte. »Sehr sexy und nur ein ganz klein wenig nackt.«

Erin konnte nicht anders. Sie musste lächeln und versank für einen Augenblick im warmen Grün seiner Augen, während sich eine unerwünschte Wärme in ihrem Bauch ausbreitete. Nein, nein, nein.

Tief durchatmen und fokussieren!

»Wisst ihr schon, was ihr essen werdet?«, fragte Caitlin, und Erin schaffte es, den Blickkontakt zu unterbrechen.

»Ich bin für sämtliche Unanständigkeiten zu haben«, murmelte sie der Speisekarte zu, worauf Robert sich beinah an seinem Wasser verschluckte.

Aus dem Augenwinkel sah sie, wie Coles Mundwinkel nach oben zuckten. Blödmann.

Caitlin wandte sich erklärend an ihr Date. »Erin gehört nicht zu den Frauen, die nur in ihrem Salat herumstochern. Im Gegensatz zu mir, kann sie es sich leisten, nicht auf ihre Figur zu achten.«

Robert nickte.

Erin nahm die Anspielung zähneknirschend zur Kenntnis.

Cole grinste selbst dann noch, als die Kellnerin an ihren Tisch kam, um die Bestellung aufzunehmen. »Ich nehme den Geflügelsalat«, sagte Caitlin in aller Bescheidenheit und sah Erin über den Rand ihrer Speisekarte an. Nun denn …

»Das Carpaccio zur Vorspeise, danach das Rinderfilet und ein Tiramisu zum Dessert.«

»Für mich dasselbe«, sagte Cole, und zu ihrer Überraschung schloss Robert sich an.

Eifrig kritzelte die Kellnerin auf ihren elektronischen Notizblock, dann waren sie wieder unter sich, und Caitlin ergriff das Wort. Sie redete über Pläne für das Herbstsemester und wie sie ihre Schüler für den Unterricht motivieren wollte.

Robert heuchelte Aufmerksamkeit, während Coles Arm noch immer auf Erins Stuhllehne lag, und er unbeirrt mit einer ihrer Haarsträhnen spielte.

»Das Problem liegt darin, dass sich die jungen Leute heutzutage die falschen Ziele setzen. Sie lernen, weil sie eine Prüfung bestehen müssen, nicht aber, weil sie sich neues Wissen aneignen möchten«, erklärte Caitlin sachlich, worauf Robert die Stirn runzelte, sie jedoch nicht unterbrach. »Es genügt nicht, ihnen Vorträge zu halten und über wichtige Themen zu referieren, man muss ihnen Strukturen vorgeben. Strukturierung, Priorisierung und Diagnostik, die drei wichtigsten Punkte, um die Motivation zu steigern und einen Lernerfolg zu erzielen.«

»Das klingt nach Diktatur«, warf Cole trocken ein, und Erin verbarg ihr Lächeln, indem sie von ihrem Wein nippte. So steif und formell kannte sie Caitlin nicht. Sie verhielt sich, als wolle sie Robert imponieren, der jedoch alles andere als angetan von ihrer Rede schien.

»Das hat mit Diktatur nichts zu tun«, widersprach Caitlin. »Kleine Kinder brauchen klare Grenzen, um sich zu entfalten. Jungen Erwachsenen muss man Ziele setzen, deren Erreichung attraktiv erscheint.«

»Und wer setzt diese Ziele fest?«, wollte Robert wissen.

»Der Dozent«, antwortete Caitlin wie selbstverständlich. »Durch das Aufteilen des Lehrstoffes in konkrete, bewältigbare Teilbereiche fühlen sich die Studenten von den großen Prüfungen weniger erschlagen. Man nimmt ihnen den Druck.«

»Ich bezweifle, dass diese Studenten mit Druck nicht umgehen können«, warf Cole ein. »Immerhin reden wir hier von jungen Menschen, die genug Ehrgeiz aufgebracht haben, es auf die NYU zu schaffen.«

Robert stimmte ihm zu, dann wandte er sich an Erin. »Verrätst du uns deine Motivations-Taktik?«

Erin versteifte sich, als drei Augenpaare sie ins Visier nahmen.

Coles Blick wirkte ermunternd. Caitlins Wangen waren leicht gerötet. Robert sah sie einfach nur interessiert an.

»Ich folge keiner bestimmten Taktik, um meine Schüler zu motivieren«, gestand sie und zuckte ein wenig hilflos die Schultern. »Am Anfang eines jeden Semesters achte ich bei der Vorstellung der Themen darauf, welche mit besonderem Interesse aufgenommen werden, und auf diese gehe ich näher ein.«

»Das ist alles?«, fragte Caitlin scheinbar verblüfft und zugleich enttäuscht.

Erin ließ sich nicht aus dem Konzept bringen. »Ich versuche, ein gutes Klima zu schaffen. Höre meinen Studenten zu, beziehe sie aktiv in den Unterricht ein und gebe ihnen Feedback.«

»Wertschätzung, Anerkennung und Zustimmung. Grundbedürfnisse jedes Individuums«, bemerkte Cole und sah Erin gedankenvoll an, dabei zeichnete er mit dem Daumen kleine Kreise auf ihren Nacken. Ihre Haut kribbelte, wo er sie berührte, und seine nächsten Worte wärmten ihr Herz. »Hört sich für mich nicht nur sehr erfolgversprechend, sondern auch nach der einzig richtigen Taktik an.«

Von dem plötzlichen innigen Verlangen übermannt, sich für seine Bestätigung zu bedanken, küsste sie ihn auf die Wange und überraschte damit nicht nur sich selbst. Sie erkannte Verwunderung in Coles Blick und noch etwas, das sie nicht näher bestimmen konnte. In diesem Augenblick wurde die Vorspeise serviert, und die Magie des Augenblicks verflog.

Dankbar für die Ablenkung und um sich wieder zu fassen, konzentrierte sie sich auf ihren Teller und lächelte automatisch, während Caitlin das Carpaccio kommentierte.

Das Essen war köstlich, und mit jedem Glas Wein wurden ihre Gespräche ausgelassener, die Stimmung lebhafter.

Irgendwann zwischen dem Hauptgang und der Nachspeise musste Caitlin beschlossen haben, Robert nicht beeindrucken zu müssen und verwandelte sich zurück in die aufgeweckte Blondine, die sich mit den Männern einen amüsanten Wortwechsel nach dem anderen lieferte.

Cole gab sich charmant wie immer, dennoch bemerkte Erin, dass er sie und Robert beobachtete, als versuche er, ihr Verhältnis abzuschätzen, das ungewohnt entspannt war. Vielleicht lag es am Wein, der ihr die Hemmungen nahm oder an der schlichten Tatsache, dass sie wie Caitlin keine Bemühungen anstellte, ihm zu gefallen. Was auch immer es war, es war sehr angenehm, sich mit Robert zu unterhalten.

Er besaß ein unglaubliches Allgemeinwissen, und so wusste er zu jedem Thema, das einer von ihnen zum Gespräch machte, etwas zu sagen. Zugleich besaß er den nötigen Anstand, niemanden vor den Kopf zu stoßen, obwohl des Öfteren offensichtlich war, dass Robert einen gänzlich anderen Standpunkt vertrat. Er machte Scherze, lachte über Caitlins, wenn diese auch nicht immer salonfähig waren, und nickte zustimmend, wenn Erin ihr Wissen zu den Unterhaltungen beitrug.

Wäre da nicht ständig dieses Kribbeln, das von Coles wie beiläufig erscheinenden Berührungen ausgelöst wurde, hätte sie den Abend in vollen Zügen genossen. So quälte sie sich bei dem Versuch, ihn und all die kleinen Liebkosungen auszublenden, woran sie selbstredend scheiterte.

Auch wenn er sie nicht berührte, war dieser Mann einfach zu präsent, als dass sie für eine Sekunde hätte vergessen können, dass er neben ihr saß.

»Jetzt habt ihr uns noch immer nicht erzählt, wie ihr euch kennengelernt habt«, warf Caitlin ein, und Robert runzelte die Stirn, als hätte er vergessen, dass Cole und Erin ein Paar waren. Gewissermaßen.

»Cole und ich sind zusammen aufgewachsen«, sagte Erin und ließ ihre Antwort nebensächlich klingen. Sie wollte keinesfalls wieder in den Mittelpunkt rücken und hoffte, Caitlins Neugierde damit befriedigt zu haben.

Zu ihrem Erstaunen war Cole es, der das Wort ergriff. »Erin war gerade mal sieben, als sie beschlossen hat, mein Leben ins Chaos zu stürzen.« Die Andeutung eines Lächelns umspielte seine Mundwinkel, und ein unerwartet heftiges Gefühl von Zuneigung breitete sich in ihrer Brust aus. »Ich war damals zehn, als die Parkers gegenüber von uns eingezogen sind«, fuhr er fort, als wäre er in die Erinnerung vertieft. »Ich war unglaublich sauer darüber, weil in diesem Haus zuvor mein bester Freund gewohnt hatte, der an die Westküste gezogen war. Dann war da plötzlich ein ziemlich hageres Mädchen mit langen braunen Zöpfen, riesigen haselnussbraunen Augen und unglaublich vielen Fragen, auf die ich nicht immer eine Antwort wusste.« Kurz dachte er nach, und Erin hing gespannt und befangen zugleich an seinen Lippen. Wie damals mit sieben, wo sie der festen Überzeugung war, Coles Antworten auf ihre Fragen, seine Ratschläge und Ideen waren die besten im ganzen Universum. Einfach, weil er der klügste und coolste Junge war, den sie kannte.

»Dieses Mädchen war das nervigste, anstrengendste und aufreibendste Geschöpf, das mir jemals unterkommen ist«, sagte er mit ernster Miene und mit diesem rauen Unterton, der so verdammt sexy wirkte, machte er nicht gerade Witze auf ihre Kosten.

Caitlin kicherte, und Hitze schoss in Erins Wangen. Wie konnte er nur so etwas Demütigendes sagen? Vor Caitlin. Aber auch vor Robert.

Wie konnte er nur?

»Ich habe wirklich alles versucht, dieses Mädchen nicht zu mögen. Sie nicht hübsch oder süß oder witzig oder schlau zu finden und sie keinesfalls in mein Herz zu schließen«, erklärte Cole, und sein Ausdruck wurde weicher. »Aber es ist mir nicht gelungen. Keinen einzigen Tag, bis heute nicht. Dieses Mädchen war das Beste, was mir passieren konnte. Ich habe es nur nicht sofort gewusst.« Nun sah er sie endlich an, und Erin vergaß zu atmen. Sein intensiver Blick war durchdringend, brachte sie noch mehr aus dem Takt als seine Worte, und sie wand sich unter der Flut der Gefühle, die er damit auslöste.

Warum musste er eine banale Aussage, die vermutlich scherzhaft gemeint war, wie die schönste Liebeserklärung aller Zeiten klingen lassen? Warum tat er ihr das an? Nachdem sie Tage damit zugebracht hatte, ihre Gefühle zu sortieren und fein säuberlich im hinteren Winkel ihres Herzens wegzusperren.

»Mistkerl«, formte sie zärtlich mit den Lippen und wischte ihre klammen Hände an der Serviette ab, die auf ihrem Schoß lag.

Cole zwinkerte, dabei stand er auf und reichte ihr seine Hand. »Darf ich um diesen Tanz bitten, Miss Parker?«

»Oh Gott, sind die zwei nicht bezaubernd?«, fragte Caitlin an Robert gewandt.

Sein Nicken nahm Erin nur noch am Rande wahr, da lag ihre Hand bereits in Coles, und sie ließ sich an der Bar vorbei auf die Tanzfläche führen.

Der Pianist, ein älterer Mann in Frack, spielte hingebungsvoll auf dem Konzertflügel, der ein klein wenig versteckt hinter hohen Zimmerpalmen stand.

»Warum tust du das?«

»Was?«, fragte Cole, zog sie an sich und legte seine freie Hand flach auf ihren entblößten Rücken. Obwohl die Berührung nichts Anrüchiges hatte, floss ein Zittern über ihre Wirbelsäule. Gott, sie liebte seine kräftigen Hände. Sie fühlten sich gut auf ihrem Körper an.

»Solche Dinge sagen …« *Dinge, die mich in Verlegenheit bringen und mich glauben lassen, ich würde dir mehr bedeuten, als eine gute Freundin es täte.*

Cole ließ ihre Frage unkommentiert. Stattdessen strich er ihr eine Haarsträhne aus dem Gesicht und küsste sie kurz auf den Scheitel. »Du hast nicht auf meine Anrufe reagiert. Ich habe mir Sorgen gemacht.«

»Ich … hatte zu tun.« *Und ich brauchte Zeit, um meine Gefühle für dich zu ordnen, die du schon wieder durcheinandergewirbelt hast.*

Für einen Moment sah er sie nur schweigend an. »Wir müssen reden, Erin. Über dich und mich, aber auch über Nina und was da zwischen ihr und mir gewesen ist.«

»Nicht, Cole.« Vage schüttelte sie den Kopf. »Nicht heute Abend. Lass uns in den nächsten Tagen ganz in Ruhe darüber reden, ja?« Im Grunde wollte sie seine Entschuldigung überhaupt nicht. Es war okay. Sie hatten beide einen Fehler gemacht, den man nicht korrigieren konnte, egal, welche Vorwände man aufzählte. Sie liebte Cole. Aus ganzem Herzen und auf gewisse Weise würde er immer ein bisschen ihr gehören. Das würde genügen müssen, ob sie wollte oder nicht.

»Ich meine es ernst, Erin«, sagte er und wich dabei einem anderen Paar aus, das nur Augen für sich hatte.

»Ich weiß. Nächste Woche reden wir.«

Cole nickte, zog sie wieder enger an sich, und zu ihrer Erleichterung wechselte er das Thema. »Mein Vater feiert am Wochenende seinen sechzigsten Geburtstag. Er hat Familie und Freunde in das Ferienhaus nach Massachusetts eingeladen. Ich dachte, ich könnte dich überreden, mich zu begleiten.«

Eingenommen von der Wärme seines Körpers und den Klängen des Klaviers, brauchte sie ein paar Sekunden, um seine Absichten zu begreifen. Er wollte das Wochenende mit ihr verbringen? Zusammen mit seiner Familie? In den Bergen?

»Entspann dich, Baby, es sind nur zwei Tage, die du mit mir und meiner Familie verbringen musst. Du wirst es überleben.«

»Cole, ich ...« ... *kann das nicht.* Das Abendessen war bereits eine Herausforderung für sie gewesen. Coles Gegenwart war wie ein Magnet, dem sie ständig entgegenwirken musste, um seiner Anziehung nicht nachzugeben. Zwei Tage würde sie nicht überstehen, ohne den Verstand zu verlieren.

»Meine Mom hat ein paar alte Freundinnen eingeladen, um mich zu verkuppeln.« Cole verzog das Gesicht. »Ich brauche deine Unterstützung, um sie mir vom Hals zu halten.«

Natürlich. Er brauchte ihre Unterstützung. Wie hätte sie auch annehmen können, er würde gern Zeit mit ihr verbringen wollen?

Närrin!

»Oh nein, Erin, das wirst du nicht tun.« Unbeirrt hielt er sie fest, als sie versuchte, seinem Griff zu entkommen. »Sag mir, was ich falsch gemacht habe.«

»Nichts, Cole, lass mich einfach los.«

Offenbar dachte er nicht mal daran. Stattdessen drückte er sie nur fester an sich, bis selbst ihm ihr Zittern nicht entgehen konnte. Die Spitzen ihrer Brüste rieben verräterisch gegen seine breite Brust, und es ärgerte sie maßlos, auch noch in solch einer Situation auf ihn zu reagieren. »Ich bin mir sicher, es gibt genügend andere Frauen in deinem Leben, die liebend gern deine Begleitung spielen würden.«

Seine Hand glitt über ihren Rücken, und ihr Atem stockte, als seine Lippen auf ihre Schläfe trafen. »Ich will keine andere, die mich begleitet. Ich will dich, Erin.«

Ihr gesamter Körper summte Verärgerung und zugleich voll lustvoller Energie. Fassungslos schloss sie für wenige Sekunden die Augen und versuchte, es halbwegs zurück in die Spur zu schaffen. Es war sinnlos. Sie war sich seiner männlichen Präsenz durch und durch bewusst, während seine dunkel geflüsterten Worte abermals etwas Verheerendes mit ihrem Herzen anstellten. Sie wollte ihm glauben. Wollte ihm etwas bedeuten. Wollte ihm wichtig sein. Wichtiger als diese Französin. Wichtiger als all die Frauen, mit denen er bisher zusammen war. Verdammt!

»Ich werde darüber nachdenken«, sagte sie, ohne zu ihm aufzusehen. Sie konnte seinen Blick spüren, der heiß auf ihrer Haut brannte, und sie wusste, wenn sie nun nachgab und in seine Augen sah, wäre sie verloren.

Sie brauchte Abstand. Und einen Drink. Oder zwei. Dringend.

Als zeigte das Schicksal endlich mal Erbarmen, hörte sie plötzlich Caitlins Stimme, die sich über die Klavierklänge erhob.

»Hey ihr zwei Turteltauben! Was auch immer da zwischen euch vorgeht, das muss bis später warten, wir machen einen Lokalwechsel.« Die Blondine deutete zum Ausgang, wo Robert bereits auf sie wartete.

»Kommt ihr?«

Erin glaubte, Cole so etwas wie *perfektes Timing* murmeln zu hören, doch da hatte sie sich schon ein paar Schritte von ihm entfernt.

Lukes Bar entpuppte sich als kleines Irish Pub und als zentraler Treffpunkt für Studenten. Die Atmosphäre war bunt, ausgelassen und heiter. Einige der Gäste spielten Darts oder sangen Karaoke, andere betranken sich sinnlos an der Bar und wiederum andere – so auch Erin – betranken sich und zeigten den Jungs beim Billard, wo es langging.

Nach dem fünften Tequila hatte Cole aufgehört, zu zählen. Inzwischen hatte sie ihre Schuhe ausgezogen, ihr Haar zu einem lockeren Knoten hochgesteckt und ihr vierhundert Dollar Kleid auf der rechten Seite bis zum Oberschenkel eingerissen, um sich mehr Freiraum zu verschaffen, wenn sie sich über den Billardtisch beugte.

Das kam also dabei raus, wenn Erin wütend war. Interessant.

Cole war nicht sicher, was ihn an der ganzen Sache mehr amüsierte. Erin, die endlich aus sich heraus kam und auf ziemlich spezielle Weise den gesamten Laden unterhielt oder Roberts Ausdruck, der zugleich Entsetzen und Faszination widerspiegelte.

Caitlin stand in einiger Entfernung zum Billardtisch und feuerte ihre Freundin lauthals an.

Den jungen Sportstudenten hingegen war das Lachen bereits

vergangen, als Erin dem Quarterback die ersten Dollarscheine abnahm. Sie zeigte keinerlei Skrupel.

»Wenn die Kids so dreist sind, mich herauszufordern, müssen sie mit den Konsequenzen leben«, hatte sie Robert erklärt, der mit offenem Mund genickt hatte. »Alles reine Erziehungssache.«

Und damit lag sie vollkommen richtig. Sämtliche sarkastische Kommentare über Frauen und ihr nicht vorhandenes Talent für Billard waren schnell verstummt. Zurück blieben zähneknirschende Jungs, die ihrem Geld nachtrauerten und ihre Geschichtsprofessorin mit neuer Begeisterung betrachteten.

Cole trank sein Bier und ließ die Szene auf sich wirken. Zwar hatte er nicht die geringste Ahnung, wie er es geschafft hatte, Erin wütend zu machen, doch wenn das hier die Konsequenz war, konnte er damit leben.

Sie sprühte vor Lebendigkeit. Ihre Augen funkelten vergnügt, ihr Lächeln erhellte den gesamten Raum, während sie sämtliche Anwesende in ihrer Unbefangenheit verzauberte. Dabei schien sie keinen Gedanken an mögliche Peinlichkeiten zu verschwenden oder zu befürchten, nicht mit den aufgestylten Vamps mithalten zu können. Denn das konnte sie. Sie war in jeder Hinsicht der strahlende Mittelpunkt des Abends.

Das war sein Mädchen. Das Mädchen, in das er sich als Teenager verliebt hatte. Unerwartet und heftig. Und ihm gefiel heute noch, was er sah. Auch dem Kerl neben ihm, der seinen Mund nicht mehr zubekam. Grinsend stieß er Robert in die Seite. »Noch ein Bier?«

Robert nickte, und Cole machte sich auf zur Bar, als Erin die nächsten fünfzig Dollar einsackte.

»Wuhu!«, brüllte Caitlin und kicherte über den Unglauben auf den Gesichtern der Kids.

»Mein Gott, Miss Parker, haben Sie denn überhaupt kein Mitleid?«, fragte der Quarterback, der seine ohnehin große Dozentin noch um Haupteslänge überragte.

»Nicht das geringste.« Erin blickte durch die Runde. »Wer ist der nächste?«

Unisono traten die Jungs einen Schritt zurück, lächelten aber voller Anerkennung.

»Ich gebe eine Runde aus, wenn Sie uns für heute Abend verschonen, Miss Parker«, versuchte es der Quarterback erneut, und Erin seufzte. »Na gut. Wenn morgen allerdings einer von euch glaubt, den Unterricht schwänzen zu können, bitte ich Trainer Maiers euch das nächste Mal Extrarunden laufen zu lassen.«

Der Junge hob abwehrend die Hände. »Keine Sorge, Miss Parker, wir kennen Ihre Methoden, um uns für blödsinnige Aktionen leiden zu lassen. Wir stehen um acht auf der Matte.«

Sobald sich die Gruppe zerstreut hatte, hakte Caitlin sich bei Erin unter. »Kein Wunder, dass die Jungs dich lieben. Wer kann schon einer Frau wiederstehen, die besser Billard spielt als Raymond Ceulemans.«[1]

»Alles okay?«, fragte Cole, sobald die beiden Mädels die Bar erreichten.

Erin lächelte zu ihm hoch. »Mehr als nur okay.«

»Tequila!«, brüllte Caitlin dem Barmann zu, der wie Robert nur noch den Kopf schüttelte.

Alles drehte sich. Von einer Seite auf die andere und wieder zurück. Fahrzeuge schienen rückwärts zu fahren, die Lichter Manhattans waren viel zu schrill, und der Mond hing irgendwie auch ziemlich schief.

Mist! Sie hatte eindeutig zu viel getrunken. Viel zu viel. Ihre

1 Raymond Ceulemans (* 12. Juli 1937 in Lier) ist ein belgischer Billardspieler.

Füße schmerzten wie verrückt, obwohl sie ihre Schuhe bereits vor Stunden ausgezogen hatte, und in ihrem Kopf pochte es, als würde eine Elefantenarmee Stepptanz üben.

Sie hatte sich bei Cole untergehakt, der tapfer darum rang, ihr Ungleichgewicht auszubalancieren.

»Himmel, Maria, Jesus, Cole, ich bin betrunken.«

»Erzähl mir etwas, das ich noch nicht weiß, Süße.« Sie konnte seiner Stimme das dämliche Grinsen anhören. Um es zu sehen oder nach ihm zu schlagen, müsste sie den Kopf heben, doch sie war zu sehr damit beschäftigt, sich auf ihre Füße zu konzentrieren, um einen vor den anderen zu bekommen.

»Wie lange bin ich schon so betrunken, Cole?«

»Eine ganze Weile.«

Mist! »Haben meine Jungs mitbekommen, wie …«

»Du mit Caitlin auf der Bar getanzt hast? Nein. Die hast du vor zwei Stunden bereits unter den Tisch bekommen.«

Himmel! »Scheiße!«

»Ich habe schon Schlimmeres gesehen, glaub mir«, neckte Cole sie und tätschelte ihre Hand. Vor einer halben Stunde hatte sie geglaubt, sich einen Gefallen zu tun, die sechs Blocks zu Fuß nach Hause zu laufen, statt ein Taxi zu nehmen. Inzwischen war sie anderer Meinung. Nach der Aktion von vorhin war es jedoch vermutlich nur gerecht, den Walk of Shame durch eine der vielbefahrensten Straßen Manhattans anzutreten.

Gott, sie wollte gar nicht erst drüber nachgrübeln, was Robert nun von ihr halten könnte. Nicht, dass es besonders wichtig gewesen wäre – sie wollte dennoch nicht, dass er glaubte, sie würde sich ständig wie ein wildgewordener Hippie benehmen. Es war einfach nur peinlich! Wenn er der Kollegenschaft davon erzählte, würde sie das Gespött der gesamten Uni sein.

Erin stieß den angehaltenen Atem aus. »Denkst du, Robert hält mich nun für eine völlige Idiotin?«

Fast unmerklich zuckte Cole zusammen. »Keine Sorge, Süße, Robert war ganz hingerissen von dir. Er brauchte nur ein wenig länger, um sich an diese unkonventionelle Erin zu gewöhnen.« Es entstand eine kurze Pause, ehe er hinzufügte: »Wenn du dich danach besser fühlst ... Caitlin findet Robert stinklangweilig und wird ihn mit Sicherheit demnächst abschießen. Vielleicht kannst du dann ja *ihm* eine Schulter zum Ausweinen anbieten.«

Sein Ton, der nichts mit der Neckerei von vorhin gemein hatte, jagte ihr einen Schauder über den Rücken. »So war das nicht gemeint, Cole.«

»Nein? Was genau habe ich nicht richtig verstanden? Ist dir Robert nun nicht mehr gut genug? Hat die neue Erin Besseres verdient? Klär mich auf, Miss Parker.«

Machte er ihr gerade einen Vorwurf? *Ihr?* Was hatte sie denn bitte schön getan? Es konnte an dem vielen Tequila liegen oder aber an der Tatsache, dass sie sich geschworen hatte, sich nicht mehr herumschupsen zu lassen.

»Weißt du was, Cole? Scher dich doch zum Teufel!« Sie riss sich los und begann, die letzten Meter auf den Eingang ihres Apartmentkomplexes zuzulaufen. Keine gute Idee. Auch ohne Schuhe nicht.

»Oha, immer langsam mit den jungen Pferden.« Er fasste nach ihrer Taille und bewahrte sie so vor dem vermeintlichen Sturz.

»Lass mich los, Cole«, zischte sie und wand sich in seinem Griff, der nur fester wurde, je mehr Mühe sie sich gab, freizukommen.

»Das hätte ich nicht sagen sollen.« Er drehte sie zu sich um und zwang sie, ihn anzusehen. Der angestrengte Zug um seine Kinnpartie strafte seine nächsten Worte Lügen. »Es tut mir leid, okay?«

»Es muss dir nicht leidtun, Cole. Wir beide wissen doch sehr genau, was das hier zwischen uns ist, nicht wahr?«, nahm sie seine Worte in den Mund und funkelte ihn dabei aufgebracht an. Wenn einer hier nicht das Recht hatte, sauer zu sein, dann wohl er. Immerhin war nicht sie es, die ihm eine feste Beziehung verschwiegen hatte. Im Gegenteil, sie nahm es stillschweigend hin, ohne ihm einen Vorwurf zu machen.

Und was hatte ihr diese Selbstlosigkeit eingebracht? Die unerhörte Bitte, ihm auf einer Familienfeier andere Frauen vom Hals zu halten.

Unfassbar!

Cole kniff die Brauen zusammen und trat einen Schritt näher, was Erin beinah dazu gebracht hätte, zurückzuweichen.

Sie blieb stehen. Was sich schon bald als unkluge Entscheidung entpuppte, denn ihre Provokation schien ihn auch noch anzuspornen.

Ohne Vorwarnung griff er in ihr Haar, und sie stolperte gegen seinen harten Oberkörper. Wütende Erregung blitzte in seinen Augen, und sie konnte sein Herz spüren, das heftig gegen ihren Brustkorb pochte.

»Fühlt sich das wie etwas Belangloses an, Erin?« Ungeniert glitt seine Hand über ihren entblößten Rücken, um sich auf ihren Hintern zu legen. Dann presste er ihre Mitte gegen die Wölbung in seinem Schritt.

Ihr Körper reagierte augenblicklich, und ein erotisches Flirren wirbelte durch ihren Unterleib.

»Oder das?«, grollte er und küsste eine Spur über ihren Hals, bis er ihre Lippen erreichte. Dann nahm er ihren Mund in einem heißen, hungrigen Kuss in Besitz, der all das ausdrückte, was sie in diesem Moment fühlte. Wut. Enttäuschung. Verwirrung. Sehnsucht und Verlangen. All diese Eindrücke prickelten als explosive Mischung durch ihre Nervenbahnen.

Sie brachte keinerlei Widerstand auf, um sich ihm zu entziehen. Stattdessen erwiderte sie seine Gier mit derselben Heftigkeit und drängte näher, um mehr von seinem kräftigen Körper zu spüren.

Die plötzlich aufwallende Lust machte sie benommen.

Coles Hände waren überall. Schlossen sich um ihre Brüste, strichen fast schon grob über ihren Rücken, fassten in ihr Haar, um sie noch eindringlicher zu küssen. Dabei trieb er sie immer weiter zurück, bis sie mit dem Rücken gegen den kühlen, glatten Stein der Hausmauer stieß.

Fordernd drängte seine harte Männlichkeit gegen ihren Unterleib, weckte ihre dunkelsten Begierden. Sie wollte ihn. Sie brauchte ihn. Jetzt.

Mit fahrigen Bewegungen öffnete sie seine Anzughose, bis sie es geschafft hatte, ihn zu befreien und Cole sie hochhob, damit sie ihre Beine um seine Hüften schlingen konnte.

»Cole …«, murmelte sie gegen seine Lippen und stöhnte, als seine Eichel gegen ihren intimen Eingang stieß. Er hielt sich nicht damit auf, nach ihrer Erregung zu tasten, zu fühlen, ob sie ebenso bereit war, wie er. Stattdessen drang er mit einer einzigen Bewegung tief in sie ein.

Ihr war, als hätte jemand die Stummtaste gedrückt. Die Welt schien stillzustehen, die Lichter Manhattans zu verblassen. Das einzig Reale war Cole, der sie festhielt, sie ausfüllte und küsste, als gäbe es kein Morgen.

Ihre Herzen schlugen im Gleichtakt, während er sie Stoß um Stoß ihrer beider Erlösung entgegentrieb. Ohne Unterlass drang er in sie ein. Stieß gegen den intimsten Punkt in ihrem Inneren, bis sich all ihre Empfindungen nur noch auf dieses herrliche Pochen und Prickeln reduzierten.

Erin zerbarst in abertausende Einzelteile. Haltsuchend klammerte sie sich an Coles Schultern fest, als der Orgasmus sie durchzuckte und auch er von einem heftigen Höhepunkt erfasst wurde.

Keiner von ihnen bewegte sich oder sagte auch nur ein Wort. Alles, was zu hören war, war ihr hektischer Atem und die Geräusche des Abendverkehrs, die zu ihnen durchdrangen. Sobald sie in der Lage war, suchte sie nach Coles Blick, der bereits auf ihrem Gesicht ruhte.

»Es gibt keine andere Frau, Erin. Es gibt nur dich«, sagte er, und Zärtlichkeit spiegelte sich in seinem Antlitz. Sie gab dem

Impuls nach und küsste ihn einmal kurz auf die Lippen.

Cole wollte noch etwas sagen. Sie konnte es spüren. Sah es ihm an.

Doch in genau diesem Augenblick drehte sich ihr der Magen um, und sie schaffte es, einen zweiten Abend zu ruinieren.

»Himmel, Cole. Geh weg!«

Sie wünschte, es würde sich ein Loch unter ihr auftun, in das sie sich verkriechen konnte. Gottverdammt, wie peinlich konnte es eigentlich werden? Zuerst tanzte sie wie ein verrücktes Showgirl auf einer Bar im Studentenviertel, dann musste Cole sie buchstäblich nach Hause lotsen, und nun hockte sie über der Kloschüssel, um sich die Seele aus dem Leib zu kotzen. Morgen würde sie sich selbst vor ihrem Spiegelbild genieren.

»Hör auf mit dem Unsinn, Baby, und lass dir helfen.«

»Du kannst mir nicht helfen, Cole. Außer du kannst Zombies wieder lebendig machen. Ich bin hier bereits tausend Tode gestorben.«

Ungelogen. So mies hatte sie sich noch nie gefühlt. Ihr war, als würde sie sämtliche Alkoholgelage ihrer Jugendzeit auf einmal ausbaden.

Cole schien erheitert. Selbst dann noch, als er abermals nach ihren Haaren greifen musste, damit sie ihr nicht ins Gesicht fielen, während sie den Rest ihres nicht mehr vorhandenen Mageninhalts entleerte.

»Scheiße, verdammt.« Völlig entkräftet, lehnte sie die Stirn gegen die kühle Marmormauer ihres Badzimmers und atmete mehrmals tief durch, bis das Gefühl, das gesamte Zimmer würde verkehrt herum hängen, ein wenig nachließ.

»Hier, trink das, danach fühlst du dich besser.« Misstrauisch beäugte sie das Glas in Coles Hand, in dem eine trübe Flüssigkeit vor sich hinsprudelte. »Vertrau mir, Baby, ich hab das selbst schon ein zwei Mal mitgemacht.«

Das Zeug schmeckte scheußlich, und sie hatte keine Ahnung, wo er es her hatte. Sie trank dennoch in kleinen Schlucken, bis das Glas leer war. Dann sackte sie wieder gegen die Mauer. »Gott, ich wollte wirklich nicht, dass du das mitansehen musst.« Die Demütigung brannte heiß auf ihrem Gesicht, was das stumme Lachen in Coles Augen nur weiter anfeuerte. Dummkopf.

Lieber Himmel, sie hatte sich vor ihm übergeben! Nachdem sie miteinander Sex gehabt hatten. Das Universum war ohnehin nicht für seinen Sinn für Humor bekannt, doch diese Peinlichkeit sprengte wirklich alles.

»Hör auf, so viel zu denken, Süße«, sagte Cole, erhob sich und reichte ihr seine Hand. »Und jetzt hoch mit dir, ich bringe dich ins Bett.«

Bett. Das klang gut. Ohne zu zögern, gehorchte sie.

Was für eine Nacht.

11. Kapitel

Sobald Cole spürte, dass Erin sich regte, drückte er ihre schlanke Gestalt noch ein weniger enger an sich. Er hatte nicht sonderlich gut geschlafen; immer mit der Sorge im Hinterkopf, nicht aufzuwachen, sollte Erin sich ein weiteres Mal übergeben müssen. Sie hatte verdammt schlecht ausgesehen, bevor er sie ins Bett steckte. Nun, wo sie mehr als acht Stunden halb bewusstlos gewesen war und im Gegensatz zu ihm ausgeruht sein würde, fände er es nicht sehr höflich, wenn sie versuchte, sich davonzuschleichen.

Sachte, um ihr keinen Schreck einzujagen, strich er über ihre Schulter, bis er ihre Hand erreichte, um sie in seine zu nehmen.

»Cole?« Mehr als ein Krächzen war offenbar nicht drin. Verschlafen strich sie sich das Haar aus dem Gesicht. Dabei rutschte die Decke bis zu ihrem Bauch und gab die Sicht auf ihren Oberkörper frei, den nicht mehr bedeckte, als ein kleines Hemdchen, das sie vor dem Schlafen gehen übergezogen hatte. Ihre Beine, die um seine geschlungen waren, waren nackt, nur ein weißer Slip verhüllte das Nötigste. Sie hätte jedoch einen Skianzug tragen können, Cole wäre sich ihrer dennoch durch und durch bewusst gewesen.

»Hast du einen anderen Kerl erwartet?«

»Nein, nur dich.«

»Nur mich?«

»Du weißt, wie ich das meine, Cole.«

»Tu ich nicht.«

»Wirst du wohl damit aufhören?«, murmelte sie feixend. »Mein Hirn kann so einem Gespräch noch nicht folgen.«

»Und wie wäre es damit?«, fragte er und küsste eine Spur über ihren Nacken, bis er ihr Ohr erreichte, um sanft daran zu knabbern.

Erin schauderte. »Ehrlich gesagt, weiß ich nicht, ob ich dazu schon in der Lage bin. Ich fühle mich hundeelend, und du weißt ja, was nach dem letzten Mal passiert ist.«

Cole konnte sich ein Lachen kaum verkneifen. »Ich kann mich nicht erinnern, dass sich jemals eine Frau nach dem Sex mit mir übergeben musste. Aber wie heißt es so schön? Es gibt für alles ein erstes Mal.«

»Cole!«, kreischte Erin und gab ihm einen Klaps auf den Oberarm. »Hör auf, Witze darüber zu reißen. Das. Ist. Nicht. Komisch.«

Ihr Blick war für Götter, und er lachte nun aus vollem Hals, was Erin dazu veranlasste, ihm ihr Kissen an den Kopf zu werfen.

»Schluss damit, Mistkerl!« In einer einzigen Bewegung setzte sie sich rittlings auf ihn, packte seine Handgelenke und zog beide Arme über seinen Kopf. Dann funkelte sie ihn halb verärgert, halb belustigt an, während ihr vom Schlaf zerzaustes Haar über ihre Schulter nach vorne fiel und über seine Brust kitzelte. »Du benimmst dich gerade wie ein Arschloch. Ist dir eigentlich bewusst, damit meine Gefühle zu verletzen?«

»*Deine* Gefühle?«, fragte Cole. »Wenn ich mich recht erinnere, war mein Ego es, das von deiner Kotzorgie einen Schlag abbekommen hat.«

»Mit deinem Ego ist alles in bester Ordnung, Mister Stewart«, retournierte Erin, dann schüttelte sie den Kopf. »Danke fürs nach Hause bringen. Und fürs Haare halten. Einfach … für alles.«

»Keine Ursache, Baby. Jederzeit gern wieder.«

»Das lassen wir mal schön bleiben«, scherzte sie und kletterte von seinem Schoß, was ihm in jeder Hinsicht missfiel. Die Decke verrutschte noch weiter und entblößte, was ihre kleine Slapstick-Einlage gefolgt von ihrem ruhelosen Hintern auf seinem Schoß angerichtet hatte.

Sie entdeckte das strammstehende Malheur ebenfalls und

biss sich auf die Unterlippe. »Männerprobleme am Morgen, nehme ich an?«

»So ähnlich«, erwiderte Cole trocken und wickelte sich das Laken um seine Hüften, als er aufstand und auf Erin zutrat. »Möchtest du, dass ich uns Frühstück besorge?«

Als gefiele es ihr nicht, ihm einen Korb zu geben, zog sie eine Grimasse. »Ich würde wirklich gern mit dir frühstücken, Cole, aber ich muss in einer halben Stunde an der Uni sein. Es ist ohnehin schon knapp, und du weißt ja, was ich den Jungs angedroht habe, wenn sie heute schwänzen? Da kann ich nicht als schlechtes Beispiel vorangehen.«

Klar, konnte sie das nicht. Doch da gab es noch eine Kleinigkeit, die er wissen musste, bevor er sie gehen lassen konnte. »Unser Trip für das Wochenende steht?«

Ein verschmitzter Ausdruck legte sich auf ihre Züge. »Kann sein …«

»Kann sein?«, fragte er und strich mit den Fingerknöcheln über ihre Wange, dort, wo das Kissen einen leichten Abdruck hinterlassen hatte. »Was bedeutet das?«

»Es bedeutet, dass ich deine Einladung in Betracht ziehe.«

»Hm.« Cole griff in ihr Haar und zog ihr Gesicht nah an seines, bis ihre Lippen sich fast berührten. »Kann ich etwas tun, um deine Entscheidung positiv zu beeinflussen?«

»Ich weiß nicht«, hauchte Erin und küsste ihn kurz. »Ich hatte eher gehofft, du würdest lernen, dich zu benehmen.«

Scheinheiliges Ding. »Unmöglich«, flüsterte er zurück. »In deiner Nähe fällt mir zu viel Unsinn ein. Da will ich mich nicht benehmen.«

Ihre Lippen verzogen sich zu einem umwerfenden Lächeln, das ihn mitten in die Brust traf. Offenbar hatte er einmal die richtigen Worte gefunden. »Ich muss los, Cole.«

»Okay.« Noch einmal küsste er sie, bevor er seinen Arm sinken ließ. »Ab ins Badezimmer, ich rufe dir inzwischen ein Taxi.«

»Danke, du bist ein Schatz.« Erin warf ihm eine Kusshand

zu, dann stolzierte sie hüftschwingend aus dem Schlafzimmer, und sein Blick klebte auf ihrem sexy Hinterteil. Der Slip war tatsächlich verdammt winzig. Das konnte er von gewissen schmerzenden Körperteilen seinerseits nicht gerade behaupten. Fantastisch. Ein verdammt langer Tag stand ihm bevor, und er hatte so eine Ahnung, welches unanständige Bild seine Gedanken auf Trab halten würde.

»Erin!« Robert joggte über den Flur im dritten Stock der Uni auf sie zu und machte eine Wendung, um mit ihr Schritt aufzunehmen.

»Egal, was du zu sagen hast, Robert, mach schnell. Ich bin ziemlich spät dran«, murmelte Erin und drückte ihren Aktenkoffer noch etwas fester an ihren Oberkörper, damit er ihr nicht von einem der entgegeneilenden Studenten aus der Hand gerissen wurde.

»Ich wollte mich nur erkundigen, wie es dir heute geht«, sagte Robert, und sie spürte, wie sie errötete. Sie hätte den Abend gern aus ihrem Gedächtnis gestrichen, doch irgendwie schien jeder sie mit Freuden daran zu erinnern. Zuerst Cole. Nun Robert.

»Es geht mir ausgezeichnet, danke der Nachfrage.« Sie konnte ihm nicht mal ins Gesicht sehen, aus Angst, dort einen Vorwurf zu entdecken. Also eilte sie weiter, den Blick starr nach vorne gerichtet, während sie sich gemeinsam durch die Studentenflut drängten.

»Guten Morgen, Miss Parker!«, rief ihr Steve, einer der Jungs der Sportmannschaft, über die Köpfe der anderen zu und deutete einen Salut an.

Erin verdrehte die Augen, dann riskierte sie einen Seitenblick zu Robert, der sie interessiert musterte.

»Hör mal, Erin, das mit Caitlin war ein Fehler.«

»Ach ja? Wieso denn?«

»Wir … passen einfach nicht zueinander«, bekannte Robert und fuhr sich durch das blonde Haar, das aussah, als hätte er das heute schon unzählige Male gemacht. »Wir werden uns nicht mehr treffen«, führte er weiter aus und bog mir ihr in den nächsten Korridor ab. Als sie die Gruppe Cheerleaderinnen passierten, kam Aufruhr in die Menge. Die Mädchen drehten sich zu Erin um und begannen geschlossen, in Jubel auszubrechen.

»Das war echt cool gestern, Miss Parker«, rief Lisa und hielt beide Daumen hoch. Die anderen Mädchen taten es gleich, als hätte Erin gestern einen Vortrag gehalten, um sich für mehr Emanzipation stark zu machen, anstatt den Sportlern eine Lektion zu erteilen.

Es machte also schon die Runde.

Oh Mann.

Sie zwang sich zu einem Lächeln. »Ab in den Unterricht, Ladys, wir sehen uns in zwei Stunden in Geschichte!«

Endlich erreichten sie ihren Unterrichtssaal, und Erin blieb stehen.

»Worauf willst du hinaus, Robert?«

Fast schon betreten, steckte er seine Hände in die Taschen seiner Cordhose. »Das zwischen dir und Cole … Ist das etwas Ernstes?«

War es das? *Es gibt keine andere Frau, Erin. Es gibt nur dich …*

Sie wusste nicht, was diese Worte zu bedeuten hatten oder dieser innige Moment heute Morgen, der noch immer für das warme Gefühl in ihrem Bauch sorgte, also entschied sie sich für die einzige Antwort, die ehrlich war. »Wir sind Freunde.«

»Okay, das ist gut«, meinte Robert und räusperte sich. »Da Caitlin und ich nicht gemeinsam auf die Abschlussfeier gehen werden, dachte ich … Eventuell hättest du Lust, mich zu begleiten?«

Uff. Darauf war sie nicht vorbereitet. Ehrlich gestanden hatte sie den Gedanken, zu dieser Feier zu gehen, längst weit in den Hintergrund geschoben. »Ich weiß noch gar nicht, ob ich überhaupt hingehen werde, Robert.«

Ein zerknirschtes Nicken. »Ich habe es versaut, nicht wahr? Die Sache zwischen uns, meine ich?«

Welche Sache? Hatte er die ganze Zeit gewusst, dass sie heimlich in ihn verknallt gewesen war? Und dennoch hatte er sie darum gebeten, bei Caitlin ein gutes Wort für ihn einzulegen?

Zumindest hatte er den Anstand besessen, sich dabei unwohl zu fühlen. Sie wusste nicht, ob sie ihm das als Pluspunkt anrechnen sollte. Eher nicht.

»Wenn du mich nun entschuldigen würdest, da drin wartet eine Horde Studenten auf mich.« Sie wollte sich bereits abwenden, da griff er nach ihrer Hand, die sie krampfhaft um den Griff ihrer Tasche geklammert hatte.

»Warte, Erin«, bat er, und sie sah zu ihm hoch. »Ich wünschte, ich hätte dich nicht darum gebeten, mit Caitlin zu sprechen. Ich habe dich damit verletzt, und es tut mir leid.« Er klang aufrichtig. Auch in seinem Blick konnte sie Bedauern erkennen. »Verzeihst du mir, mich wie ein Idiot benommen zu haben?«

Zumindest seine Courage rechnete sie ihm hoch an. »Entschuldigung akzeptiert.«

»Gut.« Er rang sich ein Lächeln ab, das beinahe gequält ausfiel. »Würdest du dir das mit meiner Einladung noch mal überlegen? Es wäre mir eine Freude, wenn du mich auf die Feier begleiten würdest.«

»Ich denke drüber nach«, sagte sie, hoffend, endlich mit dem Unterricht beginnen zu können.

Robert nickte, dann wandte er sich ab, um in die entgegengesetzte Richtung davonzuschlendern.

Männer. Da wurde einer aus ihnen schlau.

12. Kapitel

Cole hatte ihr auf der dreistündigen Fahrt nach Massachusetts das Ferienhaus seines Vaters flüchtig beschrieben, doch nichts hätte sie auf den Anblick des Stewart-Domizils vorbereiten können. Zehn Schlafzimmern, sechs Bäder, zwei Essbereiche und eine Küche, die dem Hilton-Chefkoch Freudentränen beschert hätte. Schon die Eingangshalle war so groß wie Erins gesamte Wohnung. Im Keller befanden sich ein Saunabereich mit Whirlpool, ein kleines Fitnessstudio und eine gewaltige Home-Kino-Anlage – der wahre Traum eines jeden Technik-Freaks.

Zwei Glasschiebetüren führten vom Wohnbereich auf eine Holzterrasse, wo die gesamte NYU-Footballmannschaft ihr Training hätte abhalten können. Ein mit weißem Kieselstein ausgelegter Weg führte zum hauseigenen Anlegesteg, wo das Boot von Coles Dad ankerte. Wobei die Bezeichnung *Boot* einer Untertreibung gleichkam, denn dabei handelte es sich um eine Mini-Jacht mit luxuriöser Bordküche aus dunklem Nussholz und einem kleinen Jacuzzi.

Nachdem Cole sie herumgeführt und ihr das Zimmer gezeigt hatte, das sie für die nächsten zwei Nächte bezog, tauschte Erin Jeans und T-Shirt gegen einen Bikini und ein weißes Hemd, das ihr bis über die Taille reichte. Dann suchte sie nach Cole, den sie unten am Steg entdeckte, sobald sie die Terrasse betrat.

Auch er hatte sich umgezogen, trug kurze Shorts und ein ärmelloses T-Shirt, das sich eng an seinen Oberkörper schmiegte. Völlig in sein Tun vertieft, machte er das Boot seines Dads für den geplanten Ausflug startklar, und sofort spürte Erin wieder diese Aufregung im Bauch.

Cole rief sie heute Morgen an und überraschte sie mit dem

Vorschlag, einen Tag früher als geplant aufzubrechen, um ihr in Ruhe das Anwesen zu zeigen, bevor seine Eltern Samstagfrüh eintrafen. Sie hatte versucht, nicht zu viel in die Tatsache hineinzuinterpretieren, die erste Nacht ganz allein mit ihm zu sein. In der Abgeschiedenheit der Berge. Und mit einem anstehenden Gespräch im Gepäck, an das er nicht müde wurde, sie zu erinnern. Doch darüber wollte sie im Augenblick nicht nachdenken.

Fast schon beschwingt, ging sie über den Kiesweg auf ihn zu und spürte, wie sie errötete, als sein Blick auf ihre nackten Beine traf, um dann langsam hoch über ihren Körper zu wandern. Das sündhafte Lächeln, das sich dabei auf seinen Mund schlich, ließ sie in der Abendsonne dahinschmelzen. Gott, warum musste alles, was dieser Mann tat, dermaßen anturnend wirken?

Achtlos warf Cole das Seil an Bord, dann reichte er ihr seine Hand. »Bereit für einen kleinen Bootsausflug, Miss Parker?«

»Bereit, wenn Sie es sind, Captain Stewart.«

Er führte sie hoch an Deck und zeigte ihr die Geräte, deren Funktion er kurz erklärte. Als sie hinaus auf den See fuhren, senkte sich die Sonne bereits über den Horizont.

Die Aussicht war wunderschön. Funkelndes Wasser, Felsmassive und dichte Wälder umgaben sie. Trotz des Fahrtwindes, der mit ihren Haaren spielte, war es angenehm warm, und das schillernde Wasser lockte, sich in die Fluten zu stürzen.

Während Cole das Boot durch den mehrere Hektar großen See manövrierte, beschrieb er ihr Teile des Naturschutzgebietes und zeigte ihr das Nest eines Bussard-Pärchens, das er bei seinem letzten Besuch entdeckt hatte.

Eingenommen von seiner tiefen Stimme, lauschte sie ihm, bis sie wenig später eine kleine Bucht erreichten und Cole das Tempo drosselte. Dann deutete er auf eine geschätzt zehn Meter hohe Felsformation, die über dem Ufer aufragte.

»Schaffst du es in diesen Dingern bis nach oben?«

Erin betrachtete den schmalen Weg, der hoch zu dem Felsen führte, dann schlüpfte sie aus ihren Flip Flops und hob in gespieltem Trotz ihr Kinn. »Natürlich. Ich bin keines deiner Modepüppchen, schon vergessen?«

Kopfschüttelnd, aber sichtlich erheitert, band er das Boot an einem provisorischen Steg fest, dann half er ihr ans Ufer. Barfuß folgte sie ihm den geschwungenen Trampelpfad entlang, durch kniehohes Gras und vorbei an dicken Stämmen hoher Pinienbäume, bis sie den höchsten Punkt des Vorsprungs erreichten, und Erin sich plötzlich sehr klein fühlte. »Oh mein Gott …«

Cole trat hinter sie, legte beide Arme um ihre Mitte und sein Kinn auf ihre Schulter. »Gefällt es dir?«

»Es ist traumhaft«, flüsterte sie fast schon ehrfürchtig. Ergriffen von der atemberaubenden Aussicht und der ungetrübten Stille, blieb sie ruhig stehen und ließ den Moment auf sich wirken. Es hatte etwas Unwirkliches, Erhabenes. Die letzten Sonnenstrahlen küssten den Horizont, zeichneten das felsige Umland in Licht und Schatten und ließen die Seeoberfläche in den verschiedensten Grün- und Blautönen leuchten. Eine sanfte Brise strich durch die Wipfel der Pinienbäume, Grillen zirpten, und irgendwo in der Ferne heulte ein Wolf. Die Atmosphäre erschien wie aus einem Märchenbuch und jagte ihr eine Gänsehaut über die Unterarme.

»In den letzten Tagen habe ich mir oft vorgestellt, hier mit dir zu stehen.«

Berührt von seinen Worten, neigte sie den Kopf, um zu ihm hochzusehen. Der zärtliche Blick traf sie mitten ins Herz. »Es ist schön, mit dir hier zu sein, Cole.«

Sanft küsste er sie auf die Schläfe. »Ich habe Nina gesagt, dass ich mich nicht mehr mit ihr treffen werde.«

Nina. Die Französin.

»Seit wir uns sehen … Hast du mit ihr …?«

»Nein«, sagte er. »Ich bin kein Arschloch, Erin. Die Sache

zwischen Nina und mir hatte nichts zu bedeuten. Zumindest nicht auf die Weise, wie du es dir ausmalst.«

»Du wirst sie also nicht vermissen?«

Sein dunkles Lachen vibrierte tief in ihr wieder. »So sehr, wie ich all die Frauen vermisse, mit denen ich eine Affäre hatte.«

Eine Affäre ... War das hier mehr? Oder würde jemals mehr daraus werden? Wenn ja, würde sie einem Mann wie Cole auf lange Zeit genügen? Sie war nicht sicher, wie die Antworten auf all diese Fragen lauteten. Was sie jedoch wusste, war, dass sie diesen Augenblick nicht missen wollte.

»Hör auf, nachzudenken, Baby.« Noch einmal küsste er sie flüchtig auf die Wange, bevor er sie losließ und zur Seite trat. Dann blickte er sie fast schon durchtrieben an. »Lust auf ein wenig Spaß?«

Was er unter Spaß verstand, sollte sie sogleich herausfinden. Cole zögerte nicht, nahm Anlauf und ... sprang. Vor Schreck schrie sie auf, da hörte sie bereits das laute Spritzen von Wasser, als er die Oberfläche des Sees durchbrach.

Der Kerl war verrückt.

Vorsichtig trat sie an die Kante des Felsens und sah nach unten. Kurz darauf tauchte er wieder auf, und Wasser spritzte in alle Richtungen, als er sich mit beiden Händen durch das Haar fuhr.

»Du bist wahnsinnig!«

Blinzelnd sah er zu ihr hoch. »Komm schon, Baby, hier unten ist es viel besser, als da oben.«

»Das bezweifle ich.«

»Machst du dir etwa wegen eines Sprungs aus sechs Metern Höhe in die Hosen?«

Sechs Meter? Wohl eher das Doppelte.

»Forderst du mich gerade heraus, Cole?«

Ein Grinsen.

»Verflucht«, murmelte Erin, bevor sie einen Schritt nach vorne trat und ... fiel. Trotz des wunderbaren Gefühls, zu fliegen, konnte sie nicht aufhören, wie ein Kleinkind zu kreischen, bevor sie mit einem lauten Klatsch auf dem Wasser aufkam und von kühlem Nass verschluckt wurde. Schon bald berührten ihre Zehen Grund, und sie stieß sich ab, um prustend wieder aufzutauchen.

Cole schnappte sie um die Taille und hielt sie fest, bis sie die Flüssigkeit wieder ausgehustet hatte.

»Beim nächsten Mal solltest du dir die Nase zuhalten.«

»Es wird kein nächstes Mal geben«, erwiderte Erin, da erkannte sie den Schalk in seinem Blick. »Oh nein.«

»Oh doch«, erwiderte Cole und schwamm bereits auf das Ufer zu, wo er sich wieder zu ihr umdrehte. »Ich dachte, du wärst keine von meinen Püppchen, Baby, aber wie mir scheint, musst du mir das erst beweisen.«

Erin biss die Zähne zusammen und folgte ihm aus dem Wasser.

Was für ein Mistkerl!

Schwer atmend lagen sie Stunden später auf dem noch warmen Holz des Steges und sahen in den Nachthimmel. Unzählige Sterne leuchten hell am Firmament mit dem Vollmond um die Wette.

Erin konnte sich nicht erinnern, sich jemals so gut gefühlt zu haben. Ausgepowert vom Herumtollen, und dennoch war da eine tiefe Zufriedenheit, als hätte sie den Stress und jegliche Anspannung der letzten Jahre einfach abgestreift.

Sie hatte Ewigkeiten nicht mehr so viel gelacht. Cole war zu einem kleinen Jungen geworden, der nicht müde wurde, sie herauszufordern und herumzualbern. Nach jedem Sprung vom Felsen schwammen sie um die Wette auf das Ufer zu. Erin war eine gute Schwimmerin, doch Cole schaffte es jedes Mal, sie mit fiesen Tricks abzulenken, um zu gewinnen. Inzwischen trug sie nur noch ihren Bikini, das nasse Hemd lag irgendwo zusammen mit Coles T-Shirt am Ufer. Der laue Wind küsste ihre noch feuchte Haut, und eine leichte Gänsehaut stahl sich auf ihre Arme. Cole war ihr ganz nah, ihre Hände berührten sich fast, und sie konnte die Hitze seines Körpers fühlen, ein angenehmer Kontrast zu den leicht gesunkenen Temperaturen.

»Ich habe schon lange nicht mehr so viele Sterne gesehen«, sagte sie und erinnerte sich an früher, als sie noch Kinder waren und genauso dalagen, um die Nacht zu bestaunen.

»New York ist nicht gerade bekannt für seine sternenklaren Nächte«, erwiderte Cole. »Meist sind es die Lichter der Hochhäuser, die in den Himmel leuchten.«

Wenn man den Himmel zwischen den gewaltigen Gebäuden überhaupt zu Gesicht bekam. Es war verrückt. New York war schrill, laut, rastlos und impulsiv, und hatte nicht das Geringste mit dem kleinen beschaulichen Städtchen in Boston gemein, wo sie aufgewachsen waren. Beides hatte seinen Charme und war auf seine Weise einzigartig. Sie liebte New York mit all seinen Macken. An manchen Tagen vermisste sie jedoch dieses stille Idyll, das sie früher ausgeglichen hatte, wenn ihr die Dinge über den Kopf wuchsen. Einen magischen Ort, an den sie sich zurückziehen und wieder Kraft tanken konnte. So einen hatte sie in New York noch nicht gefunden.

»Es ist wunderschön hier. Ich kann mir vorstellen, dass deine Eltern gern herkommen, um sich eine Auszeit vom Alltagsstress zu gönnen.«

»Jeder Mensch braucht eine Fluchtmöglichkeit«, sagte Cole und neigte sein Gesicht in ihre Richtung. »Einen Ort, wo man nur sich selbst gerecht werden und nicht verstellen muss.«

»Ja«, sagte sie und wusste genau, was er meinte.

Aus lebhaft grünen Augen lächelte er sie liebevoll an. »Meine Mom freut sich, dich wiederzusehen.«

»Ich freue mich auch«, gestand Erin. Anette und Isaac waren

zwei bemerkenswerte Menschen und hatten ihr Herz auf dem rechten Fleck.

»Sei aber nicht zu sehr enttäuscht, wenn sie nicht allzu viel Zeit für dich haben werden«, warnte Cole, seine Stimme voller Wärme. »Mom wird schwer damit beschäftigt sein, Dad den Kopf zu verdrehen und er, ihr Komplimente zu machen, bevor sie sich klammheimlich davonstehlen und mich der Meute zum Fraß vorwerfen.«

Erin lächelte bei der Vorstellung. »Es ist doch schön, die beiden noch so verliebt wie früher zu sehen. Meinem Vater ging es bei meiner Mutter genauso. Verliebt wie zwei junge Teenager und manchmal genauso peinlich.«

Cole verzog die Lippen zu einer schmalen Linie. »Tut mir leid, ich wollte dich nicht an deine Mom erinnern.«

»Schon gut«, winkte sie ab. »Dad und Selena verstehen sich ausgezeichnet. Ich bin sicher, dass er sie genauso liebt, wie er Mom geliebt hat. Nur auf eine andere Weise eben. Sie sind beide nicht mehr die Jüngsten.«

Cole zog eine Grimasse. »Das sind meine Eltern auch nicht, und trotzdem fühle ich mich manchmal, als wäre ich der einzig Vernünftige in dieser Familie.«

Sie dachte einen Moment nach. »Vielleicht ist Liebe manchmal stärker als die Stimme der Vernunft.«

Schweigend sah Cole sie an, als würde er ihre Worte abwägen, dann streckte er einen Arm nach ihr aus und strich ihr eine Haarsträhne aus der Stirn. Die Berührung war denkbar flüchtig, dennoch wisperte eine tiefe, scheinbar unstillbare Sehnsucht durch ihren Körper.

Unwillkürlich fragte sie sich, ob dieser magische Ort, diese Fluchtmöglichkeit nicht auch einfach die Gegenwart eines Menschen bedeuten konnte.

»Vielleicht hast du recht«, sagte Cole mit gesenkter Stimme und beugte sich über sie. Sein Blick war auf diese sexy Weise dunkel geworden und richtete sich auf ihren Mund. »Es würde erklären, weshalb ich mich in deiner Nähe selten vernünftig verhalte.«

Die Intensität seiner Augen, drohte, sie zu verbrennen, und plötzlich lag wieder dieses heftige Knistern in der Luft.

Cole gab ihr keine Gelegenheit, zu ergründen, was genau seine Worte zu bedeuten hatten. Er griff in ihr Haar, und seine Lippen suchten die ihren, um in einem fiebrigen Kuss zu verschmelzen. Eine Hand auf ihrem Hintern, drückte er sie an sich und hielt sie mit seinem Gewicht nieder. Dabei küsste er sie, tief und innig, bis sie vor Begierde fast verging.

Als sie seine Erektion spürte, die sich steinhart gegen ihre Scham presste, wölbte sie ihm ihr Becken entgegen, doch Cole hatte andere Pläne. Ebenso schwer atmend wie sie, öffnete er die Bänder ihres Bikinis im Nacken. Dann spürte sie raue Männerhände, die ihre Brüste liebkosten, bis ihre Brustspitzen schmerzhaft empfindlich waren. Ohne das zärtliche Necken zu unterbrechen, veränderte er seine Position, glitt tiefer, um die süße Folter mit seinem Mund fortzusetzen. Ebenso geschickt wie er sie um den Verstand küsste, reizte er die kleinen Knospen mit Zunge und Zähnen. Heiße Lustwellen schossen durch ihren Körper, forderten ein Echo in ihrem Unterleib, wo ein köstliches Ziehen einsetzte.

»Cole, bitte …« Begierig, ihn in sich zu spüren, schlang sie ihre Beine um seine Hüften, doch Cole hielt sie zurück.

»Noch nicht!«, murmelte er und streifte ihr Bikini-Höschen über ihre Beine. Dann kniete er auch schon zwischen ihren Schenkeln, die er mit seinen Knien weit öffnete.

Völlig entblößt lag sie vor ihm. Ihr Geschlecht rosig und feucht vor Erregung.

Sein Blick brannte auf ihrem Fleisch. »Sag mir, was du willst, Erin.«

»Ich …« Sie stockte, unsicher, was er erwartete, doch als sich seine Handfläche auf ihre Scham legte, um etwas Druck auszuüben, kamen die Worte von ganz allein. »Ich will, dass du mich dort küsst.«

Cole senkte den Kopf und tat genau, was sie verlangt hatte. Heißer Atem traf auf ihr Geschlecht, dann tanzte seine Zunge über ihre Lustperle. Ihr Blut rauschte in ihren Adern. Prickelndes Verlangen schoss wie ein Lauffeuer durch ihren Körper. Sammelte sich dort, wo Cole sie mit seinem Mund verführte. Ein Fingerpaar vergrub sich in ihrem feuchten Spalt, liebkoste und entflammte jede verborgene Stelle in ihrem Unterleib. Ihr Blick verschwamm, und ihr Stöhnen dehnte sich zu einem nicht enden wollenden Lustlaut.

»Cole …« Doch er hörte nicht auf, sie zu quälen, bis kleine elektrisierende Stromstöße durch ihre Scham schossen, sie an den Rand des Höhepunkts trieben und darüber hinaus. Erin bäumte sich auf, ihr Puls raste, und sie kam in einer Woge lustvoller Zuckungen, die sie wie nichts zuvor berauschten.

Cole beobachtete jede Regung in Erins Gesicht, als der Höhepunkt sie überwältigte. Wie sich ihre Augen in Seligkeit schlossen. Sich eine leichte Röte auf ihre Wangen legte und ihr wunderschöner Körper erbebte, während all die kleinen unzüchtigen Laute über ihre vom küssen verquollenen Lippen kamen. Ihr nasses Haar umrahmte ihr erhitztes Gesicht, und ihr Geschlecht glänzte im Mondschein von der Erregung, die er noch immer schmeckte.

Es war das Schönste und Erotischste, das er je gesehen hatte, und er liebte diesen Anblick. Liebte all die sinnlichen Eindrücke, die ihn wie nichts zuvor überwältigten und zugleich erregten. In diesem Augenblick wollte er Erin so sehr, sie hätte alles von ihm verlangen können, ohne zu zögern, hätte er es ihr gegeben.

Seine Erektion pochte qualvoll, und der Drang, diese Frau

zu besitzen, sie zu der seinen zu machen, wurde so vereinnahmend, so mächtig und beherrschend, dass er innerlich ins Taumeln geriet. Er wollte Erin. Wollte sie so sehr, dass es ihm den Atem raubte.

Ihre Lider flatterten auf, und sie sah mit lustverhangenem Blick zu ihm hoch. Ein süßes unschuldiges Lächeln auf ihren Lippen. Lippen, die er küssen wollte, immer und immer wieder.

Er packte sie an den Handgelenken und zog sie in eine kniende Position, bis ihre Brustspitzen gegen seinen Oberkörper rieben. Haut auf Haut hielt er Erin an sich gedrückt und küsste sie, bis sie beide nach Luft rangen.

»Ich muss dich spüren, Baby«, murmelte er, um sämtliche Zweifel auszuräumen. Er war zärtlich gewesen. Aufmerksam und behutsam. Doch nun konnte er sich nicht länger zurückhalten.

»Nimm mich, Cole.« Ihre Stimme war rau und lockend wie ihre Hände, die über seinen Oberkörper bis zum Bund seiner Shorts strichen.

»Nicht so«, sagte er, und Erin keuchte überrascht auf, als er sie umdrehte, einen Arm um ihre Taille legte und sie mit dem Rücken gegen seine Brust presste. Dann spreizte er mit seinen Knien ihre Schenkel, bis sich ihre Schamlippen leicht öffneten und ihn einluden, in ihre süße Enge einzutauchen. Er nahm sie mit einem einzigen Stoß, und sofort drohte ihre Hitze, ihn zu verschlingen. Ohne zu warten, zog er sich zurück, um abermals tief in sie zu gleiten.

Es war reinste Folter, seinen Orgasmus hinauszuzögern, doch er wollte diese süße Agonie fühlen, wollte fühlen, wie sich seine Hoden vor Verlangen zusammenzogen und sein Schaft immer wieder gegen die weichen Stellen in ihrem Inneren stieß.

Lustlaute erfüllten die Nacht. Er konnte nicht sagen, ob von ihm oder von Erin. Es war auch nicht wichtig. Alles, was zählte, war dieses überwältigende Gefühl, Erin zu spüren. Ihren Körper in seiner Umarmung. Ihre herrliche Enge, die ihn wie eine

Faust umschloss und dieses drängende Pochen in seinem Unterleib, das ihn anspornte, sie noch tiefer zu nehmen.

Noch immer roch sie nach Sonne und purer Unschuld.

Cole vergrub seine Nase in ihrem Haar und presste sie noch fester an seinen Oberkörper. Mit der freien Hand umschloss er ihre Brust, die andere legte er flach auf ihr Geschlecht, um den kleinen sensiblen Knopf zu stimulieren.

»Cole … Oh Gott, bitte … hör nicht auf«, wisperte Erin und stöhnte haltlos, während er immer wieder in sie stieß, bis ihm fast schwarz vor Augen wurde. Unaufhaltsam näherte er sich der Grenze des Unerträglichen. Lust in ihrer reinsten Form und süßeste Qual sammelten sich in seiner Peniswurzel, um mit aller Macht nach draußen zu drängen. Nur am Rande bekam er mit, das Erin in seinen Armen erschauderte, als er sich bereits mit einem erstickten Lustschrei in ihr entlud.

Zitternd vor Anstrengung, hielt er sie fest, bis all die komplexen Empfindungen langsam abklangen und er wieder annähernd Herr seiner Sinne war. Innige Worte lagen auf seinen Lippen. Worte, die ausdrückten, was er schon die ganze Zeit für Erin fühlte, jedoch nie zuvor ausgesprochen hatte. Es jagte ihm eine Heidenangst ein. Eine Angst, die ihn bremste und auf den Boden der Tatsachen zurückholte.

Mit einem Kuss auf ihren Scheitel löste er seinen Griff. »Alles okay?«

»Alles bestens. Bei dir?« Ihre Augen funkelten mit den Sternen um die Wette, und er wusste, dass sie nichts von ihm erwartete. Nicht jetzt. Nicht heute Abend. »Alles gut, Baby.« Er erwiderte ihr Lächeln und reichte ihr dabei seine Hand. »Komm, lass uns zurückfahren.«

13. Kapitel

Ein seltsames Rauschen weckte Erin. Erste Sonnenstrahlen fielen auf ihr Gesicht, und sie tastete blind neben sich, nur um Cole nicht, wie erwartet, an ihrer Seite vorzufinden. Irritiert setzte sie sich auf und schwang die Beine über die Bettkante. Nackt wie sie war, folgte sie dem Geräusch und fand Cole im angrenzenden Badezimmer unter der Dusche. Die Glaswände waren vom Wasserdampf beschlagen, dennoch konnte sie all die Konturen seines anbetungswürdigen Körpers ausmachen. Den breiten Schwung seiner Schultern, die muskulöse Linie seines Rückens und schmale Hüften, die ihren Blick auf seinen knackigen Hintern lenkten.

Erin biss sich auf die Unterlippe und sah auf, da bemerkte sie, dass Cole sie ebenfalls beobachtete. Von einer kühnen Versuchung erfasst, öffnete sie die Glasschiebetüren und trat unter den angenehm warmen Strahl der Dusche.

»Hey«, sagte sie und legte ihre Handflächen auf seine Brust, dort, wo sie sein Herz schlagen spürte.

»Hey«, erwiderte er ebenso leise.

Ohne seinen wachsamen Blick loszulassen, ließ sie ihre Fingerspitzen über seinen Oberkörper gleiten. Zeichnete ungleichmäßige Muster auf seiner nassen erhitzen Haut, bis sie sein Glied erreichte, das bereits halb erigiert gegen ihren Bauch stieß.

Bevor sie ihre Hand um seine Erektion legen konnte, fasste Cole nach ihrem Handgelenk und zog sie an sich. »Hast du nach gestern Abend nicht genug?«

»Kein bisschen«, gab sie keck zurück und strich mit ihren Lippen flüchtig über seine.

»Gut.« Cole erwiderte den Kuss, während er sie näher an sich zog. »Ich nämlich auch nicht. Noch lange nicht …«

»Guten Morgen, Wirbelwind«, murmelte Cole und rieb zärtlich seine Nase an ihrer.

»Guten Morgen«, gab Erin lächelnd zurück. Noch immer standen sie in der Duschkabine, ihre Beine um Coles Hüften geschlungen, während das Wasser auf sie niederprasselte und ein behagliches Gefühl sie erfüllte. Eines, nach dem sie süchtig werden konnte, wie nach den Küssen dieses Mannes, der sie nun spitzbübisch und scheinbar zufrieden mit sich selbst angrinste.

»Wenn du vorhast, mich jeden Morgen auf diese Weise zu begrüßen, wäre ich bereit, mein Lauftraining in Zukunft ausfallen zu lassen.«

»Du warst schon unterwegs?«

Er nickte. »Alte Gewohnheiten lassen sich nur schwer abstellen. Ich bin seit fünf wach.«

»Und du hast mich nicht geweckt, weil …?«

»Du ziemlich süß geschlafen hast«, sagte er, dann stellte er sie wieder auf die Füße. »Dreh dich um.«

Erin gehorchte und schloss genießerisch die Augen, als seine kräftigen Hände sich auf ihren Nacken legten und zu massieren begannen. »Mhm, das ist herrlich. Wenn es nach dem Sex jeden Morgen eine Massage gibt, kannst du das Lauftraining in Zukunft gern ausfallen lassen. An das hier könnte auch ich mich gewöhnen.«

Sanft biss Cole in ihr Ohrläppchen. »Sei vorsichtiger mit deinen Wünschen, Baby. Ich hab dir ja bereits gesagt, dass ich davon nicht so schnell genug bekommen werde.«

»Dieses Risiko gehe ich ein.«

»Ach ja?«

»Klar«, sagte sie, neigte den Kopf und küsste ihn kurz auf den Mund. »Immerhin ist der Preis das Risiko wert.«

Damit entlockte sie ihm ein Grinsen. »Ich hoffe, du weißt, was du mir mit dieser Androhung antust.«

»Sag es mir.«

»Ich werde noch öfter an dieses böse kleine Wort denken müssen.«

»Nackt?«

»Hm, in Verbindung mit einem ziemlich heißen Mädchen, das mir selbst während Gehaltsverhandlungen nicht aus dem Kopf geht. Stattdessen denke ich an dieses süße Lächeln und an unendlich lange Beine, die sich um meine Hüften schlingen, während mich besagtes Mädchen um den Verstand küsst.«

Oh. Mein. Gott. Man sollte meinen, sie wäre bereits an seinen Charme gewöhnt, doch weit gefehlt. Coles Worte lösten eine wohlige Wärme in ihrem Bauch aus, und sie konnte nichts dagegen tun, als zu erröten.

»Willst du denn, dass ich Mitleid mit dir habe, Mister?«

»Hast du denn welches?«

»Weil du lieber an nackte Tatsachen denkst, an als deine Arbeit? Kein bisschen.«

»Kleine Hexe«, murmelte er, dabei strichen seine Lippen über ihren Hals. »Ich denke, ich sollte dir mal ein bisschen Respekt beibringen.«

Ein Schauder lief über ihren Rücken. Dieser Mann auf Flirtkurs war unwiderstehlich. »Wem würde das mehr gefallen? Dir oder mir? Oder uns beiden?«

»Gott, Frau, du bringst mich noch um.« Cole klapste ihr auf den Hintern, seine Augen funkelten voll unterdrücktem Lachen. »Und jetzt raus mit dir, bevor du dich noch in Arielle verwandelst. Mir gefallen deine Beine besser als ein Fischschwanz.«

Schmunzelnd nahm sie das Handtuch entgegen, das er ihr reichte. »Wann kommen deine Eltern?«

»Die sind schon da.«

Sie erstarrte mitten in ihrer Bewegung. Jesus! Ihr morgendliches Stelldichein war nicht gerade lautlos über die Bühne gegangen …

»Keine Sorge. Mom ist schwer damit beschäftigt, für eine Horde Bandmitglieder Frühstück zuzubereiten, und Dad hilft den Jungs, die Bühne aufzubauen. Ich bezweifle, dass jemand uns gehört haben könnte.« Cole zwinkerte. »Und wenn schon – was wäre so schlimm daran, wenn meine Eltern wissen, dass wir es miteinander treiben?«

»Wir treiben es miteinander?«, fragte Erin, halb amüsiert, halb irritiert über seine Wortwahl.

Cole schien davon nichts mitzubekommen. Er war bereits aus der Duschkabine getreten und trocknete seinen Rücken ab. »Wenn wir von Moms Pfannkuchen noch etwas abbekommen wollen, sollten wir uns beeilen.«

Erin nickte zerstreut. »Okay.«

Wenig später betraten sie die Küche, wo Coles Mom in Jeans, T-Shirt und einer beigen Schürze bekleidet, vor dem Gasherd stand und Frühstück zubereitete. Ihr dunkelblondes Haar trug sie zu einem wirren Knoten zusammengebunden, und sie summte vor sich hin, während sie Teig in die Pfanne laufen ließ.

»Hey Mom.«

Anette sah auf, und als folgte sie einem speziellen mütterlichen Radar, huschte ihr Blick sofort zu ihren ineinander verschlungenen Fingern. Das Lächeln, das darauf folgte, schien den gesamten Raum zu erhellen.

»Erin, wie schön, dich hier zu haben!« Ihre Umarmung fiel genauso enthusiastisch und liebevoll aus wie ihre Worte. »Du siehst umwerfend aus, mein Mädchen. New York scheint dir gut zu tun. Habt ihr Hunger?« Mit einem Nicken deutete sie auf den Berg Pfannkuchen, den sie inzwischen gemacht hatte.

»Einen Bärenhunger«, sagte Cole und zog Erin mit sich zur Frühstückstheke, die an die Kochinsel anschloss.

Anette brachte Butter und Sirup, dann lud sie ihrem Sohn

neun Stück Pfannkuchen auf den Teller.

»Mir reichen zwei«, wehrte Erin ab und war erleichtert, dass es schlussendlich nur drei wurden.

»Cole erzählte mir von deiner Anstellung an der NYU. Gefällt es dir dort?«

»Mhm.« Interessiert sah sie Cole dabei zu, wie er ein großes Stück Butter gefolgt von Unmengen Ahornsirup auf den Pfannkuchen verteilte. Sie wusste, dass er viel essen konnte, aber diese Portion schien unmöglich.

Als sie wieder aufblickte, zuckte es um Anettes Mundwinkel, und sie erinnerte sich, ihre Frage nicht richtig beantwortet zu haben. »Ich habe tolle Studenten, und das Gehalt ist für New Yorker Verhältnisse auch nicht zu verachten. Also ja, es gefällt mir. Sehr sogar.«

»Das freut mich. Auch, dass ihr beiden wieder mehr Zeit miteinander verbringt. Ihr wart so süß, als ihr noch Kinder wart und zusammen unsere Wohnsiedlung unsicher gemacht habt.«

Cole verzog das Gesicht. »Erin war süß, Mom. Nicht ich.«

»Du warst ein kleiner Wilder«, sagte Anette belustigt.

Erin nahm einen Bissen ihres Frühstücks in den Mund und schloss genießerisch die Augen, als sich der Geschmack von Butter und Sirup auf ihrer Zunge entfaltete.

»Hm, Anette, deine Pfannkuchen sind der Wahnsinn.«

Anette lachte. »Es sind noch genug da. Bedient euch, Kinder, aber benehmt euch, ich werde solange nach Coles Dad schauen, damit er bei den Aufbauarbeiten nicht für zu großes Chaos sorgt.«

Sobald seine Mom die Küche verlassen hatte, neigte Cole sich zu ihr. »Mach das noch mal.«

»Was denn?«, fragte Erin und nahm einen weiteren Bissen in den Mund, der ebenso köstlich war wie der erste. »Hmm.«

»Genau das«, sagte Cole, dann kam er näher und wischte etwas Sirup von ihrem Mundwinkel. »Dir beim Essen zuzusehen, ist ziemlich anturnend. Und wenn du nicht gleich damit aufhörst, bei jedem Bissen zu stöhnen, muss ich dich über meine Schulter werfen, um dich noch mal in unser Zimmer zu schleppen.«

»Neandertalermäßig?« Unschuldig klimperte sie mit den Wimpern.

»Ganz genau«, erwiderte Cole und küsste den Rest des Sirups von ihren Lippen. Sagte nicht eben jemand, sie sollten sich benehmen?

Erin konnte sich nicht erinnern …

Den restlichen Tag verbrachten sie damit, Coles Eltern bei den Vorbereitungen zu helfen. Die gesamte Terrasse und ein Großteil des Gartens wurden zur Partylokation umgebaut. Ein großer Pavillon, Stehtische und zwei Bars mussten aufgebaut, mit Getränken bestückt und dekoriert werden. Lampions wurden um das Terrassengeländer angebracht, und gegen sechzehn Uhr kam der Caterer und lieferte das Buffet.

Erin war so beschäftigt, mitanzupacken und über Coles Flirtereien nicht ständig aus dem Takt zu geraten, dass sie darüber ganz die Zeit vergaß. Erst als die ersten Gäste eintrudelten, lief sie auf ihr Zimmer, um sich für die Party fertig zu machen.

Zwanzig Minuten. Danach war sie geduscht und umgezogen. Sie schlüpfte in die zum Kleid passenden Sandalen, dann machte sie sich auf, um nach Cole zu suchen, der von seiner Mutter eingeteilt worden war, die ersten Ankömmlinge zu unterhalten.

Stimmengewirr summte durch die Eingangshalle. Eine der Kellnerinnen im Mini-Frack lief mit einem Tablett, auf dem gefüllte Sektgläser standen, Parcours durch die sich begrüßenden Gäste.

Erin visierte die Terrasse an, als ihr jemand ohne Vorwarnung stürmisch um den Hals fiel und ihr für einen Moment die Luft weg blieb.

»Erin! Wie schön!« Flammend rotes Haar umrahmte ein sommersprossiges Gesicht. Smaragdgrüne Augen leuchteten wie ein Meer aus Diamanten. Ein ebenso grün funkelndes Paillettenkleid betonte jede der Wahnsinnskurven, die sich auf ein Meter achtzig purer Weiblichkeit verteilten.

Erin erinnerte sich, wie sehr Coles Halbschwester früher unter ihren etwas breiteren Hüften und dem großen Busen gelitten hatte.

Heute schien Chloe sehr genau zu wissen, wie sie jede ihrer Kurven gekonnt in Szene setzte, um einen glamourösen Auftritt hinzulegen.

Im Gegensatz zu Cole, war Chloe ein Wirbelwind. Und auch heute hielt sie sich nicht lange mit Floskeln auf, sondern erzählte von ihrem neuen Job als Fotografin in New York, den sie in wenigen Wochen antreten würde. Eine Wohnung war bereits gefunden. Cole prüfte die Verträge, und wenn alles gut ging, würden sie und ihr Verlobter in wenigen Wochen umziehen.

Als ein dunkelblonder, ebenso großgewachsener Mann auf sie zukam, schien Chloe vor Stolz fast zu platzen. »Darf ich vorstellen, Erin? Das ist Lewis, mein Verlobter.«

Sie reichte Lewis die Hand. »Sehr erfreut.«

»Ganz meinerseits.« Lewis' Händedruck war fest, und sein Ausdruck freundlich, dennoch schlich sich ein seltsames Gefühl in ihre Magengegend. Sie konnte nicht den Finger drauf legen, was mit dem Mann nicht stimmte, doch nun, wo sie ihm gegenüberstand, verstand sie Coles Zweifel. Es fehlte eindeutig ein Funke, der bei einer solchen Begegnung überspringen sollte.

»Sind Sie aus New York, Lewis?«

Der Hüne schüttelte den Kopf. »Ich komme ursprünglich aus einem Dorf in New Hampshire. Aber Sie wissen ja bestimmt, wie das mit Vorstädtern ist, irgendwann zieht es sie alle in die Großstadt.«

Erin nickte. »Und was machen Sie beruflich?«

»Ich bin Architekt.«

Ah, ebenfalls ein Künstler. Das erklärte die Anziehung, die er auf Chloe auszuüben schien. Sie wirkte verliebt, fast schon verzaubert.

»Kinder, was steht ihr denn hier herum?«, fragte Anette und machte im Vorbeigehen eine Geste Richtung Terrasse. »Draußen ist es doch viel gemütlicher. Außerdem gibt es leckere Melonen-Bowle.«

»Und Cupcakes«, sagte Chloe und sah zu ihrem Verlobten hoch.

»Wenn Mylady Cupcakes wünscht, werden wir ihr welche besorgen«, erwiderte Lewis ganz der Gentleman.

Erin folgte den beiden Turteltauben und war überrascht von der großen Anzahl der Gäste, die sich inzwischen eingefunden hatten.

Chloe und Lewis entschuldigten sich, um die Tanzfläche unsicher zu machen.

Sobald Erin allein war, überblickte sie die Menge, da entdeckte sie Cole an der Bar auf dem Rasen zwischen all den anderen Anzugträgern. Mit seinem weißen Hemd, das er wie immer hochgekrempelt hatte, dem aufgestellten Kragen und dem leicht zerzausten Haaren sah er wie immer zum Anbeißen gut aus. Er lachte über einen Scherz, den eine kleine Frau neben ihm gemacht hatte, und ihr Herz blieb für eine halbe Ewigkeit stehen, als sie die Frau erkannte.

Rose.

Ihr erster Impuls war Flucht. Einfach umdrehen und zurück auf ihr Zimmer gehen. Vermutlich würde Cole ihre Abwesenheit nicht mal bemerken, so gut schien er sich zu unterhalten. Doch dann straffte Erin die Schultern und gab sich einen Schubs. Sie war nicht mehr dieses kleine unbeholfene Mädchen, das von allen herumgestoßen wurde. Sie war auch nicht mehr der schüchterne verunsicherte Teenager, der sich von ihrer angeblich besten Freundin den Kerl ausspannen ließ. Zumindest würde sie nicht wie damals den Kopf in den Sand stecken und kampflos aufgeben.

Während sie sich einen Weg durch die Menge bahnte, wurde eine Stimme in ihrem Kopf immer lauter. Fragte, wie sie es auf Dauer anstellen wollte, Cole ihr Herz zu schenken und sich gleichzeitig vor dem Schmerz zu schützen, der unweigerlich auf sie zukommen würde. Wieder. Immer und immer wieder, solange sie mit ihm befreundet war und dennoch mehr wollte, als bloße Freundschaft. Doch sie brachte diese Stimme augenblicklich zum Schweigen. Sie war nicht so dumm, zu glauben, für Cole und sie würde es ein *Und sie lebten glücklich bis an ihr Lebensende* geben – auch wenn sie es sich wünschte. Doch wegen Rose einen Rückzieher machen? Sich den Abend verderben lassen? Ganz bestimmt nicht.

Sobald sie die beiden erreichte, legte sie einen Arm um Coles Taille und schenkte Rose ein aufgesetztes Lächeln, das sie ihr ganzes Leben lang für diese Auftritte eingeübt hatte. Ihr Ton verriet nichts von dem Aufruhr, der in ihr tobte. »Rose, es muss eine Ewigkeit her sein. Wie geht es dir?«

Zu ihrer Erleichterung legte auch Cole einen Arm um sie und küsste sie kurz auf die Schläfe. »Da bist du ja, Baby, ich habe vorhin schon nach dir gesucht.«

»Bis ich ihn gefunden habe«, warf Rose mit zuckersüßer Stimme ein und unterzog ihr weibliches Gegenüber einer Musterung.

Erin war sicher, außer ihr bemerkte niemand das verächtliche Schimmern in Roses' Augen oder das leichte Kräuseln ihrer Mundwinkel. Es war einer dieser Momente unter Frauen, in dem jede die andere abschätzte, um dann zu beschließen, sich nicht sonderlich sympathisch zu sein, und das, obwohl man sich keine zehn Sekunden zuvor kennengelernt hatte. Der Unterschied hier lag darin, dass sie einander sehr wohl kannten und nur ihr Gedächtnis auffrischen mussten.

Der guten alten Zeiten willen.

Nichts hatte sich geändert. Rose war noch immer dasselbe Miststück wie damals, nur vierzehn Jahre älter und etwas fülliger um die Hüften, was in ihrem mit roten Rosen bedruckten Kleid jedoch kaum auffiel.

Cole reichte Erin ein Glas Rotwein, das sie dankend entgegennahm.

Würde Rose nicht wissen, dass der Konsum von Tequila eine dieser Verzweiflungstaten für ebensolche beschissenen Momente war, hätte sie einen doppelten statt des Weines bestellt. Sie hatte das Gefühl, diesen Abend ohne hartes Zeug nicht zu überstehen. Und sie sollte recht behalten.

»Rose hat sich vor zwei Wochen ein Apartment in Manhattan gekauft«, erzählte Cole und strich wie nebenher über Erins Oberarm.

Obwohl sie es gut zu verbergen wusste, entging ihr Roses argwöhnische Reaktion auf Coles Liebkosung nicht. Leider war sie innerlich zu aufgebracht, um Genugtuung darüber zu empfinden.

»Wolltest du nicht an die Westküste ziehen? Wegen diesem … wie hieß er noch mal, Cole?«

Rose kam ihm zuvor. »Eric. Er hieß Eric.«

»Dein Verlobter, nicht wahr? Dieser CEO von Remax-Immobilien?«

Roses überheblicher Ausdruck verrutschte, und Erin wusste, einen Nerv getroffen zu haben. Mit Freuden bohrte sie nach. »Was ist los? Habt ihr euch getrennt?«

Sie konnte förmlich hören, wie Rose mit den Zähnen knirschte, doch dann rückte sie ihren Stolz wieder gerade und giftete Erin an. »Ich konnte nicht mit jemandem zusammen sein, der nichts mit mir und meinen Vorstellungen vom Leben gemein hat.« Wieder dieser verächtliche Blick, der über Erins Gestalt huschte, bevor sie hinzufügte: »Daher habe ich auch Cole meine neue Nummer gegeben. Ich dachte, es wäre doch nett, sich ab und an wieder mit jemandem zu treffen, der auf meiner Wellenlänge ist. Nicht wahr, Cole?«

Nun war Erin es, die die Zähne zusammenbiss. Stumm wartete sie auf Coles Antwort, die einem Magenschwinger gleichkam.

»Wenn es sich einrichten lässt, gern. Allerdings befürchte ich, dass ich in den nächsten Monaten kaum Zeit für Dinge haben werde, die nichts mit meiner Firma zu tun haben.«

Seine Firma. Nicht Erin.

Rose lächelte. »Ich habe gehört, du hast erst vor Kurzem expandiert. Glückwunsch. Das sollten wir bei Gelegenheit feiern. Der wilden Zeiten willen.«

Cole lachte. »Die wilden Zeiten sind vorbei, Rose. Langsam werde ich alt, und ich kann nicht mehr mithalten, jedes Wochenende einen drauf zu machen.«

»Was für ein Quatsch, Cole«, gab Rose zurück und klapste ihm auf den Arm, den Cole um Erin gelegt hatte. »Du hast dich ausgezeichnet gehalten. Sieh dich doch an. Noch genau derselbe durchtrainierte Körper wie damals zu Schulzeiten. Glaub mir, die anderen Jungs würde bei deinem Anblick der Neid fressen. Erst vor einigen Wochen habe ich Preston getroffen, du weißt schon, den Quarterback. Er ist verheiratet und hat *vier* Kinder. Wobei man nicht wirklich einschätzen kann, wer die Bälger ausgetragen hat – er oder Camilla.«

Rose lachte über ihren üblen Scherz, und Cole schüttelte grinsend den Kopf, als würden sie ein besonderes Geheimnis teilen.

Preston. Erin forschte in ihren Erinnerungen, bis sie ein Bild vor Augen hatte. Preston war Coles Freund in der Highschool gewesen. Derselbe attraktive Mädchenschwarm, den nicht mal die heißeste Cheerleaderin für längere Zeit hatte halten können. Daher wehte also der Wind. Rose wollte Cole daran erinnern, wie es war, jung und ungebunden zu sein. Daran, wie sehr er sich früher gegen eine feste Beziehung gesträubt hatte, bis Rose ihn dennoch um den Finger wickelte.

Heiraten? Kinder? Für Cole Stewart, der lieber mit seinen Freunden um die Häuser zog, standen solche Themen nicht zur Debatte.

Doch Rose hatte Erin gegenüber einen entscheidenden Vorteil gehabt, in Coles Nähe zu gelangen und ihn zu umgarnen. Sie war immer mit von der Partie gewesen. Im Gegensatz zu Erins Vater, war Roses' viel lockerer bei den Ausgehzeiten gewesen. Ihr Dad hatte ja keine Ahnung, was er ihr damit antat. Sie war zu einer Außenseiterin geworden. Zu einer Spielverderberin, die man kein drittes Mal fragte, ob sie mit auf eine der Partys gehen wollte, aus Angst, ihr Vater würde wieder einmal nach ihr suchen und sie alle auffliegen lassen.

Innerlich stöhnte Erin auf. Ihre Unterhaltung hatte eine Wendung genommen, die ihr ganz und gar nicht behagte, und Rose wusste es. Nicht genug, ihr ihren damaligen Status vor Augen zu führen, sie zog auch Cole auf ihre Seite. Auch wenn die beiden nur einige Monate zusammen gewesen waren, reichte es für Gesprächsthemen, bei denen Erin nicht mithalten konnte. Es wurmte sie, und es war verletzend. Noch verletzender war, dass Cole nicht bemerkte, was er ihr damit antat.

»Na, ihr drei? Amüsiert ihr euch auch gut?«, zwitscherte Chloe aus dem Nichts und umarmte Cole und Erin, um über ihre Schultern Rose anzusehen.

Erin schickte ein stummes Danke in den Himmel für die willkommene Ablenkung. Auch wenn sie Chloe nie gesagt hatte, was damals zwischen Rose und ihr passiert war, schien die rothaarige Schönheit zu spüren, dass etwas im Argen lag.

Zu ihrem Entsetzen gab sie dem munteren Treiben allerdings auch noch Zunder. »Darf ich mir Erin kurz ausborgen? Ich hätte da ein paar Dinge wegen meiner Hochzeit zu besprechen.«

»Aber natürlich«, flötete Rose und klimperte mit den Wimpern. »Uns wird ohne Erin bestimmt nicht langweilig. Nicht wahr, Cole?«

Doch Cole ignorierte Rose. Er musterte Erin mit diesem undeutbaren Blick, bis er sie schließlich losließ. »Kommst du zurecht? Wenn nicht, kann ich …«

»Alles im grünen Bereich, kleiner Bruder«, kam Chloe ihr zuvor – die einzige in der Runde, die Coles Frage falsch interpretierte. »Ich werde sie dir schon wieder an einem Stück zurückbringen, heiliges Pfadfinderehrenwort.«

Da die Situation nicht mehr zu retten war, hakte Erin sich bei Chloe unter. »Bis später dann.«

Sobald die Küchentür hinter ihnen geschlossen war und das muntere Gemurmel der Gäste verstummte, baute Chloe sich zu ihrer vollen Größe auf, die Hände in die Hüften gestemmt. »Würdest du mir verraten, was da draußen vor sich geht?«

Unbehaglich biss sie sich auf die Unterlippe. »Ich … äh …«

»Keine Ausflüchte, Erin! Ich beobachte euch seit einer Viertelstunde, und ich bin zu dem Schluss gekommen, dass sich alle außer dir prächtig amüsieren. Was ist los?«

Erins Schultern sackten nach vorne, und sie ließ sich wenig galant auf einen der Stühle plumpsen, die um den kleinen Bistrotisch standen.

Chloe wartete ihre Antwort nicht ab, sondern öffnete einige der Schränke, bis sie gefunden hatte, wonach sie suchte. »Da haben wir dich ja.« Mit zwei Gläsern und einer Flasche Tequila bewaffnet, setzte sie sich zu Erin, was ihr das erste ehrliche Lächeln des Abends abrang.

»Nun erzähl schon, Honey. Muss ich meinem Bruder das Fell über die Ohren ziehen oder eher Rose, diesem Miststück?«

Fragend sah sie Coles Schwester an, die ihre Augen verdrehte. »Meine Haare sind rot, nicht blond, Süße. Wer hat dieses

Weib eigentlich eingeladen?«

»Das war dann wohl ich«, gestand Anette und kam auf leisen Sohlen auf sie zugeschlichen, als befürchte sie, jemand könne sie dabei ertappen, wie sie sich von der Party davonstahl.

»Darf ich auch?« Sie deutete auf die Flasche Tequila, und Chloes Pupillen weiteren sich. »Mom! Das Zeug ist echt stark.«

Anette schnaubte. »Denkst du, das weiß ich nicht, Kindchen? Das Zeug hab ich schon getrunken, da bist du noch mit den Sternschnuppen mitgeflogen. Nun schau mich nicht so an, sondern hol mir ein Glas.«

Chloe tat, wie ihr befohlen, und Erin verzog das Gesicht. Sie konnte nicht glauben, mit diesen beiden verrückten Hühnern samt Tequila an einem Tisch zu sitzen, um über eine Frau zu sprechen, die ihr früher den Kerl Schrägstrich Sohn Schrägstrich Bruder ausgespannt hatte. Das würde die Erfahrung ihres Lebens werden, wobei sie nicht wusste, ob sie diese wirklich machen wollte.

Anette drückte liebevoll ihre Hand. »Es tut mir wirklich leid, Sweetheart. Wenn ich gewusst hätte, was da zwischen euch dreien läuft, hätte ich Rose niemals eingeladen.«

»Wir wissen doch noch gar nicht, was da zwischen den dreien läuft, Mom.« Chloe stellte ein drittes Glas auf den Tisch, dann goss sie jedes zwei Finger breit voll.

»Ich habe Augen im Kopf, Kindchen. Bitte benimm dich mir gegenüber nicht, als wäre ich bereits senil.«

»Okay, Mom, schon kapiert. Wie wäre es damit, Erin erzählt uns in Ruhe, was da draußen vor sich ging?« Beide wandten sich ihr zu und sahen sie fragend aus denselben grünen Augen an.

Erin entschied sich für das einzig Sinnvolle. Sie trank ihr Glas leer, und Chloe füllte ohne Aufforderung nach.

Wie um eine Eingebung zu bitten, die sie vor dieser Unterhaltung bewahrte, sah Erin hoch zur Decke. Wenn sie darüber redete, was damals zwischen Rose und ihr vorgefallen war, wie würde sich ihr Geständnis auf die Beziehung mit Cole auswirken? Das war, wovor sie Angst hatte und was sie zurückhielt. Hier handelte es sich um Chloe und Anette. Zwei wunderbare Menschen und dennoch seine Familie. Nicht ihre. Es zählte nicht gerade zum guten Ton, über Vergangenes zu reden, wenn der Angeklagte nicht anwesend war, um sich notfalls zu verteidigen. Außerdem war es nicht ihr Stil. Sie kam sich vor wie eine Petze.

»Oh, Süße, so schlimm?«, fragte Chloe.

»Du weißt doch, dass du mit uns immer über alles reden kannst, Sweetheart«, schaltete sich auch Anette ein. »Nur weil Cole erwachsen ist, bedeutet das nicht, dass ich ihm nicht die Leviten lesen kann, wenn er Mist gebaut hat.«

»Das ist es gar nicht«, sagte Erin schließlich mit einem Seufzer. »Cole … Er hat bis heute keine Ahnung, dass Rose damals über meine Gefühle für ihn Bescheid wusste. Sie war die einzige, der ich vertraut und mich mitgeteilt habe, doch dann …« Sie ließ den Satz so stehen, weil sie ohnehin bereits mehr gesagt hatte, als sie hätte tun sollen. Davon abgesehen erinnerten sich die beiden bestimmt an die Beziehung zwischen Cole und Rose.

»Dieses gemeine Luder«, murmelte Chloe und trank von ihrem Glas. »Hast du sie jemals darauf angesprochen, wie mies diese Aktion von ihr war?«

Erin lachte auf, und Bitterkeit schwang mit. »Nein, natürlich nicht. Was hätte ich denn sagen sollen? Ich hasse dich, weil du mein Vertrauen missbraucht und mir den Kerl vor der Nase weggeschnappt hast, den ich schon mein ganzes Leben lang liebe? Cole interessierte sich für sie, nicht für mich. Ich hätte mich nur blamiert.«

»Oh Erin.« In Anettes Blick lag so viel Mitgefühl, dass es ihr einen Stich versetzte. »Ich hatte ja keine Ahnung. Warum hast du nicht früher mit uns gesprochen?«

»Und was bitteschön hätten wir tun sollen, Mom? Cole eine Gehirnwäsche verpassen?«

Anette warf ihrer Tochter einen vernichtenden Seitenblick zu. »Cole hört auf mich und besitzt außerdem so etwas wie Anstand, immerhin reden wir hier von meinem Sohn. Auch wenn er sich nicht für Erin entschieden hätte, hätte er von dieser gemeinen Aktion gewusst, wäre Rose Geschichte gewesen. Garantiert.«

Chloe nickte. »Männer sind manchmal ziemlich begriffsstutzig, Erin. Ich wette, Cole wollte dich nicht verletzen.«

»Ganz bestimmt nicht«, stimmte Erin zu. Sie glaubte nicht, dass Cole jemals etwas getan hatte, um sie absichtlich zu verletzten. Weh hatte es dennoch getan. Roses Verrat nicht weniger.

»Und heute Abend?«, wollte Anette wissen. »Schmeißt sich dieses Luder wieder an ihn ran?«

»Sie …« Erin brach ab und überlegte, wie sie es am besten formulieren sollte, ohne sich als eifersüchtige Idiotin zu outen. »Sie gibt sich sehr viel Mühe, seine Aufmerksamkeit zu erlangen.«

»Sie steckt bis zum Hals in seinem Arsch, Mom.«

»Chloe!«, rief Anette entsetzt, doch dann grinste sie und griff nach ihrem Glas, das sie in einem Zug leerte. »Nach diesem Gespräch müssen wir uns alle den Mund auswaschen.«

Chloe schmunzelte. »Irgendwelche weisen Ratschläge, Mom oder darf ich die Sache in die Hand nehmen?«

»Nur zu, Kindchen.«

»Okay«, sagte sie, beugte sich bis zur Mitte des Tisches und senkte ihre Stimme. »Ich habe da einen Plan, also spitzt die Ohren, Mädels …«

14. Kapitel

Cole holte sich noch ein Bier, bevor er sich auf die Suche nach Erin machte, die er seit mehr als zwei Stunden nicht gesehen hatte. Rose war anhänglicher denn je, und es kostete ihn einiges an Beharrlichkeit und Geschick, sie loszuwerden. Warum auch immer seine Mutter Rose eingeladen hatte, er war sicher, sie hätte ihm den Hosenboden langgezogen, wäre er nicht zumindest höflich gewesen.

Was ihn an der ganzen Sache aber am meisten ärgerte, war, nicht herausgefunden zu haben, was zwischen Rose und Erin vor sich ging. Solange er denken konnte, waren die beiden befreundet gewesen. Heute hatte ihr Zusammentreffen eher gewirkt, als wolle die eine der anderen am liebsten die Augen auskratzen, und er hatte nicht die geringste Ahnung weshalb.

Grübelnd wanderte er durch die Reihen der Gäste, schüttelte Hände und führte Smalltalk, wenn es sich nicht vermeiden ließ. Es verging eine weitere halbe Stunde, als ihn eine seltsame Unruhe erfasste. Hatte Erin sich nicht gut gefühlt und war auf ihr Zimmer gegangen? Warum hatte sie nichts zu ihm gesagt?

Er wollte bereits zurück ins Haus, um dort nach ihr zu suchen, als er sie zusammen mit drei weiteren Personen unten am Steg entdeckte. Sie unterhielt sich mit Lewis' Freund, einem Schwimmathleten, dessen Namen ihm auf die Schnelle nicht einfallen wollte.

Erin kicherte wie ein Schulmädchen, während Lewis' Freund wild gestikulierend etwas zu erklären versuchte, das Cole aus dieser Entfernung nicht verstand.

Selbst Chloe und Lewis lachten aus vollem Hals und hielten sich die Bäuche. Ein Komiker also. Wie nett. Dieser Clown hatte ihm gerade noch gefehlt. Seine Geduld hing seit Stunden am seidenen Faden, und seine Sorge um Erin schlug in Verärgerung um.

Als Lewis' Freund Erin auf die Beine half, um ihr seine alberne Vorstellung aus nächster Nähe zu ermöglichen und sie dabei auch noch zu betatschen, setzte Cole sich in Bewegung.

Lewis bemerkte seine Anwesenheit zuerst und grüßte ihn, indem er sein Bier hob und ihm zuprostete.

Da wurde auch Chloe auf ihn aufmerksam. »Oh hey, Bruderherz, was gibt's?«

Was gibt's?

Durfte er sich auf dem Familiengrundstück nicht mehr frei bewegen? Oder musste er etwa um Erlaubnis bitten, Zeit mit *seiner* Begleitung zu verbringen?

»Hey Mann, schon lange nicht mehr gesehen.« Lewis reichte ihm seine Hand, die Cole kurz schüttelte, bevor er sich dem Spaßvogel zuwandte. »Und, gefällt Ihnen die Party?« *Und das Herumalbern mit meinem Mädchen?*

Der Kerl nickte, noch immer belustig. »Alles bestens.«

Erin atmete tief durch und gab sich Mühe, die Erheiterung aus dem Gesicht zu bekommen. Sie schien sich prächtig zu amüsieren. »Steve hat uns gerade demonstriert, warum man nicht mehr Delfin-Stil zu dieser Schwimmart sagt, sondern Schmetterlingsschwimmen. An Land wirkt das ziemlich lustig.«

»Das kann ich mir vorstellen.«

»Hey, Cole, alles okay mit dir?«, fragte Chloe. »Du siehst ziemlich grün um die Nase aus, sind dir die Crêpes nicht gut bekommen?«

»Alles bestens«, wiederholte er Steves geistigen Erguss und hielt dessen Blick fest, bis Lewis sich verlegen räusperte und seinem Freund in die Seite boxte. »Noch ein Bier, Steve?«

»Klar.«

»Na gut. Dann machen wir mal die Bar unsicher.« Chloe erhob sich und klopfte sich imaginären Staub von ihrem Kleid, bevor sie Erin unsicher anblickte. »Ihr kommt solange zurecht?«

»Natürlich.« Es war Cole, der antwortete. Aus dem Augenwinkel bemerkte er, wie Erin sich darauf konzentrierte, ein kleines Stück Holz wegzukicken, als wüsste sie sehr genau, was hier vor sich ging.

Sobald die drei außer Hörweite waren, steckte er die Hände in die Taschen seiner Anzughose. »Steve scheint mir ein netter Kerl, hm?«

»Nett und freundlich, ja«, sagte Erin und sah ihn aufmerksam an.

Er schwieg und entlockte ihr damit einen Seufzer. »Wir haben uns bloß unterhalten, Cole.«

»Ach ja? Dann habe ich mir wohl nur eingebildet, dass Steve seine Hände nicht von dir lassen konnte.« Er wusste, sich irrational zu verhalten, doch er kam nicht gegen dieses Brennen in seiner Brust an, das ihn beim Anblick der beiden überkommen war.

»Bist du etwa eifersüchtig?« Unglauben schwang in ihrer Stimme mit, und sie trat einen Schritt zurück, als würden seine Emotionen sie von ihm wegtreiben.

»Ist es das, was du willst, Erin? Einen Kerl, der sich für dich zum Affen macht?«

»Machst du mir etwa einen Vorwurf, mich mit jemandem unterhalten zu haben?«, stellte sie eine Gegenfrage. »*Du* warst es doch, der sich den gesamten Abend mit einer anderen Frau amüsiert hat. Was also spricht dagegen, dass auch ich mir jemanden suche, der mir die Zeit vertreibt?«

»Dir die Zeit vertreibt? Was hattest du denn vor, Erin? Den Kerl mit auf unser Zimmer zu nehmen?«

»Sei kein Arschloch, Cole!« Sie ballte die Hände zu Fäusten. »Oder dachtest du, dass ich dir und Rose den ganzen Abend dabei zusehe, wie ihr euch verträumt anlächelt und über die guten alten Zeiten redet?«

Ihm war, als hätte sie ihm in den Bauch geboxt. Das war also der Grund, warum sie ihm die letzten Stunden aus dem Weg gegangen war? Weil sie glaubte, er hätte mit Rose geflirtet? Was für ein Schwachsinn!

Sein Ärger verpuffte so schnell, wie er gekommen war, doch nun war Erin es, die in Rage war. »Vermutlich wäre es dir am liebsten, dass ich nachts dein Bett wärme und mich am nächsten Morgen, nachdem du mich gefickt hast, unsichtbar mache, damit du dein Leben weiterführen kannst!«

Autsch.

»Natürlich nicht, Baby.« Er wollte auf sie zugehen, doch sie wich ihm aus, beide Hände in einer Abwehrhaltung erhoben. »Ich habe es satt, Cole. Satt, von allen nur herumgeschupst und ausgenutzt zu werden. Ich bin es leid, für alle der gute Kumpel zu sein! Oder bin ich inzwischen mehr für dich, Cole? Dein Betthäschen? Deine beste Freundin mit besonderen Vorteilen?«

»Erin …«

»Nein, Cole! Ich mache da nicht mehr mit! Diesmal wirst du dich entscheiden müssen. Ich kann nicht mein ganzes Leben darauf warten, dass du mich zurückliebst.«

Fassungslos starrte er sie an. Er konnte nicht glauben, was sie da von ihm verlangte. Dass sie ihm all diese Dinge an den Kopf warf und ihn dermaßen gegen die Wand fahren ließ. In einem Moment, in dem er kein bisschen in der Lage war, geradeaus zu denken. Geschweige denn, die richtigen Worte zu finden, die in solch einem Moment angemessen wären. Shit.

»Was genau erwartest du von mir?«, fragte er ruhiger, als er sich fühlte. »Dass ich um deine Hand anhalte? Dich bitte, bei mir einzuziehen? Babys mit mir zu bekommen?«

Als hätte er sie geohrfeigt, wich alle Farbe aus Erins Gesicht. »Natürlich nicht, Cole.« Damit drehte sie sich um und ließ ihn stehen.

Mit einem entsetzlichen Gefühl im Magen sah er ihr nach und fragte sich, wann genau er diese Unterhaltung in den Sand gesetzt hatte.

Vermutlich von Anfang an. Ach Scheiße.

Erin schaffte es, Cole bis zur Abfahrt am frühen Sonntagnachmittag aus dem Weg zu gehen. Dabei hatte sie sich nicht mal sonderlich Mühe geben müssen, denn auch er schien nicht erpicht, ihren Streit vom Vorabend wieder aufzuwärmen. Sie konnte nicht fassen, ihn vor diese Entscheidung gestellt zu haben. Er hatte sie mit seinem unbegründet dämlichen Verhalten so wütend gemacht, dass sie explodiert war.

Heute tat ihr der Ausbruch leid. Auch wenn es im ersten Moment gut getan hatte, ihre Gefühle auszusprechen und für sich einzustehen, hinterließ dieses flüchtige Hoch einen überaus bitteren Nachgeschmack.

Als Chloe ihr anbot, mit ihr und Lewis zurück nach New York zu fahren, stimmte sie ohne Zögern zu. Sie konnte Cole ja nicht mal unter die Augen treten. Vier Stunden Autofahrt in unangenehmem Schweigen würden die Hölle bedeuten. Da die Dinge zwischen ihnen nun geklärt waren, enttäuschte ihn ihr Rückzug bestimmt nicht. Außerdem brauchte sie Abstand, um all das Gesagte und Nichtgesagte zu verdauen.

Die Fahrt nach Hause raubte ihr die letzten Kräfte. Chloe redete ohne Unterlass. Gab ihr Bestes, Erin aufzuheitern, als fühle sie sich für die Auseinandersetzung verantwortlich. Was Blödsinn war. Sie beide waren erwachsen und mussten für ihre Fehler und Entscheidungen selbst einstehen. Irgendwann gab Chloe auf, und so fuhren sie die restliche Stunde in angespanntem Schweigen.

Erst als Erin ihre Wohnung betrat, gab sie ihren Gefühlen nach und gestatte sich einen Moment der Wut und der Enttäuschung. Soweit hätte es zwischen Cole und ihr nicht kommen dürfen. Sie hätte auf ihren Instinkt hören und es verhindern müssen. Nun stand sie vor den Trümmern einer einst wunderbaren Freundschaft und fühlte sich so mies und leer wie nie zuvor in ihrem Leben.

Gott, sie musste sich ablenken. Dringend. Bevor sie als jämmerliches Häufchen Armseligkeit auf ihrem Sofa endete, darauf wartend, sich nicht mehr so sterbenselend zu fühlen.

Achtlos warf sie ihre Tasche in die Ecke, dann öffnete sie sich eine Flasche Rotwein, nahm sich ein Buch und ließ sich ein Schaumbad ein. Sie gönnte sich den ersten Schluck Wein, der sie ein ganz klein wenig entspannte, als ihr Handy vibrierte. Überrascht und zugleich ein wenig enttäuscht, stellte sie fest, dass die Nachricht von Robert war.

Wirst du meine Einladung für Samstag annehmen?

Erin kaute auf ihrer Unterlippe und überlegte, was sie ihm antworten sollte. Sie konnte die nächsten Wochen in Selbstmitleid versinken, doch die Wahrheit war, dass sich dadurch nichts an ihrer Situation ändern ließ. Nicht heute und auch nicht in einem halben Jahr. Also traf sie die einzig richtige Entscheidung:

Sehr gern. Ich freue mich.

15. Kapitel ❤

Der Anfang der Woche verlief hektisch. Die Abschlussprüfungen standen am Freitag an, und Erin bekam kaum Gelegenheit, sich Gedanken über ihren Bruch mit Cole oder das Date mit Robert oder über Chloes Anrufe zu machen, die sie alle großzügig ignorierte. Stattdessen konzentrierte sie sich auf die letzten Vorbereitungen und versuchte, positiv auf ihre Studenten einzuwirken, die mit Fragen nur so um sich warfen.

Ausgelaugt betrat sie Mittwoch nach der letzten Stunde das Konferenzzimmer, da leuchtete ihr ein bunter Blumenstrauß entgegen, der mitten auf ihrem Schreibtisch thronte. Von einer bösen Vorahnung erfasst, legte sie ihre Unterlagen ab und griff nach der Karte, die zwischen den Blüten steckte.

Ich habe Mist gebaut. Es tut mir leid. C.

Nicht Robert. Der Strauß war von Cole. Erin schluckte und drehte die Karte hin und her, doch mehr als die beiden Sätze standen darauf nicht geschrieben. Eine Entschuldigung. Müsste sie sich darüber nicht freuen? Doch irgendwie wirkten die beiden Sätze eher ernüchternd als berauschend.

Als sie wieder aufsah, saß Robert auf der Tischkante und musterte sie interessiert. »Du siehst aus, als hättest du einen Kaffee dringend nötig. Was hältst du davon, wenn wir uns im Café gegenüber einen genehmigen? Ich lade dich ein.«

Abwägend besah sie sich den Stapel Arbeiten, den sie nach Hause mitnehmen wollte, doch ehe sie Roberts Einladung ausschlagen konnte, sagte er: »Eine halbe Stunde, Erin. Die wird dir schon nicht abgehen.«

Vermutlich nicht.

Cole wartete vor dem Universitätsgebäude und hoffte, Erin zwischen all den Studenten nicht zu verpassen. Seit drei Tagen marterte ihn sein schlechtes Gewissen, und nachdem ihm Chloe heute Morgen gesagt hatte, dass Erin nicht an ihr Handy ging, kam Besorgnis hinzu. Er wusste, dass eine Entschuldigung auf einer Grußkarte nicht reichte, um wieder gut zu machen, was er verbockt hatte. Doch es war ein Anfang.

Diesmal wirst du dich entscheiden müssen.

Ihre Worte geisterten ihm unaufhörlich durch den Kopf. Erin bedeutete ihm etwas. Mehr, als er jemals für möglich gehalten hätte. Doch die Vorstellung, sich den Rest seines Lebens an einen Menschen zu binden, jagte ihm einen Heidenrespekt ein. Das war keine Entscheidung, die man spontan traf oder die man in ein zwei Wochen widerrufen konnte. Wenn er sich für ein Leben mit Erin entschied, durfte kein Wenn und Aber zwischen ihnen stehen. Sie verdiente einen Mann, der sie bedingungslos liebte und nicht daran zweifelte, ob das mit ihnen auf Dauer gutgehen konnte oder ob er tatsächlich der Richtige für sie war. Er brauchte Zeit, um über all das nachzudenken, und er konnte nur hoffen, dass Erin ihm diese Zeit gab.

Als er sie endlich entdeckte, legte sich ein bleierner Druck um seine Brust. Erin war nicht allein. Sie war mit Robert zusammen und marschierte mit ihm auf das kleine Café auf der anderen Straßenseite zu.

Cole holte tief Luft, dann schloss er seinen Wagen auf und stieg ein. Vielleicht war Robert die bessere Wahl.

Aus einem Latte Macchiato waren zwei geworden, bis sie schließlich das Café verließen, um ein paar Straßen weiter zu Abend zu essen. Erin konnte nicht behaupten, sich zu langweilen. Robert war nach wie vor ein guter Gesprächspartner, und die drei Stunden waren im Nu verflogen. Dennoch waren ihre Gedanken immer wieder zu Cole geschweift. Sie vermisste ihn. Seinen trockenen Humor und dieses Kribbeln im Bauch, das sie bei Robert nicht spürte, egal, wie sehr er sich bemühte, sie zum Lachen zu bringen.

Gegen zwanzig Uhr brachte er sie nach Hause und begleite sie hoch bis zur Tür ihres Apartments. Unsicher, ob sie ihn hereinbitten sollte, blieb sie stehen und drehte sich zu ihm um.

Robert stand ganz nah vor ihr, und sie hatte kaum geblinzelt, hielt er plötzlich ihr Gesicht in seinen Händen. »Kannst du es auf einen Versuch ankommen lassen?«, fragte er und strich mit dem Daumen über ihre Wange.

Ihr Mund war staubtrocken, und ihr Puls klopfte ihr bis zum Hals. Konnte sie es? Konnte sie Robert küssen und Cole aus ihrem Kopf verbannen? »Ich weiß es nicht.«

»Ein Kuss, Erin, nicht mehr.«

Als sie nicht dagegensprach, legte er seine Lippen auf ihre. Automatisch versteifte sie sich, was Robert nicht entgehen konnte. Dennoch gab er nicht auf und liebkoste ihre Mundwinkel, bis sie einem albernen Impuls nachgab und ihn zurückküsste. Sie wollte erfahren, was passierte. Wollte wissen, ob dieser Kuss etwas in ihr auslöste. Vor wenigen Wochen hatte sie sich das hier gewünscht. Doch heute …

Nichts. Kein Kribbeln. Kein Funkenflug. Kein Verlangen nach mehr als nur diesem Kuss.

Robert trat zurück. Ein kurzes Aufblitzen von Enttäuschung huschte über sein Gesicht. »Ich schätze mal, das war eine dumme Idee von mir.«

»Es tut mir leid.« Es war die Wahrheit. Sie hatte das hier so sehr gewollt. Gehofft, Robert würde einen Schritt auf sie zumachen. Sich in sie verlieben, wie sie glaubte, in ihn verliebt gewesen zu sein. Doch dann war Cole gekommen und hatte ihre Welt aus den Angeln gehoben. Sie Dinge fühlen lassen, die sie in dieser Intensität nie für möglich gehalten hätte und Sehnsüchte geweckt, die vermutlich nie ganz gestillt werden konnten. Nicht, solange es nicht Cole war, der sie in seinen Armen hielt.

Erin schüttelte die Gedanken ab, als aus dem Nichts ein weiblicher Schrei purer Ekstase durch das Treppenhaus schallte. Ein gedämpftes Klatschen, das sich verdächtig nach einer Männerhand auf einem blanken Hintern anhörte, folgte und brachte sie zum Lachen.

Zumindest einmal war das Sexleben ihres Nachbarn für etwas gut und sorgte für Zerstreuung.

Robert grinste ebenfalls. »Ziemlich dünne Wände, huh?«

»Verdammt dünn«, erwiderte Erin und verdrehte die Augen, als ein weiteres Stöhnen erklang, das nicht enden wollte.

»Kennst du den Kerl?«

»Nein, das Vergnügen hatte ich noch nicht.«

»Stellt sich die Frage, ob eine solche Begegnung tatsächlich vergnüglich wäre. Das Ganze hört sich ziemlich schmerzhaft an.«

Eher nach Lust in ihrer reinsten Form, dachte Erin. Sie hatte keine Ahnung, was der Kerl da oben trieb. Mit gewöhnlichem Sex konnte das allerdings wenig zu tun haben. Den vielen weiblichen Gästen nach zu urteilen, die jede Woche ein- und ausgingen, musste er entweder eine Granate im Bett sein oder seine Dienste gegen Geld anbieten. Was auch immer zutraf, es brachte Erin regelmäßig um den Schlaf und vermutlich früher als später auch um den Verstand.

»Du kommst zurecht?«, fragte Robert und lenkte ihre Aufmerksamkeit wieder auf ihn.

»Ja, danke.«

»Dann verbringen wir den Samstagabend zusammen? Nur ohne die Sache mit dem Küssen, versteht sich.«

»Ja. Sehr gern.«

»Dann bis Samstag. Gute Nacht, Erin.«

»Gute Nacht, Robert.«

Sobald die Tür geschlossen war, lehnte sie sich ausatmend mit der Stirn dagegen. Fünf Sekunden friedliche Stille, dann erklang erneut ein langgezogenes Stöhnen.

Adieu Nachtruhe. Schlaf wurde ohnehin überbewertet.

16. Kapitel

Es war kurz nach einundzwanzig Uhr am Samstagabend, als Cole in seinen Wagen stieg, um seinen Kopf freizubekommen. Die gesamte Woche war stressig gewesen. Elijah und er hatten Tag und Nacht an einer Präsentation gearbeitet und konnten Freitag das Geschäft erfolgreich zum Abschluss bringen. Heute wollte er sich etwas Ruhe gönnen, doch je länger er unbeschäftigt war, desto stärker kreisten seine Gedanken um Erin. Es brachte ihn aus dem Gleichgewicht und war unglaublich frustrierend. Ebenso die Vorstellung von ihr und Robert auf dieser bescheuerten Abschlussfeier.

Er musste seine Gedanken in andere Bahnen lenken, und inzwischen war ihm jedes Mittel recht.

Als er Erins Wagen auf dem Uni-Parkplatz vorfand, erwog er, Nina anzurufen. Vielleicht würde er sich nach einem unverbindlichen Fick wieder wie ein ganzer Mensch fühlen, doch als er durch das Kontaktmenü seines Handys scrollte, blieb sein Daumen über Elijahs Nummer hängen.

Sein Freund ging beim dritten Läuten ran.

»Steht das Angebot mit dem Bier noch?«

»Jederzeit«, sagte Elijah und gab Cole seine neue Adresse durch, die er in das Navigationssystem eintippte.

Entweder Elijah hatte Schwierigkeiten, sich seine neue Adresse zu merken oder Cole hatte einen Fehler bei der Eingabe gemacht, denn wenig später hielt er vor dem Apartmentkomplex, in dem Erin wohnte. Er griff bereits nach seinem Handy, um das Missverständnis zu klären, da erinnerte er sich an die Unterhaltung vor drei Wochen, als Erin ihm von dem neuen Nachbar erzählt hatte.

Cole musste grinsen. Elijah, dieser Hund, war also der mysteriöse Kerl, der die Nachbarschaft mit seinen Sexeskapaden in

Atem hielt.

Von einer seltsamen Unruhe getrieben, lief er die Treppe in den vierten Stock hinauf, wo Elijah bereits auf ihn wartete. Statt Sporthosen und T-Shirts, in denen Cole seine Wochenenden verbrachte, trug sein Freund eine schwarze enganliegende Lederhose, dazu ein weißes Leinenhemd, das er über die tätowierten Unterarme hochgekrempelt hatte.

Fragend zog Cole eine Braue nach oben, doch Elijah schmunzelte nur und bat ihn in sein Apartment.

Drei Stufen führten vom Eingangsbereich zu einem kombinierten Wohn- und Esszimmer. Die dunklen schweren Holzmöbel bildeten einen starken Kontrast zu den in hellem Beige gestrichenen Wänden und Vorlegern. Ein schwarzes Ledersofa dominierte den Wohnbereich. An der Wand dahinter hingen drei gewaltige Bilder, die ein und dasselbe Motiv zeigten. Eine nackte rothaarige Frau mit Seilen in sehr unangenehm aussehenden Posen gefesselt.

»Kann es sein, dass ich in den letzten Jahren etwas verpasst habe?«

»Mein Faible für Rothaarige meinst du?« Elijah zuckte die Schultern. »Ich kann mich nicht erinnern, ein Geheimnis daraus gemacht zu haben.«

Cole runzelte die Stirn. »Ich rede eher von deiner Neigung, sie zu verschnüren, bevor du sie vögelst.«

»Du hast nie gefragt«, erwiderte Elijah und deutet mit dem Kinn zu einer Treppe hinter der Kochinsel, die Cole nicht sofort bemerkt hatte. »Da geht's lang, wenn du ein Bier möchtest.«

Cole folgte ihm die Wendeltreppe nach oben und fand sich in einer Art Galerie wieder. Breite Glasfronten führten auf eine Dachterrasse. Der Boden bestand aus glänzendem hellen Marmor, die Wände waren in einem angenehmen Bronzeton gestrichen, und auch dort hingen Bilder von gefesselten Frauen. Ein weiteres Ledersofa mit zwei großen Lounge-Sesseln nahm die gesamte rechte Seite ab der Glasfront ein, gegenüber erstreckte sich eine Bar aus Zedernholz.

Etwas, das nach einer Streckbank aussah, stand am Ende des Raumes. An der Wand hingen … Peitschen in jeder nur erdenklichen Größe und Form, wie auch verschiedene Dildos und weiteres Sexspielzeug, das auf einem schmalen Sideboard aufgereiht war.

Dass Elijah seinen Gespielinnen gern den Hintern versohlte, hatte Cole gewusst. Nicht jedoch, dass sein Freund diese Neigung lebte.

Er schwankte zwischen Amüsement und Verwirrung, da landete sein Blick … auf dem geröteten Hintern einer vollständig entkleideten Frau.

Die Rothaarige war mit dünnen Lederseilen zu einem Paket verschnürt. Ihren Hintern leicht angehoben, kniete sie auf einem weißen Vorlegeteppich; Hand- und Fußgelenke zusätzlich mit einer silbernen Kette verbunden, die an ihrem Halsband befestigt war, und ein Knebelball steckte in ihrem Mund.

Mit weit aufgerissenen Augen sah sie Cole an, und er konnte förmlich hören, wie sie versuchte, zu schlucken. Vor Aufregung? Vor Furcht? Vermutlich von beidem etwas.

Elijah schien zu missfallen, dass seine Gespielin Cole fixierte, denn er schritt auf sie zu und ließ seine Handfläche auf ihren Hintern niedersausen. Statt aufzuschreien, wie er vermutet hätte, schloss die Fremde ihre Augen und stöhnte trotz des Knebelballes in purem Verzücken auf.

Elijah hockte neben der Rothaarigen, fasste grob in ihr Haar und zog ihren Kopf hoch, damit sie ihm in die Augen sah. »Das gefällt dir, was? Ein Fremder, der dir dabei zusieht, von deinem Herrn bestraft zu werden.«

Die Frau senkte den Blick, eine leichte Röte bedeckte ihre Wangen, und Cole verstand sofort, was Elijah an diesen Spielen gefiel. In ihrer ausgelieferten Pose wirkte die Fremde anmutig, verletzlich und wunderschön zugleich. Bei ihrem Anblick schwankte man automatisch zwischen dem Bedürfnis, sie in die Arme zu nehmen, um sie zu beschützen und gleichzeitig, auf jede nur erdenkliche Weise anzunehmen, was sie bereit war, so offenherzig zu geben: ihren Körper, ihre Lust und ihr Vertrauen, das in diesem Zusammenhang wohl das Kostbarste war.

Elijah nahm einen zwei Zentimeter dicken Lederriemen zur Hand, dann stellte er sich neben den zusammengekauerten Körper und zwar so, dass die Frau Cole weiter ansehen konnte.

Nicht offen jedoch, nur aus dem Augenwinkel lugte sie zu ihm herüber.

»Willst du, dass dieser Mann dir zusieht, wie ich dich für dein schlechtes Benehmen bestrafe?«, fragte Elijah mit ruhiger Stimme, worauf ein Schauder durch den Körper der Frau floss.

Einmal kurz nickte sie, dann blickte sie sofort wieder zu Boden.

»Braves Mädchen.«

Als das Leder auf ihre Haut traf, stöhnte sie, laut und lang, bis ein weiterer, festerer Hieb sie zusammenzucken ließ und ihr ein Keuchen entlockte.

Unsicher, was von ihm erwartet wurde und zugleich gespannt auf die weiteren Reaktionen der Frau, blieb Cole stehen und sah zu, wie Elijah abermals in die Hocke ging. Den Lederriemen in der einen, legte er seine freie Hand flach auf die geröteten Stellen ihres Pos, was die Frau nicht weniger in Ekstase zu versetzen schien. Kurz strich er über ihre malträtierte Haut, bis seine Fingerspitzen durch ihre Pospalte glitten, um nach ihrer Erregung zu tasten.

Cole konnte selbst aus mehreren Metern Entfernung sehen, wie feucht sie für Elijah war und wie sehr ihr seine Behandlung gefiel.

Ohne Cole aus den Augen zu lassen, atmete sie immer heftiger, während Elijah sie mit den Fingern penetrierte, tief in sie eindrang, um danach ihre Feuchtigkeit auf ihrer Klitoris zu verreiben.

Cole konnte die Sekunden zählen, in denen sich ihre Erregung immer weiter aufbaute, doch erst als Elijah abermals mit der flachen Hand auf ihren Hintern schlug, seine Finger noch immer tief in ihr, schrie sie gedämpft durch den Knebelball auf. Ein unkontrollierbar erscheinendes Zucken durchlief ihre Gliedmaßen, das nicht enden wollte, während Elijah immer wieder tief mit den Fingern in sie eindrang.

Schwer atmend, brach sie schließlich zusammen, als hätte sie jeder Funke Energie verlassen.

Elijah verschwendete keine Zeit, ihr den Knebelball, dann die Fesseln abzunehmen, um zärtlich ihre Hand und Fußgelenke zu massieren.

»Danke, Herr«, sagte sie nach einer Weile des Schweigens, bevor Elijah ihr half, sich aufzurichten.

Liebevoll küsste er jeden ihrer Fingerknöchel, dann flüsterte er ihr etwas ins Ohr, das sie dazu brachte, kichernd zu Cole zu sehen.

Abwehrend hob er seine Hände. »Wie auch immer der Plan lautet, ich bin nicht dabei.«

»Da verpasst du etwas«, sagte die Fremde und lächelte ihn genauso süß an, wie ihre Stimme klang. Dann stolzierte sie zum Sofa und begann, sich anzuziehen.

Elijah klopfte ihm auf die Schulter. »Sie hat Spaß daran, sich vor Fremden erniedrigen zu lassen. Ich hoffe, du hältst mir die kleine Session nicht für den Rest unserer Geschäftsbeziehung vor.«

»Natürlich nicht. Ich freue mich, dass ich helfen konnte«, sagte Cole trocken und setzte sich auf einen der Barhocker.

Elijah holte zwei Bier aus der Mini-Bar und stellte sie auf die Theke.

Kurz darauf gesellte sich die Rothaarige zu ihnen, lehnte jedoch dankend ab, als ihr ebenfalls ein Bier angeboten wurde. »Ich muss nach Hause, Jules wartet bestimmt schon auf mich. Es ist spät geworden.«

»Jules ist Rebekkas Sohn, nicht ihr Mann«, erklärte Elijah.

Rebekka reichte Cole die Hand. »War schön, dich kennenzulernen. Vielleicht sieht man sich ja mal wieder.«

»Eher nicht«, erwiderte Cole, amüsiert über die Situation. »Ich denke, bei Elijah bist du bestens aufgehoben.«

»Sag niemals nie.« Rebekka schmunzelte. »Würdest du mich nach unten begleiten, Elijah?«

»Natürlich.« Er sah Cole über seine Schulter an. »Wenn du möchtest, können wir unseren Männerabend gern unten weiterführen.«

Dagegen hatte er nichts einzuwenden, und so folgte er den beiden nach unten, als es plötzlich energisch an der Tür klopfte.

»Erwartest du noch jemanden?«, fragte Rebekka.

Elijah runzelte die Stirn. »Nicht heute Abend.«

»Sie!«, ertönte eine vertraute Stimme, sobald die Tür geöffnet war. Für einen Moment schloss Cole die Augen. Da rauschte Erin auch schon in Elijahs Wohnung, um sich wie eine Furie vor dem großen Mann aufzubauen. »Haben Sie eigentlich eine Ahnung, was Sie Ihren Nachbarn mit dieser ewigen Fickerei antun? Für Sie vermutlich kaum vorstellbar, Mister, aber es gibt Leute, die wollen nachts schlafen!« Erin betonte jedes Wort und wollte schon zur nächsten verbalen Attacke ansetzen, als Rebekka ihr zuvorkam.

»Ich bin dann mal weg. War nett, Jungs, bis zum nächsten Mal.« Sie warf eine Kusshand in den Raum, dann huschte sie an Erin vorbei, die nun nach dem zweiten Kerl Ausschau hielt.

Als sie Cole entdeckte, wurden ihre Augen riesig. Dann, als würde ihr die gesamte Tragweite von Rebekkas Verabschiedung bewusst, wich alle Farbe aus ihrem Gesicht, und ihre Knie knickten ein.

Elijah war schneller als Cole und fasste nach Erins Arm, um sie zu stützen. Sein Freund hatte sie kaum berührt, da schlug ihre Laune um, und aus Fassungslosigkeit und Verwirrung wurde Wut und Bestürzung.

»Loslassen! Lassen Sie mich sofort los!« Sie befreite sich aus Elijahs Griff, stieß ihn brüsk von sich und rannte auf die Eingangstür zu.

»Erin!« Elijahs gemurmelten Fluch ignorierend, sprintete Cole hinter ihr her. Himmel, die Frau war schnell! Sie hatte bereits die Hälfte der Stufen zu ihrer Etage hinter sich, als er das Stiegenhaus erreichte. »Erin! Verdammt noch mal, bleib stehen!«

»Verschwinde, Cole! Hau ab!«

Oh nein, diesmal nicht. Er legte noch einen Zahn zu, doch Erin flog förmlich über die letzten Stufen, um sich in den Schutz ihres Apartments zu flüchten. Ehe sie die Tür zuwerfen konnte, war er unten angekommen und legte eine Hand um ihren Oberarm.

»Fass mich nicht an, Cole!« Sie wehrte sich nach Leibeskräften, doch er war eindeutig der stärkere von ihnen. Beide Arme um ihren Körper gelegt, zog er sie in eine Umarmung, bis sie sich kaum noch rühren konnte und ihre Gegenwehr langsam, jedoch sehr widerwillig erstarb. Als er spürte, wie hart ihr Herz gegen seine Brust schlug, wurde ihm ganz anders.

»Ich habe nicht mit dieser Frau geschlafen. Sie ist eine von Elijahs Spielgefährtinnen, und ich bin ihr heute zum ersten Mal begegnet.«

»Ich … habe …« Erin zitterte am ganzen Körper. Jeder Versuch, einen Satz hervorzubringen, endete in einem Schluchzen.

Herrgott noch mal, er fühlte sich wie der größte Mistkerl aller Zeiten. »Ich hatte einen echt miesen Tag, Baby. Nachdem ich deinen Wagen auf dem Uni-Parkplatz gesehen habe, habe ich mich mit Elijah auf ein Bier verabredet. Bis vor einer Stunde wusste ich nicht mal, dass er über dir wohnt.«

»Aber … sie …«

»Sie steht darauf, sich vor Fremden den Hintern versohlen zu lassen.«

Erins Handy begann zu läuten.

Sie ignorierten es beide.

»Ich habe diese Frau nicht angefasst.«

Ein weiteres Schluchzen. Ihre Verzweiflung riss an seinem Herz. »Hörst du mich, Baby? Ich habe sie nicht angefasst«, wiederholte er und vergrub seine Nase in ihrem Haar.

Für wenige Sekunden senkte sich eine bedeutungsschwere Stille über sie, da begann Erins Handy erneut zu läuten, und sie machte sich von ihm los. Energisch wischte sie sich die Tränen aus den Augenwinkeln und sah auf das Telefon, dessen Display hell leuchtete.

Selena. Die Frau ihres Dads rief an.

»Hallo?« Erin lauschte. Dabei wurde ihr Ausdruck immer panischer. »Wie schlimm ist es?« Ihrem Blick nach zu urteilen, befürchtete Cole Schlimmstes. »Okay … Ja, ich bin unterwegs.«

Sie ließ ihre Hand sinken, und das Handy fiel beinah geräuschlos auf den Teppichboden. Als sie sprach, blickte sie durch ihn hindurch. »Mein Dad. Er liegt im Krankenhaus. Sie haben einen Hirntumor festgestellt. Vermutlich wird er die Nacht nicht überleben.«

Verdammte Scheiße. »Gott, Erin, es tut mir leid.«

Ungelenk rappelte sie sich auf. »Ich muss zu ihm, Cole.«

»Natürlich musst du das. Ich begleite dich.«

17. Kapitel

Als sie das Krankenhaus endlich erreichten, erwartete Selena sie an der Rezeption. Wortlos nahm die kleine Brünette Erin in die Arme, die die Begrüßung stocksteif über sich ergehen ließ. Die gesamte Fahrt über hatte sie nicht gesprochen. Sie hatte auch nicht geweint. Nur stumm gelitten, während Cole verzweifelt nach Worten suchte, damit Erin sich besser fühlte. Er hatte nicht eines gefunden.

»Kann ich ihn sehen?«, bat Erin.

Selena wirkte nicht halb so gefasst, gab sich jedoch sichtlich Mühe, nicht vor ihrer Stieftochter zusammenzubrechen. »Natürlich, Schatz. Er wartet auf dich.«

Erin nickte, dann suchte sie nach Coles Blick. »Könntest du … Wäre es ein Problem für dich, mich zu begleiten?«

»Absolut nicht.« Nicht, wenn er ihr damit helfen konnte, die nächsten Stunden zu bewältigen. Er würde diese Nacht mit ihr zusammen durchstehen. Und auch die, die darauf folgten.

Selena beschrieb ihnen den Weg und blieb allein im Wartezimmer zurück, um Erin Zeit mit ihrem Dad zu geben. Zwei Stockwerke höher erreichten sie sein Krankenzimmer, und Erin klopfte zögerlich an, ehe sie eintraten.

Der Anblick ihres Vaters traf Cole unvorbereitet, wie ein Schlag mitten ins Gesicht.

Harry lag allein in dem großen Raum auf einem schmalen Krankenhausbett. Unzählige Schläuche führten aus seiner Nase und von seiner Brust zu einem Gerät, das seine Vitalfunktionen maß. Es war ihm eine Leitung gelegt worden, die seine rechte Armbeuge mit dem Tropf verband, der über ihm hing und eine klare Flüssigkeit in seine Venen leitete. Seine Augen waren glasig, sein Gesicht aufgedunsen und ebenso bleich wie Erins, doch als er seine Tochter erblickte, erhellte sich seine Miene.

»Hallo, Mäuschen.« Harry bemerkte ihr Entsetzen, und sein Lächeln verrutschte. »Sieht schlimmer aus, als es ist, glaub mir. Komm her.«

Erin rang sichtlich um Fassung, doch als ihr Dad die Hand nach ihr ausstreckte, konnte sie die Schluchzer nicht länger zurückhalten. Leise weinend brach sie auf der Brust ihres Vaters zusammen.

Es zerriss Cole innerlich, sie so zu sehen. Zugleich hatte er sich noch nie so verloren und hilflos gefühlt. Er wusste nicht, was er tun, wie er helfen konnte, also stand er mit diesem gewaltigen Kloß im Hals da, während für Erin eine Welt zusammenbrach.

Liebevoll strich ihr Vater durch ihr Haar und wartete geduldig, bis sie sich einigermaßen gesammelt hatte. »Es tut mir leid, Erin.«

»Was denn, Dad? Dass du sterben wirst? Dass dieser Tumor dein Hirn zerfrisst?«, fragte sie und drängte einen weiteren Schluchzer zurück. »Kann man denn gar nichts tun, Dad? Nichts?«

»Es ist zu spät, Mäuschen.«

»Es kann nicht zu spät sein! Du hast es doch heute erst erfahren«, rief sie voller Verzweiflung. »Wir werden die Meinung anderer Ärzte einholen, Dad. Dich in ein besseres Krankenhaus bringen. Alles tun, damit du wieder gesund wirst.«

»Der Tumor ist zu groß, um ihn zu entfernen. Ein Versuch wäre vor Wochen bereits gescheitert. Es gibt keine andere Möglichkeit. Keine Alternative.«

»Du wusstest es die ganze Zeit?«, flüsterte sie bestürzt und ballte ihre Hände zu Fäusten, wie um ihre Gefühle abzuleiten. »Warum hast du denn nichts gesagt?«

»Weil ich ... Es tut mir leid, ich wollte dich damit nicht belasten.«

»Mich belasten? Mein Vater stirbt, und du wolltest mich nicht belasten?«

»Es tut mir leid, Erin«, wiederholte er und fasste nach ihrer Hand. »Ich habe … Ich habe in meinem Leben unglaublich viele Fehler gemacht. Früher schon, als du noch klein warst. Bitte verzeih mir, und versuch, mich zu verstehen …« Er atmete tief durch. »Jahrelang hatte ich große Angst, dich zu verlieren, Erin. Angst, dir könnte etwas zustoßen, wenn ich nicht gut genug auf dich aufpasse, wie ich nicht auf deine Mom aufgepasst habe. All die Zeichen …, ich habe sie viel zu spät erkannt und dann …«

»Oh, Dad.« Eine Träne rollte über Erins Wange. Fahrig strich sie sie fort, als wolle sie für ihren Dad stark sein.

Cole schloss für einen Moment die Augen und hoffte, das hier zu überstehen, ohne selbst wie ein kleiner Junge zusammenzubrechen.

»Deine Mom war wie du, Erin. Sie wollte die Welt entdecken, sich selbst immer wieder neu erfinden. Sie war wie ein Schmetterling – so unglaublich hübsch anzusehen, aber wenn man ihn zu lange festhielt, brach man ihm die Flügel. Als wir von dem Krebs erfuhren, war es für uns beide ein großer Schock. Den nächsten erlitt ich, als deine Mom die Operation verweigerte. Die Chancen, im Rollstuhl zu landen, lagen bei fünfzig Prozent. Sie wollte in Würde sterben, nicht ihr restliches Leben eine Belastung für ihre Tochter und ihren Mann sein. Ich flehte sie an, sich helfen zu lassen. Fünfzig Prozent, mein Gott, das war mehr, als sich andere erträumen durften! Aber sie blieb stur.« Harry schluckte, dann blickte er seiner Tochter fest in die Augen. »Heute kann ich sie verstehen, Erin. Ich … Ich wollte keine Belastung sein. Weder für Selena noch für dich. Meine Angst, dir könnte etwas Schlimmes zustoßen, hat früher schon so viel kaputt gemacht. Verhindert, dass du wie ein ganz normaler Teenager zur Frau werden konntest …«

»Himmel, Dad«, flüsterte Erin. »Ich mache dir doch keine Vorwürfe. Du warst mir immer ein großartiger Vater, und ich habe sehr gut verstanden, weshalb …«

Er schüttelte den Kopf. »Genau darum geht es doch, mein Schatz. Du hast viel zu viel Verständnis für deinen alten Herrn aufbringen müssen. Zuerst wegen der Trauer um deine Mom und danach, weil ich mich so oft wie ein völliger Idiot benommen ha…« Seine Stimme brach abrupt ab. Sein linkes Augenlid zuckte, dann begann er, am ganzen Körper zu zittern und zu krampfen.

»Mein Gott, Dad!« Erin sprang auf, kalkweiß vor Bestürzung. »Cole, ruf die Krankenschwester!«

Er war bereits an der Tür, als diese sich öffnete und eine ältere Frau in das Zimmer stürmte. »Alles in Ordnung, Miss Parker, ich übernehme. Bitte treten Sie einen Schritt zurück, und halten Sie Abstand.«

Erin schlug sich die Hand vor den Mund. Beobachtete schockiert die Krankenschwester, die die umstehenden Geräte bediente und mehr Flüssigkeit in den Tropf leitete, bis das Krampfen in Harrys Körper etwas nachließ.

Um ihr die Szene zu ersparen, schloss Cole seine Arme um ihre zitternde Gestalt. Sie ließ es geschehen und vergrub schluchzend ihr Gesicht an seinem Hals. »Ich schaffe das nicht, Cole. Ich schaffe das nicht.«

»Du schaffst das, Baby, tu es für deinen Dad.«

»Ich fühle mich so unglaublich hilflos.«

Er presste seine Lippen gegen ihre Schläfe und drückte sie noch fester an sich, hoffend, ihr ein wenig Kraft geben zu können.

»Ich weiß.«

Dad schlief seit drei Stunden. Erin hatte sich auf einen Stuhl neben sein Bett gesetzt und betrachtete ihn. Er sah friedlich aus. Wären die ganzen Schläuche nicht, hätte sie glauben können, er würde einfach nur ein kurzes Nickerchen halten, um danach mit ihr zu scherzen und herumzualbern, wie er es früher immer getan hatte. Doch das würde bald nur noch Erinnerung sein, keine Realität.

Bei dem Gedanken konnte sie kaum noch atmen. Sie wollte ihren Dad nicht verlieren. Wer war dann noch für sie da, wenn sie einen guten Ratschlag brauchte? Bei wem konnte sie sich ausheulen, wenn einer ihrer Träume zerplatzte?

Nach Moms Tod hatte Dad ihre Aufgaben übernommen, stand Erin bei, als sie das erste Mal Liebeskummer hatte und hörte sich den neuesten Tratsch ihrer Freundinnen an. Er war eine miserable Klatschtante, aber das war nicht der Punkt. Er hatte sich Mühe gegeben. In jeder Hinsicht. Alles getan, um seine Tochter glücklich zu machen, soweit es in seiner Macht stand und er die Verantwortung dafür übernehmen konnte.

Sie machte ihm keinen Vorwurf, manchmal zu streng gewesen zu sein. Weder früher noch heute. Sie hatte ihn zu sehr geliebt und gewusst, auf dieselbe Weise wiedergeliebt zu werden.

Und nun würde sie ihn verlieren …

Cole betrat das Zimmer und riss sie aus ihrer Lethargie; zwei Becher Kaffee in den Händen, von denen er ihr einen reichte. »Hier, trink das. Es wird dir gut tun.«

»Danke. Für alles, Cole.« Ohne ihn hätte sie die letzten Stunden nicht geschafft.

Er hockte sich neben ihren Stuhl. »Wie geht es ihm?«

»Unverändert. Die Krankenschwester meinte, sie wüsste nicht, ob er noch einmal aufwacht und wenn, wird er starke Schmerzen haben. Der Tumor drückt genau auf dieses Zentrum im Gehirn.« Sie hatte sich genau erklären lassen, welche Art Tumor ihr Vater hatte, doch alles, was von den Informationen übrig geblieben war, war das Wort irreparabel. Der Tumor hatte bereits einen zu großen Schaden in Dads Gehirn angerichtet. Das Entfernen des Gewächses würde nicht mehr zu einer Heilung beitragen, sondern nur das Unvermeidliche um wenige Tage hinauszögern. Tage, in denen er fürchterlich leiden würde, bis sein Körper nicht mehr mitspielte. Sie war nicht egoistisch genug, ihm eine solche Prozedur zuzumuten, auch wenn sie durch die Hölle ging, zu wissen, ihren Dad zu verlieren.

»Er hat es vor einem halben Jahr erfahren«, sagte Erin. »Der Tumor war damals schon zu groß und zu verwachsen, um ihn vollständig zu entfernen.«

»Er wollte dich schützen.«

»Ich weiß. Vielleicht wäre es mir trotzdem leichter gefallen, ihn gehen zu lassen, wenn ich mich über einen längeren Zeitraum damit hätte auseinandersetzen können.«

»Dein Dad hat die richtige Entscheidung getroffen, Erin.«

»Du würdest dasselbe tun?«, fragte sie und sah Cole an, der ihrem Blick standhielt, auch wenn es ihm schwerzufallen schien.

»Es muss fürchterlich sein, mit dem Wissen zu leben, bald sterben zu müssen«, sagte er. »Diese Last anderen aufzuladen, würde ich allerdings noch weniger ertragen.«

Erin betrachtete ihren Dad und atmete dabei langsam aus. »Vielleicht hast du recht, und es war wirklich die richtige Entscheidung. Für ihn. Ich fände es schrecklich, einen solchen Kampf allein auszufechten. Dafür ist Familie doch da. In guten wie in schlechten Zeiten. Ist es nicht so?«

Cole sah sie eine Weile nachdenklich an, bevor er nickte.

»Erin?«, krächzte ihr Dad, und sie verschüttete beinah ihren Kaffee, als sie aufsprang.

»Dad, geht es dir gut? Hast du Schmerzen?«

Er wischte ihre Sorgen beiseite. »Ich fühle mich gut, Mäuschen, keine Sorge. Komm her, lass mich dich umarmen.«

Erins Herz klopfte wild in ihrer Brust, als sie vorsichtig ihre Arme um seinen Hals legte. »Versprich mir, dass du nicht traurig sein wirst, wenn ich nicht mehr da bin«, bat er mit leiser

Stimme.

»Ich weiß nicht, ob ich das kann, Dad. Ich …« *... vermisse dich jetzt schon ganz schrecklich.* Gott, sie konnte das nicht. Es tat so unglaublich weh. Sie hatte das Gefühl, jemand würde ihr das Herz aus der Brust reißen.

»Das Leben ist zu kurz, um sich mit dunklen Gedanken aufzuhalten, mein Schatz. Ein Wimpernschlag, und alles kann vorbei sein. Genieße jeden Tag, solange du kannst, und versprich mir, aus ganzem Herzen zu lieben, auch wenn es dir Angst macht, wieder einen Menschen zu verlieren.«

»Oh Gott, Dad …« Eine Träne löste sich aus ihrem Augenwinkel und tropfte auf die weiße Bettdecke. Weitere Tränen folgten, bis heftige Schluchzer sie schüttelten und sie sich voller Verzweiflung an ihren Vater klammerte. Auch seine Umarmung wurde fester. »Versprich es, Erin. Ich muss …«

»Ich verspreche es, Dad. Gott, ich verspreche es dir!«

»Gut … Das ist gut«, sagte er und tätschelte ihren Rücken, bevor er sich ein wenig aufrichtete, um Cole anzublicken. »Du wirst doch auf mein kleines Mädchen aufpassen, nicht wahr? Kann ich mich auf dich verlassen, Cole?«

Cole fuhr sich durch das Haar und nickte. Seine Stimme klang, als hätte er sie seit Jahren nicht mehr benutzt. »Ehrensache, Harry. Du hast mein Wort.«

»Siehst du, Erin, alles wird gut werden. Ich liebe dich, vergiss das nicht.«

Als sie die Tränen in Coles Augen schimmern sah und die Worte ihres Vaters in ihr Bewusstsein drangen, brach auch noch der letzte Damm. In stummer Qual weinte sie in das Nachthemd ihres Dads, bis dieser Schmerz sie vollständig ausfüllte. Ihr Innerstes brannte, ihr Herz schlug so heftig, dass sie glaubte, es würde jeden Moment zerspringen.

Sekunden wurden zu Minuten, dehnten sich zu einer Ewigkeit, und irgendwann waren keine Tränen mehr übrig. Sie fühlte sich so erschöpft und ausgelaugt, als hätte sie tagelang nicht geschlafen.

»Dad?«, fragte sie leise, als sie das monotone Geräusch der Herzmaschine wahrnahm, die keine Aktivitäten mehr anzeigte. Sie presste die Lippen zusammen, um nicht laut aufzuschreien, da fühlte sie zwei starke Arme, die sie vom Bett ihres Dads wegzogen.

»Nein, Cole, nicht! Bitte tu mir das nicht an! Bitte!« Seine Umarmung war so fest, dass sie glaubte, keine Luft mehr zu bekommen, doch es war das Entsetzen und der tobende Schmerz in ihrer Brust, der ihr den Atem raubte. Sie glaubte, zu ersticken.

»Atme, Baby, komm schon. Lass mich mein Versprechen nicht jetzt schon brechen. Atme, verdammt noch mal!« Cole schüttelte sie, bis etwas in ihr klick machte und sie wieder zur Besinnung kam. Die Sorge in seinem Blick verursachte ihr Übelkeit.

»Himmel, Cole, ich ...« Ein Schluchzer durchfuhr sie, und abermals sammelten sich Tränen in ihren brennenden Augen. Sie würde nie wieder aufhören können, zu weinen. Nie wieder.

»Alles wird gut, Baby, ich verspreche es«, flüsterte Cole in ihr Haar und strich über ihren Rücken. Wie lange sie einfach nur dastanden und Cole sie festhielt, konnte sie nicht sagen. Irgendwann kam eine Krankenschwester ins Zimmer, gefolgt von Ärzten und Selena, die Cole ablöste und beruhigend auf Erin einredete.

Sie verstand kein einziges Wort. Alles, woran sie denken konnte, war, dass sie vergessen hatte, ihrem Vater auf Wiedersehen zu sagen und dass auch sie ihn liebte.

18. Kapitel

Der Tag der Beerdigung rückte immer näher. Die Einzelheiten der Trauerfeier waren mit dem Pastor besprochen, die Gäste alle eingeladen. Entfernte Verwandte, Freunde und Nachbarn gingen im Haus von Erins Vater ein und aus, um seiner Familie ihr Beileid auszusprechen.

Selena war es, die sich um die Trauergäste kümmerte, denn Erin zog sich immer weiter zurück.

Durch den ständigen Trubel schien niemand zu bemerken, dass sie sich vom ersten Schock längst nicht erholt hatte. Im Gegenteil. Sie schien einen inneren Kampf auszufechten, den sie nicht gewinnen konnte, solange sie mit aller Macht verdrängte, anstatt loszulassen.

Zusammen mit Selena startete Cole mehrere Versuche, Erin von ihrem selbstzerstörerischen Kurs abzubringen, doch dadurch verschloss sie sich nur umso mehr. Wie eine Besessene stürzte sie sich tagtäglich in Arbeit, putzte das Haus ihres Vaters bis in den verstecktesten Winkel, als wolle sie jede Erinnerung an ihn auslöschen, um so auch den Schmerz zu verbannen.

Nachdem alle Fotos und sämtlich persönliches Hab und Gut in Kisten verpackt auf dem Dachboden verstaut war, begann sie, seinen Kleiderschrank auszuräumen.

Was sie Selena damit antat, die immerhin acht Jahre mit ihrem Vater zusammengelebt hatte, schien Erin nicht zu bemerken.

Eine durch und durch deprimierte Frau war bereits der blanke Horror, zwei würde Cole nicht überstehen, und so stellte er sich Erin, die mit der nächsten Kiste auf den Dachboden unterwegs war, am späten Mittwochnachmittag in den Weg.

»So, Schluss für heute.«

»Hey, was soll das?«

Ohne auf ihren Einwand zu achten, nahm er ihr die Kiste ab und lotste sie den Flur entlang ins Badezimmer. Der ganze Raum duftete nach Rosenblüten von dem Schaumbad, das er benutzt hatte. In Reih und Glied standen unzählige dieser kleinen Flaschen auf dem Fenstersims, daneben Teelichter, von denen er ein paar angezündet hatte.

»Ausziehen«, befahl er und dimmte das Licht ein wenig. Da sich Erin keinen Deut rührte, sondern ihn nur verstimmt ansah, übernahm er das Ausziehen, bis sie nackt und plötzlich befangen vor ihm stand. Es gefiel ihm, dass er sie trotz mieser Umstände noch immer in Verlegenheit bringen konnte. Mit den geröteten Wangen sah sie bezaubernd aus. Mit einem Klaps auf den Hintern scheuchte er sie in die Wanne.

»Eigentlich habe ich für so einen Quatsch keine Zeit«, brummte Erin und ließ sich ins warme Wasser gleiten. Sofort senkten sich ihre Lider, und sie stöhnte wohlig auf.

»Dann wirst du dir die Zeit eben nehmen müssen.« Cole setzte sich an den Rand der Badewanne, dann begann er, Erins Nacken zu massieren, bis sie sich entspannte und tief durchatmete. »Besser?«

»Hm, viel besser. Ich habe gar nicht bemerkt, wie weh mir vom Kistenschleppen alles tut«, murmelte sie und ließ sich noch etwas tiefer ins Wasser sinken.

»Vielleicht solltest du es für heute gut sein lassen.«

»Vielleicht. Mhm, Cole, das ist gut, ja genau da. Hmm.«

Cole grinste. »Ich habe Eiscreme gekauft, du weißt schon, die mit den Schokostückchen und einen Film aus der Videothek geholt.«

»Welchen denn?«

Er verzog das Gesicht und war froh, dass Erin ihn nicht sehen konnte. »50 erste Dates.«

»Willst du dir das wirklich antun?«

»Keine Ahnung, ich hab' den Film noch nicht gesehen. Werde ich heulen müssen?«

Erin kicherte. Das schönste Geräusch, das er seit Tagen gehört hatte. »Sag nicht, ich hätte dich nicht gewarnt, Cole …«

Cole reichte ihr die Packung Kleenex, und Erin schenkte ihm ein gequältes Lächeln, bevor sie sich zum gefühlt tausendsten Mal die Nase putzte. Wie oft konnte man sich denselben Film ansehen und dennoch heulen wie ein Schlosshund? Zehn Mal? Zwanzig Mal? Das müsste ungefähr hinkommen.

Unfassbar.

Aus dem Augenwinkel beobachtete sie Cole, der den Film aufmerksam verfolgte und dabei zwei Becher Eiscreme verputzte. Tränen waren auf der rechten Seite des Sofas keine geflossen.

»Ist das so ein Männerding?«

Er senkte den Löffel. »Was?«

»Nicht heulen zu müssen.«

»Das liegt am männlichen Testosteron, das verhindert solche Peinlichkeiten.«

»Findest du mich etwa peinlich?«

Um Coles Mundwinkel zuckte es. Sie schnappte sich eines der Kissen und warf es ihm an den Kopf. »Blödmann.«

Erin kam nicht mal dazu, zu blinzeln, da hatte er das Eis weggestellt und war auch schon über ihr, fasste nach ihren Handgelenken und zog ihr die Arme über den Kopf, um sie spitzbübisch anzugrinsen.

»Hast du mich eben einen Blödmann genannt?«

»Ähm …« Zu spät erkannte sie den Schelm in seinem Blick. »Oh nein, Cole, bitte … neiiiiin!«

Er kitzelte sie. Überall. Und Gott, sie war auch noch hypersensibel. Es war eher ein Grunzen als ein Lachen, das sie ausstieß, und die ganze Zeit über bettelte sie um Gnade, doch Cole hörte nicht auf, bis ihr die Tränen kamen. Wieder mal, doch diesmal weil sie nicht aufhören konnte, zu lachen.

»Cole, ich schwöre …, wenn … ich …«

»Drohst du mir gerade?«

»Nein! Tu ich nicht! Wirklich … ich …« Erins Bauch tat bereits weh, und sie wand sich unter seinem Gewicht, versuchte, ihm zu entkommen. Keine Chance. Als sie glaubte, keine zwei Sekunden kitzeln mehr auszuhalten, hielt Cole inne und lächelte fast jungenhaft auf sie herab, das Haar zerzaust, als wäre er eben erst aus dem Bett gekommen. Er sah unglaublich süß aus. Süß, unbeschwert und höllisch sexy mit seinen kräftigen Unterarmen, die sich links und rechts von ihrem Kopf in die Kissen drückten.

Erin räusperte sich. »Okay, du hast gewonnen.«

»Was denn?«, fragte Cole und zog eine Braue hoch.

»Einen Kuss?«, schlug sie vor.

Coles Augen wurden dunkel, und sein Blick wanderte zu ihren Lippen, bevor er näher kam. »Deal.« Damit küsste er sie. Langsam, innig und so herzzerreißend liebevoll, dass Erin ganz schwindelig wurde. »Mehr?«, murmelte er an ihre Lippen.

»Viel mehr«, hauchte sie zurück und zog ihn wieder an sich.

Zusammengekuschelt lagen sie Stunden später im schmalen Bett in Erins Jugendzimmer. Von einer angenehmen Ruhe erfüllt, strich Cole durch ihr Haar. »Wie fühlst du dich?«

Erin antwortete nicht sofort. Schließlich stieß sie einen Seufzer aus. »Ich habe mich in den letzten Tagen wie eine Idiotin benommen, hm?«

»Niemand hält dir vor, über den Tod deines Dads zu trauern, Baby.«

Sie neigte den Kopf, um ihn anzusehen. »Ist Selena böse mit

mir wegen Dads Sachen?«

»Niemand ist böse mit dir. Aber du darfst nicht vergessen, dass auch Selena einen geliebten Menschen verloren hat. Was deine Stiefmutter braucht, ist etwas mehr Zeit, bevor du seine Sachen aus eurer beider Leben verbannst.«

»Gott, ich wollte doch nur, dass es aufhört, wehzutun. Mich zu beschäftigen, hat geholfen.«

»Das weiß ich und Selena auch. Vielleicht solltest du deine Taktik ändern und stattdessen mehr Zeit mit mir im Bett verbringen.«

Sie gab ihm einen Klaps auf die Brust. »Das ist nicht witzig, Cole.«

»Ich weiß. Tut mir leid.« Er griff nach ihrer Hand und küsste ihre Fingerknöchel. »In ein paar Wochen wird es dir leichter fallen, damit umzugehen, danach können du und Selena noch immer entscheiden, was mit seinen Sachen passiert.«

»Selena will zurück nach Atlanta ziehen, um vorübergehend bei ihren Eltern zu wohnen. Einen Job hat sie bereits gefunden. Hat sie dir davon erzählt?«

»Nein«, sagte Cole. »Aber ich nehme an, in diesem Haus zu wohnen, würde die alten Wunden immer wieder aufreißen.«

»Dad hätte nicht gewollt, dass sie auszieht.«

»Alles, was dein Vater gewollt hätte, ist, dass es euch beiden gutgeht, Baby.«

Erin nickte. »Er und Mom haben dieses Haus zusammen gekauft, vermutlich ist das mit ein Grund, der sie von hier wegtreibt.«

»Gut möglich.« Cole erinnerte sich an die bildhübsche Frau mit den hüftlangen braunen Haaren, die zusammen mit diesem Bär von einem Mann und dem hageren Mädchen gegenüber von ihnen eingezogen war. Damals war er zehn gewesen, und neben seiner Wut auf diese Leute, die seinen Freund vertrieben hatten, fand er es unheimlich spannend, sie auszuspionieren. Mit einem Fernglas bewaffnet, hatte er Posten an seinem Kinderzimmerfenster bezogen, um jeden Handgriff des Umzugs der Parkers zu beobachten.

Er kannte Erin und all ihre süßen Macken, bevor sie ihn erstmals zu Gesicht bekommen hatte, und es stimmte, was er an jenem Abend in Anwesenheit von Caitlin und Robert sagte. Er hatte versucht, dieses Mädchen nicht in sein Herz zu schließen. Er wollte sie nicht mal mögen. An diesem albernen Versuch war er grandios gescheitert, sobald er ihr das erste Mal persönlich gegenüberstand. Sie war hinreißend mit diesen großen braunen Augen und den beiden langen Zöpfen. Sie war außerdem taff, spitzzüngig und so findig wie ein Luchs – ganz anders als all die Mädchen, die er von der Schule kannte. Sie spielte mit den Jungs Fußball, hatte kein Problem damit, sich dreckig zu machen oder wie seine Kumpels deftig zu fluchen, wenn ihre Mannschaft verlor. Erin war etwas Besonderes, und wenn er ehrlich war, hatte er sie für all diese Besonderheiten immer schon geliebt.

»Woran denkst du?«, fragte Erin.

»Ich dachte gerade daran, wie viel Spaß ich damals hatte, jedes Geheimnis deiner Eltern zu lüften.« *Und deine …* »Scottland Yard wäre stolz auf mich gewesen.«

Erin lachte. »Ja, richtig. Ich erinnere mich an dein Schnüffeltalent. Das hat dir mehr als nur einmal Ärger eingebracht.«

Cole wusste sehr genau, worauf sie im Speziellen hinauswollte und zog eine Grimasse. »Hey! Das Keksrezept von Mrs. Bones war jeden Ärger wert.«

»Gott, ja, weißt du noch, wie sie dreingesehen hat, als du ihr eine Woche später eine Packung Kekse verkaufen wolltest, die deine Mom nach ihrem Rezept gebacken hat?«

»Ich weiß auch noch, wie sich die Ohrfeige angefühlt hat«, erwiderte er trocken. »Was für eine alte Hexe.«

»Du bist in ihr Haus eingebrochen.«

»Ich war zehn, Erin.« Cole presste seine Lippen gegen ihre Stirn, um sein Grinsen zu verbergen. Seine Mom hatte es wirklich nicht leicht mit ihm gehabt. Er hatte Ärger magisch angezogen. Meist deshalb, weil er dieses hagere Mädchen von gegenüber beeindrucken wollte.

Erin legte ihren Kopf zurück auf seine Brust. »Ich will das Haus nicht verkaufen, Cole. Zu viele Erinnerungen sind damit verbunden.«

»Dann behältst du es eben.«

»Mit meinem Gehalt kann ich mir die Instandhaltung des Hauses und mein Apartment in New York nicht leisten. Außerdem wäre es unsinnig, beides zu behalten.«

Cole spürte Unbehagen in sich aufsteigen. »Was willst du damit sagen?«

Kein Zögern. »Ich werde zurück nach Boston ziehen, es ist die sinnvollste Lösung.«

Ihm war, als hätte man ihm den Boden unter den Füßen weggezogen. »Und was ist mit …« ... *uns?*, wollte er fragen, doch dazu bekam er keine Gelegenheit.

»Bostons Universität hat einen sehr guten Ruf. Es spielt keine Rolle ob ich hier oder in New York unterrichte.«

»Ich dachte, es gefällt dir in New York.« *In meiner Nähe.*

»Es ist viel passiert in den letzten Tagen, Cole. Ich denke, eine Veränderung wird mir guttun.« Nachdenklich strich sie über seine Schulter, während Cole hoffte, sie würde diese Aussage nicht so stehen lassen. Etwas hinzufügen, das nicht so endgültig klang und ihn aus ihrem Leben ausschloss. Stattdessen ging ihr Atem immer gleichmäßiger, ihre Bewegungen wurden träger, bis sie schließlich eingeschlafen war.

Ganz still lag er da, darauf wartend, dass dieses elende Gefühl aus seiner Brust verschwunden war und auch er einschlafen konnte.

Erfolglos. Zwei Stunden später starrte er noch immer an die Zimmerdecke.

Wenn Erin in einer Sache gut war, dann, ihn um seinen Schlaf zu bringen.

Er seufzte tief und rutschte vorsichtig unter ihr weg, um aus dem Bett zu steigen. Er brauchte einen Drink. Oder auch zwei.

Nachdem er sich ein T-Shirt übergezogen hatte, ging er barfuß hinunter in die Küche.

Eine weibliche Silhouette schälte sich aus der Dunkelheit. »Auch einen Drink?« Selena hielt eine Flasche Scotch hoch.

»Gern.« Er setzte sich zu ihr an den Küchentisch und griff nach dem Glas, das sie ihm entgegenschob.

»Was hält dich wach?«, fragte er.

Selena zog ihren Morgenmantel enger um ihren Körper. »Das Gefühl, mit meinem Umzug einen Fehler zu machen. Und dich?«

»Erin will zurück nach Boston. Sie möchte das Haus behalten.« Cole kam sich seltsam vor, mit einer Fremden über Probleme zu sprechen, von denen er nicht wusste, wie er sie lösen sollte. Zugleich war er froh, nicht allein mit seinen Gedanken in der Dunkelheit zu sitzen.

»Hast du ihr schon mal gesagt, wie du für sie empfindest, Cole?«

Rastlos schob er das Glas zwischen seinen Händen hin und her. »Nein, bisher gab es nie die passende Gelegenheit.«

»Die wird es nie geben, wenn du dir nicht sicher bist.«

»Ich bin mir sicher«, sagte er. »Ich kann mir ein Leben ohne Erin nicht vorstellen.« Er hatte sich in den letzten Wochen so sehr an ihre Gegenwart gewöhnt, an ihr Lachen, an das Herumalbern und ihre humorvollen Wortwechsel, dass er sich nicht mal vorstellen wollte, darauf verzichten zu müssen. Er brauchte Erin wie die Luft zum Atmen. Er war sich nur nicht sicher, dass sie ihn auf dieselbe Weise brauchte.

»Das erste Mal verliebt, hm?« Selena lächelte ihn an. »Das kann einem schon Angst machen.«

»Eine Scheißangst«, gestand er und war abermals dankbar, im Dunkeln zu sitzen. Die Angst, Erin zu verlieren, war jedoch stärker. Wenn er so weitermachte und ihr nicht sagte, was er empfand, würde allerdings genau das passieren. Sie würde ihre Sieben Sachen packen und auf Nimmerwiedersehen aus seinem Leben verschwinden.

Das war keine Option. Nicht mehr. Vielleicht nie gewesen.

Ihr Platz war in New York. An seiner Seite. Er musste nur noch einen Weg finden, auch Erin davon zu überzeugen.

»Warum sagst du ihr nicht einfach, dass du sie liebst, Cole? Was hält dich zurück?«

»Ihr Vater ist vor vier Tagen gestorben. Erin hat im Moment andere Sorgen, als sich um ihr Liebesleben zu kümmern.«

Selena schüttelte den Kopf. »Erin denkt stets zuerst an andere und zuletzt an sich selbst, so ist es immer schon gewesen. Weißt du, was ich denke, Cole? Sie liebt dich so sehr, dass ein Umzug für sie eher infrage kommt, als damit leben zu müssen, ständig in deiner Nähe zu sein. Die Idee, dass du mit ihr zusammen sein möchtest, zieht sie nicht einmal in Erwägung.«

War es so? Glaubte Erin, sie würde ihm so wenig bedeuten, dass er sie einfach gehen ließe? Hatte er ihr so wenig Grund gegeben, ihm zu vertrauen? Offensichtlich. Die Vorstellung traf ihn hart. Wie der Gedanke an die Geburtstagsparty seines Vaters – das Aufeinandertreffen mit Rose und ihr Streit, bei dem Worte gefallen waren, die Erin verletzten und bis heute nicht geklärt waren.

Deshalb nicht geklärt waren, weil er nicht gut darin war, über Gefühle zu sprechen, geschweige denn die Hosen runter zu lassen, um einen Seelenstriptease hinzulegen. All das konnte ihm nun zum Verhängnis werden. Es frustrierte ihn über alle Maßen, dass er es so weit hatte kommen lassen.

Cole trank seinen Scotch aus und erhob sich. »Danke fürs Zuhören, Selena. Ich hoffe, du triffst die richtige Entscheidung, was deinen Umzug betrifft. Du weißt, weder Erin noch ihr Vater wollten, dass du hier ausziehst.«

»Ich denke darüber nach.«

»Tu das«, sagte Cole. »Gute Nacht.«

»Cole?«

»Ja?« Er dreht sich noch einmal zu ihr um.

»Sie ist es wert, um sie zu kämpfen.«

Genau das würde er auch tun, und in dieser Sache war Verlieren keine Option. »Ich weiß, Selena.«

19. Kapitel

Zwei Tage waren seit der Beerdigung vergangen. Zwei Tage in denen Erin versucht hatte, Routine zurück in ihr Leben zu bekommen.

Nachdem sie die letzten Abschlussprüfungen korrigiert und die Noten für die Zeugnisübergabe am Freitag eingetragen hatte, begann sie mit der Planung für ihren Umzug.

Es graute ihr vor den vielen Stunden, die sie damit zubringen würde, Kisten zu packen und ihr Apartment auszuräumen. Sie hatte einen Makler beauftragt; der Termin für die Erstbesichtigung fand bereits kommenden Montag statt, was ein wenig Wehmut in ihr auslöste.

Mehrere Monate hatte es gedauert, das richtige Fleckchen zu finden, um ihr neues Leben in New York zu beginnen. Die Vorstellung war eigenartig, nun alle Zelte wieder abzubrechen, um in Boston neu anzufangen.

Vieles hatte sich in den letzten Wochen verändert. Sie war nicht sicher, ob sie mit all den Veränderungen zurecht kommen würde, aber sie wollte es versuchen. Sie *musste*, denn ihre Entscheidung stand fest.

Am frühen Morgen hatte Selena angerufen. Sie nahm das Angebot ihrer Eltern an und wollte in den nächsten drei Wochen ausziehen. Erin konnte sie verstehen. Es war das Haus ihrer Mutter gewesen und nun, wo ihr Vater nicht mehr war, war es kein bisschen mehr Selenas Zuhause.

Es war nicht schön, nun auch noch diesen Teil ihrer Familie zu verlieren. Zwar hatten sie sich versprochen, sich an den Feiertagen zu sehen und jede Woche miteinander zu telefonieren, doch in einem versteckten Winkel wusste Erin, dass ihr gemeinsamer Weg am Grab ihres Vaters geendet hatte.

Und dann war da noch die Sache mit Cole …

Als spürte er, dass sie Zeit brauchte, um sich selbst zu finden und mit den neuen Umständen zu arrangieren, ging er auf Distanz und gab ihr Freiraum.

Einerseits dankbar, dass er ihre Entscheidung respektierte, verletzte sie sein stillschweigender Rückzug. Verrückte Gefühle, die nicht unwesentlich dafür verantwortlich waren, weshalb sie sich für den Umzug entschieden hatte.

Es brach ihr das Herz, Cole zu verlassen, aber dieses ewige Chaos in ihrem Inneren zehrte auf Dauer an ihrer Substanz. Ihre Liebe für ihn war zu stark, zu umfassend und echt, als dass sie dabei zusehen konnte, wie er irgendwann seine große Liebe fand und sich immer weiter von ihr entfernte.

Ihre Entscheidung war keine einfache, aber die einzige, die sie nicht Tag für Tag ein bisschen mehr zerstörte. Boston war weit genug entfernt, um ganz neu zu beginnen. Um alles hinter sich zu lassen. Um nach vorne zu blicken, nicht zurück. Und das war, worauf sie sich im Augenblick konzentrieren wollte.

Der Freitag kam schneller, als Erin lieb war, und der erste Abschied stand bevor. Ihr Schreibtisch an der NYU war bereits geräumt, ihre Kündigung unterschrieben und ihre Schlüssel abgegeben.

Nun gab es kein Zurück.

Mit einem schwermütigen Lächeln überquerte sie die Parkanlage der Universität und steuerte auf den großen Pavillon zu, wo die Zeugnisübergabe stattfinden würde.

Der Campus hatte sich bereits ordentlich gefüllt. Festlich gekleidete Familienangehörige und Studenten standen in Gruppen zusammen und unterhielten sich mit ihren Dozenten. Andere hatten sich bereits einen Sitzplatz bei den Stuhlreihen vor dem Podium gesichert und warteten darauf, dass die Feier begann.

Erin begrüßte einige ihrer Kollegen und wechselte ein paar Worte mit stolzen Eltern, als ihr plötzlich ein Mann in dunkeln Jeans und weißem Polo-Shirt auffiel.

Die Hände lässig in die Hosentaschen geschoben, lehnte er gegen die Absperrung des Pavillons und beobachtete sie aus unergründlich tiefgrünen Augen.

Cole. Der letzte Mensch, von dem sie dachte, ihn hier anzutreffen und zugleich derjenige, der für diesen hinterhältigen Hüpfer verantwortlich war, den ihr Herz bei seinem Anblick machte.

Ohne seinen Blick loszulassen, entschuldigte sie sich und marschierte auf ihn zu – das Kribbeln in ihrem Bauch ignorierend, das bei jedem Schritt stärker wurde, als würde sie ein unsichtbares Kraftfeld betreten.

Fokussieren! Nicht schwach werden!

All diese Empfindungen konnte sie momentan nicht gebrauchen. Sie brachten nur Chaos in ihr Leben. *Er* brachte Chaos in ihr Leben. Er dürfte nicht hier sein.

»Warum bist du gekommen?«

Cole schenkte ihr eines dieser umwerfend sexy Lächeln, das bereits genügte, um ihre Knie weich werden zu lassen. Der samtig tiefe Klang seiner Stimme tat sein Übriges, um an ihrer Willenskraft zu zweifeln.

»Dachtest du wirklich, ich würde deine erste Zeugnisübergabe an der NYU verpassen?«

Ihre erste Zeugnisübergabe. Und zugleich die letzte. Ein Kloß formte sich in ihrem Hals. Sie schluckte ihn hinunter und hob ihr Kinn. »Das ist lieb von dir. Die Mühe hättest du dir aber nicht machen müssen.«

»Ich wollte«, erwiderte er. »Das ist ein Unterschied.« Wie selbstverständlich nahm er ihre Hand in seine viel größere und hauchte kleine Küsse auf jeden ihrer Fingerknöchel.

Wärme spiegelte sich in seinen Augen. »Ich habe dich vermisst, Baby. Die letzten Tage waren völlig bedeutungslos ohne dich.«

Paralysiert von seinen Worten, starrte sie ihn an. »Cole, ich …« *… habe dich ebenfalls vermisst. Ganz schrecklich sogar. Aber so kann das zwischen uns nicht weitergehen. Es macht mich kaputt.*

»Ich weiß«, sagte er, als stünden ihr die Gedanken ins Gesicht geschrieben. »Und es tut mir leid. Komm her.«

Ungeachtet der vielen Menschen, die sich um sie herum befanden, zog er sie in seine Arme. Kein noch so gutes Argument und auch keiner ihrer besten Vorsätze hätten sie in diesem Augenblick davon abgehalten, diese Umarmung zu erwidern. Seufzend, als fiele eine Riesenlast von ihren Schultern, sackte sie gegen seine breite Brust, um tief den vertrauten Geruch nach dunkler Leidenschaft und Cole einzuatmen.

Gott im Himmel. Wie sehr sie ihn vermisst, sich nach seiner Nähe gesehnt hatte, spürte sie erst in dieser Sekunde, als ihre Sicht verschwamm, ihr Herzschlag außer Kontrolle geriet und ihre Finger sich haltsuchend in seinem Polo-Shirt verfingen.

»Ich liebe dich«, flüsterte sie so leise, dass sie wusste, er konnte es nicht gehört haben, doch diese Worte lasteten schon so lange auf ihr, sie musste sie loswerden. Einmal aussprechen. Vielleicht fiel ihr das alles dann nur noch halb so schwer.

Vermutlich eher nicht.

Obwohl sie sich Coles Gegenwart mit all ihren Sinnen bewusst war, vergingen die nächsten zwei Stunden wie im Flug.

Lobreden wurden gehalten, Hände geschüttelt, gute Wünsche für die Zukunft ausgesprochen. Glückliche Studenten standen auf dem Podest und lächelten auf sie nieder, Stolz und Zuversicht in ihren Gesichtern. Es war ein gutes Jahr gewesen. Für sie alle. Und auch wenn dieser Tag mit unglaublich viel Wehmut und Herzschmerz verbunden war, war Erin stolz, diese jungen Menschen ein Stück auf ihrem Weg begleitet zu haben.

Kaum war der Trubel vorbei, sprangen die Mädchen der Cheerleader-Gruppe auf, um die Anwesenden dazu zu animieren, sich das letzte Spiel der Footballmannschaft anzusehen. Das Highlight des Tages, doch Erin hatte andere Pläne. Kisten packen und einen Umzugswagen beladen, stand auf dem Programm.

Cole schien von der Idee nicht viel zu halten. Einen Arm um ihre Taille gelegt, zog er sie dicht an sich und visierte den Sportplatz an.

»Dort drüben warten ein paar Leute, die sich freuen, diesen Tag mit dir zu verbringen.«

Sie folgte seinem Blick und entdeckt eine rothaarige Frau in der hintersten Reihe der Tribüne, die ihnen eifrig zuwinkte: Chloe.

Erin bekam keine Gelegenheit, sich zu wundern, was Coles Schwester hier tat, da erkannte sie Anette und auch Selena, Lewis und einen vage bekannten Mann, der mit seinen tätowierten Unterarmen und dem geheimnisvollen Leuchten in den fast pechschwarzen Augen kein bisschen in das Bild passen wollte, das Coles Familie abgab.

»Ist das nicht …«

»Elijah, mein Geschäftspartner und guter Freund«, erklärte Cole. »Wenn du nichts dagegen hast, möchte ich ihn dir nach dem Spiel gern vorstellen.«

Sie wusste nicht, wieso er das tun sollte, doch sie war zu durcheinander, um den Gedanken näher zu betrachten. Stattdessen folgte sie Cole die Treppe nach oben, und wappnete sich innerlich für die nächste Stunde in seiner unmittelbaren Gegenwart.

Die Begrüßung seiner Familie fiel wie immer überschwänglich und liebevoll aus.

Bis auf Lewis, der anscheinend nicht ganz bei der Sache war, schienen alle bester Laune und gespannt, ob die Jungs der NYU das Niveau der ersten Spielminuten halten konnten.

Sie konnten. Mehr als das. Sie spielten die gegnerische Mannschaft buchstäblich vom Platz.

Als die Jungs im letzten Spielviertel den alles entscheidenden Touchdown lieferten, ging ein Aufschrei durch die Zuschauermenge. Begeisterung, die ansteckend war.

»Wuhu!«, kreischte Chloe und hüpfte wie ein Kleinkind vor ihrem Verlobten auf und ab. »Spiel, Satz, Sieg!«

»Das sagt man beim Tennis, Schatz!«, berichtige Lewis und zupfte an Chloes Bluse, was jedoch nicht den gewünschten Erfolg brachte.

Statt sich still neben ihn zu setzen, legte die rothaarige Schönheit ein euphorisches Siegertänzchen auf das Tribünenparkett, was sämtlichen Anwesenden ein Schmunzeln entlockte.

»Nicht immer kommt es auf die richtigen Worte an«, sagte Anette zu ihrem zukünftigen Schwiegersohn. »Manchmal reicht Begeisterung für eine Sache völlig aus.«

Lewis zog eine Grimasse, als hätte er keine Ahnung, wovon Anette sprach.

Selena versteckte ihr Lächeln hinter vorgehaltener Hand, während Elijah das Treiben interessiert beobachtete.

Cole, der mit der Verrücktheit seiner Familie bestens vertraut war, schüttelte bloß den Kopf. Mit einem liebevollen Zwinkern legte er einen Arm um Erins Schulter und zog sie an seine Seite. Sein Blick, der weiter auf ihrem Gesicht ruhte, verursachte ihr eine Gänsehaut. Es lag so viel Zärtlichkeit darin, so viel Zuneigung, dass sie vergaß zu atmen.

Die Siegesrufe der Cheerleader traten in den Hintergrund, wie auch der Rest der Geräusche, die um sie herumschwirrten. Was blieb, war ein heftiges Flirren in der Luft, während er sie weiterhin ansah, als wolle er dadurch alle Fragen beantworten, die seit Wochen zwischen ihnen hingen.

»Bevor wir hier das Feld räumen, Leute, haben wir noch ein kleines Abschlussgeschenk für einen ganz besonderen Menschen vorbereitet, der uns nach diesem Tag leider verlassen möchte«, ertönte die Stimme von Lisa über den Lautsprecher und holte Erin zurück in die Wirklichkeit. »Miss Parker, das hier ist für Sie.«

Überrascht blickte sie hinunter auf das Spielfeld, wo die Cheerleaderinnen Aufstellung bezogen und begannen, ihre Pompons zu schwingen.

»Miss Parker, Miss Parker, ist eine coole Frau, wir wollen sie nicht vermissen, das wissen wir genau …«

Oh. Mein. Gott.

Erin war nicht sicher, welches Bedürfnis überwog. Sich unter einem der Stühle zu verkriechen oder sich vor Freude über die nette Geste auf diese Horde verrückter Mädchen zu stürzen.

Blinzelnd wischte sie sich eine Träne aus dem Augenwinkel, dann sah sie berührt dabei zu, wie die Mädchen tanzten und sich die Seele aus dem Leib reimten.

»Scheiße!«, sagte Chloe, als Lisa einen Salto vom höchsten Punkt des menschlichen Turms machte. »Die sind richtig gut.«

Wie eine Katze landete die Studentin auf ihren Füßen und lächelte zu Erin hoch.

»Miss Parker, Miss Parker, wir vermissen Sie jetzt schon sehr, der Abschied fällt nicht nur uns Studenten, sondern auch ihren Kollegen sehr schwer.«

Als wäre den Mädchen die Überraschung noch nicht gelungen, entdeckte Erin drei Jungs des Footballteams, die über die Tribüne auf sie zu rannten. Eine plötzliche Ahnung habend, wandte sie sich an Cole. »Du hast davon gewusst, nicht wahr?«

»Und wenn?«

»Hättest du mich darauf vorbereiten können.«

»Aber hätte es dann genauso viel Spaß gemacht?« Sein Grinsen war so unbekümmert, dass sie es erwidern musste.

»Idiot«, retournierte sie zärtlich.

Mit heiß glühendem Gesicht ließ sie sich von den Jungs hinunter auf das Spielfeld begleiten, wo die Mädchen einen Kreis gebildet hatten.

Lisa stand in der Mitte, ein einnehmendes Lächeln im Gesicht und einen gigantischen Blumenstrauß in den Händen.

»Wir haben unseren Abschluss in der Tasche und werden nächstes Semester nicht mehr hier sein, Miss Parker. Auf dieser Universität gibt es jedoch viele Studenten, die Ihre Bemühungen als Dozentin sehr zu schätzen wissen«, sagte das Mädchen und erhielt zustimmendes Gemurmel. »Vielleicht wollen Sie sich das mit dem Umzug noch mal überlegen. Sie werden hier gebraucht, Miss Parker. Hier in New York.«

»Ehrlich gesagt ...« Fehlten ihr die Worte. Sie war gerührt. Lisas Ansprache und die Zustimmung der restlichen Studenten überwältigten sie. Da erblickte sie auch noch Cole, der über den Rasen auf sie zuschlenderte, und ihr blieb das Herz stehen. Es hörte einfach auf zu schlagen.

»Oh Gott«, flüsterte sie, ihren Blick auf die kleine rote Box in seinen Händen gerichtet, in die nicht viel mehr als ein Ring passen konnte.

»Darf ich mal, Ladys?«

Die Mädchen machten Cole Platz und seufzten im Akkord, als er vor Erin auf die Knie ging. Die kleine Box betrachtend, bebten seine Schultern, als würde er ... lachen. Über sich. Über Gott und die Welt. Erin wusste es nicht.

»Ehrlich, Baby, wenn ich einen weniger kitschigen Weg gefunden hätte, um deine Hand anzuhalten, einen, der dir meine ehrlich gemeinten Absichten bestätigt hätte, hätte ich ihn gewählt«, begann er und sah sie nun endlich an. »Nach dem ganzen Mist, den wir durchgemacht haben, war ich allerdings der Meinung, dass ein Abendessen nicht reicht, um dir zu sagen, dass ich dich liebe und den Rest meines Lebens mit dir verbringen möchte. Dann kamen diese bezaubernden Ladys hier auf mich zu und baten mich, ihnen bei ihrer kleinen Überraschung für dich zu helfen, und zack, schon war eine grandiose Idee geboren oder auch eine überaus dumme, weil ich mich damit zum größten Idioten New Yorks mache …«

Die Mädchen kicherten.

Erin stand wie angewurzelt da und konnte nicht fassen, was Cole sagte.

»Vor wenigen Tagen hast du mich gefragt, ob das zwischen uns mehr ist als bloße Freundschaft.« Ein kleines, süßes Lächeln umspielte seine Lippen. Er griff nach ihrer Hand. Küsste jede Fingerspitze, ohne ihren Blick eine Sekunde loszulassen. »Du warst nie nur eine Freundin für mich, Erin. Vom ersten Augenblick an warst du mehr, etwas Besonderes. Und heute … heute bist du mein Alles. Der Mensch, neben dem ich jeden Tag aufwachen und jeden Abend einschlafen möchte. Der Mensch, mit dem ich den Rest meines Lebens verbringen möchte. Alles, was ich dazu wissen muss, ist, ob du dasselbe willst? Willst du meine Frau werden, Erin Parker und dich für den Rest deines Lebens auf ein verrücktes Abenteuer mit mir einlassen?«

»Cole«, flüsterte Erin und fiel ihm um den Hals.

Die Mädchen begannen, in die Hände zu klatschen, die Jungs pfiffen los, und ein Aufschrei ging durch die Zuschauermenge.

»Ja! Himmel, ja, ich will deine Frau werden«, sagte sie und küsste ihn mit all der Liebe, die sie für ihn empfand.

»Ich liebe dich, Baby«, murmelte Cole an ihre Lippen.

»Wir wollen den Ring sehen, Miss Parker«, rief Lisa.

Cole ließ sie los, dann öffnete er die Box, und ein kollektives Aufstöhnen ging durch die Mädchenrunde.

Ein Ring aus Weißgold kam zum Vorschein, besetzt mit einem kleinen Diamanten, der im Schein der Sonne in einem Kaleidoskop aus bunten Farben funkelte. Der Ring war atemberaubend schön.

»Oh Gott, Cole, du bist verrückt.«

»Ja, nach dir«, sagte er, zog sie wieder an sich und küsste sie, bis ihre Beine nicht länger mitmachten und sie mit einem Seufzer gegen ihren zukünftigen Ehemann sank.

Das Leben konnte so schön sein.

Wenn man jeden Herzschlag zu genießen wusste.

Danksagung der Autorin

Mein Dank gilt meiner Familie, die an mich glaubt und mich bei all meinen Plänen – mögen sie noch so verrückt erscheinen – tatkräftig unterstützt. Ihr seid mein Fels in der Brandung und dafür liebe ich euch aus ganzem Herzen.

Danken möchte ich auch meinen beiden engsten und liebsten Freundinnen, die mir die kussfreudigsten Musen bei der Umsetzung meiner Ideen sind – ohne euch wäre es nur halb so lustig.

An alle Leser da draußen: Wenn ihr auf dieser Seite angekommen seid, habt ihr die Geschichte von Erin und Cole vermutlich zu Ende gelesen, worüber ich mich sehr freue. Ich hoffe, die beiden haben euch ebenso oft ein Lächeln aufs Gesicht gezaubert, wie mir während des Schreibens. ;-)

Eure Eliza

ROMANCE EDITION

Weil es kein schöneres Thema gibt als die Liebe

Entdeckt weitere sinnlich-romantische Romane und durchstöbert unser Programm für das Jahr 2014 auf

www.romance-edition.com

Oder besucht uns auf Facebook unter

www.facebook.com/RomanceEdition

wo spannende Diskussionen rund um den Liebesroman sowie tolle Gewinnspiele auf Euch warten!

Das Romance Edition Team freut sich auf Euren Besuch!

Charade: Bittersüßes Spiel – Teil 1 der *The Games* Trilogie
von Nyrae Dawn
ab Februar 2014 bei Romance Edition

ISBN-Paperback: 978-3-902972026

»New Adult Contemporary Romance«

Um mit ihrer tragischen Vergangenheit abzuschließen, hat sich die junge Studentin Cheyenne ein nach außen hin perfekt erscheinendes Leben aufgebaut. Eine Fassade, die erste Risse bekommt, als sie ihren Freund beim Fremdgehen erwischt. In einem verzweifelten Versuch, ihr Gesicht zu wahren, bittet sie den sexy Bad Boy Colt, eine Beziehung mit ihr vorzutäuschen.

Colt benötigt dringend finanzielle Unterstützung bei der Versorgung seiner todkranken Mutter. Als Cheyenne mit ihrem verrückten Plan auf ihn zukommt und ihm Geld für seine Hilfe anbietet, lässt er sich schließlich auf das bittersüße Spiel ein. Was beide jedoch nicht bedacht haben, sind Gefühle, die nach ihren ganz eigenen Regeln spielen …

Fesseln der Unsterblichkeit
von Linda Valeri
ab April 2014 bei Romance Edition

ISBN-EPUB: 978-3-902972019

»Dark Erotic Romance«

Wofür lebst du, wenn du unsterblich bist?

Seit dem Tag ihrer Verwandlung stellt sich die Vampirin Alexandra Romanow diese Frage. Jahrhunderte ringt sie mit den Schattenseiten ihrer Existenz. Bis sie dem Sterblichen Dylan Montgomery begegnet, der eine ungeahnte Leidenschaft in ihr weckt. Doch dann wird Alexandra von ihrer Vergangenheit eingeholt und sie muss eine Entscheidung treffen …

Wird Liebe jemals genug sein, um den Fesseln der Unsterblichkeit zu entkommen?